부부심리학
결혼은 창업이다

정재원 엮음

결혼은 인생 최대의
모험이다.
어느 누구도 그 여정의
먼 길을 향해
비밀의 문을 통과하지
않으면 안 된다.

부부심리학 ·

결혼은 창업이다 ·

차 례 ·

· 부부심리학
· 결혼은 창업이다
· 차 례

부부심리학 ·

결혼은 창업이다 ·

차 례 ·

· 부부심리학
· 결혼은 창업이다
· 차 례

1 남자의 최대 목표는 여자

남자의 인생 목표란 무엇인가?

사람마다 그럴 듯한 말로 많은 것을 주장하지만, 나는 그들의 의견과는 다르다. 그래서 이 책에서 만큼은 터놓고 남자의 본성을 이야기하고 싶은 것이 내 바람이다.

남자의 인생 목표는 입신출세해서 금의환향한다든가, 사업에 전념한 덕택에 돈을 많이 번다든가 하는 딱딱한 고정관념의 틀에서 벗어날 수 없는 입장에 놓여 있다면 더 이상 무슨 말이 필요한가.

딱 부러지게 말해서 남자의 최대 목표는 '여자'다.

나는 단언하건대 대부분의 남성은 이런 생각을 가지고 있으리라 확신한다. 그 이유는 바로 이와 같은 내 마음을 감출 수 없기 때문이다.

따라서 남성으로서 제 구실을 못하게 된 늙은 몸이라면 몰라도 원기 왕성한 청장년 남자들이라면 이 점에 대해서 만큼은 이의가 없을 줄 안다.

물론 그 중에는 지위나 명예, 돈이 제일이라고 말하는 사람도 있겠지만, 그것도 여자가 있고나서야 의식하게 될 것이다.

또한 여자가 없는 세상에서 지위나 명예 따위를 손에 쥐었다고 하더라도 고독과 허무함을 달랠 수 없는 존재가 바로 남자다. 따라서 여자가 존재하지 않는다면 대부분의 남자는 지위나 명예에 그처럼 집착하지도 않을 것이다.

과연 이 세상에 많은 남자들이 집단으로 생활하면서 유일하게 여자가 없는 곳은 어디일까? 물론 쉽게 군대라고는 하지만, 그곳에도 소수이긴 하지만 여군이 소속되어 있어 완전 무결하지는 못하다. 어쨌든 완전 분리된 곳은 교도소이다.

여러분에게는 연고 없는 곳일지는 모르지만 교도소 안은 금녀의 집, 즉 남자만의 세계다. 그들에게는 교도관이라는 절대적인 권력자가 지배하고 있다.

인생의 불모지대 교도소는 지위나 명예를 얻기 위해 저질러진 선택한 곳이 아니라 오로지 물질욕에 연결되어 있는 제삼의 세계이다.

좁은 공간에서 남보다 조금이라도 편안한 자리에 있고 싶고, 외부로부터 차입 식품을 받고 싶다든가 하는, 말하자면 단순한 동물적 본능에서 하루하루를 보내고 있을 뿐이다.

그러므로 여자가 없다면 남자는 본능적으로 물욕의 세계를 갈구하게 되는 것 같다.

만일의 경우 나라면 여자 없는 사회에서 잘 나가는 업체의 사장이 되어 뽐내기보다는 가난하지만 아내가 기다리고 있는 어부가 되어 거센 바다에서 신선한 생선을 얻는 쪽을 선택하리라. 그것은 내가 지금까지 많은 여성들과 어울려 생활한 데서 얻은 지혜다.

그만큼 남자에 있어서 여자는 중요한 존재이며, 어느 때는 삶의 원천이 되기도 하고, 때로는 극단적인 투쟁의 목표가 되기도 한다.

그러므로 남자들은 '보다 훌륭한 여자'를 차지하기 위해 밤낮없이 눈물겨운 노력과 투쟁을 계속하는 것이다.

그러나 문제는 보다 훌륭한 여자의 기준이다.

'아내로서는 미인이 좋은가, 아니면 성격이 원만한 여자가 좋은가?'

이 물음에 남자들의 의견은 갈라진다.

어떤 남자는 이렇게 극찬하기도 한다.

"얼굴은 아무리 못났어도 성격이 좋은 여자를 택하겠다. 얼굴은 성형수술로 고칠 수 있지만, 본성적으로 나쁜 성격은 고칠 수가 없다."

이것이 그 남자의 주장이다.

이에 반해서 다른 남자가 의견을 내놓는다.

"성격 따위는 남편의 교육에 의해 바꿀 수 있다. 그러나 못생긴 얼굴은 성형수술만으로는 교정되지 않는다. 그러므로 타고난 미인을 아내로 삼는 것이 좋다."

이들 두 사람 중 어느 주장이 옳은가를 나로서는 판단하기 어렵다.

그러나 미인을 아내로 삼는 일은 대단한 각오가 필요하다는 사실만은 알아두어야 한다.

'여자의 미모는 일곱 가지 재난을 감추고 있다'고 경고의 말을 하지만, 이는 피부색이 밝고 고우면 아무리 못생긴 얼굴이라도 웬만한 결점은 커버가 될 수 있다는 뜻도 함께 지니고 있다.

그러나 세상 사람들이 경탄할 만큼 뛰어난 미모를 갖추고 있는 경국지색이라면 일곱 가지 재난을 감추고 있을 뿐만 아니라, 그 재난을 불러들일 수 있다는 말도 된다.

그 이유는 크게 나누어서 두 가지로 생각해 볼 수 있다.

하나는 남자가 자기 스스로 보수적인 입장으로 퇴화해 버리는 일, 또 하나는 스스로 다른 남자들의 무차별한 공격의 목표가 된다는 점이다.

미인 아내를 둔 경우 제일 큰 위험은 남자가 맥없이 안도해 버리는 일이다. 앞에서 이야기한 바와 같이 남자에게 있어서 여자는 인생의 최대 목표이기 때문이다.

따라서 미인 아내를 얻으면 그것만으로 '나는 인생 목표의 태반은 달성했다'고 하는 기분에 빠져있게 마련이다.

이러한 자기 만족의 안도가 남자의 인생에서 가장 위험한 요소이다. 사실 남자의 인생이란 결혼 후가 더 멋지고 풍요로우며 참다운 인생의 길을 걸어가기 때문이다.

그런데 미인 아내를 쟁취했다고 해서 온 천하를 얻은 듯 자기 만족에서 헤어나지 못한다면 오래 가지 않아 패배자의 인생으로 전락해 버린다.

그리고 무엇보다도 더 중요한 사실은 보배 같은 귀중한 미인 아내를 일생동안 자기 곁에 안주시킬 수 있는 능력조차도 잃게 된다는 점이다.

따라서 그런 남자는 자기 만족의 안도에 집착한 나머지 결국은 꿩도 알도 모두 놓쳐버리고마는 패잔병 인생으로 삶의 끝자락에 매달리게 된다.

가령 결혼을 하자마자 일에 대한 적극성을 잃는 남자가 우리 주변에서 가끔 눈에 띈다. 그런 남자의 아내를 만나보면 대개는 미인 쪽이다.

독신 때에는 매사에 활동적이며 윗사람으로부터 칭찬을 받을 만큼 일에 열중했었는데, 미인 아내를 얻고 나서는 '이제부터는 느슨하게 하루하루를 편안히 보내면 된다'는 무사안일에 젖어 무기력해진다.

물론 모든 남자가 그렇다고 단언할 수 없지만, 미인을 아내로 맞으면 남자는 소극적이고 보수적으로 되어버리는 경향을 갖게 되는 모양이다.

이것과 비교해서 재미있는 현상은 미인을 쟁취하기 위한

단계에서의 남자는 대단히 적극적이고 공격적이라는 사실이다. 물론 일(사업)에 대해서도 그렇다.

그러나 일단 미인 아내를 얻으면 지금까지의 과감한 공격력이 시들어버리니 이상한 일이다. 그것은 미인 아내의 비위를 맞춰 주어야 하고, 다른 남자들로부터 아내를 지켜야 하는 일에 온 힘을 쏟아야 하기 때문일까.

내 경험으로 봐도 미인과 교제하고 있으면 자랑스러운 반면, 역시 걱정이 앞선다.

혹시 그녀를 잃어버리지 않을까 전전긍긍하게 되고, 아무래도 자질구레한 일에 신경을 써서 쓸데없는 질투심도 생기게 마련이다. 그러다 보니 자연히 일에 대한 열정은 반감해 버린다.

그러나 미인을 아내로 두지 말라는 것은 아니다. 단지 미인과 결혼했다고 해서 인생에 대만족을 하고 쉽게 안주해서는 안 된다는 경고를 말하고 싶을 뿐이다.

그러면 어떤 얼굴형의 여성을 아내로 삼으면 좋을까. 각기 좋아하는 형이 있을 것이다.

하지만 여자가 아무리 마음에 들어도 남자가 무능하면 어떻게 해볼 도리가 없다는 점은 공통된 견해일 것이다.

어쨌든 보편적으로 남편과 가정을 원만하게 꾸려 나가는 형은 통통하게 살이 붙은 스마일형이라고 단정하듯 말한다.

서울 강남에 있는 어느 업소의 마담이 이 스마일 얼굴로 소문이 나 있다.

이 마담의 인간미로 인해 정계나 재계의 거물들이 단골로 삼고 있을 정도다.

나도 가끔 그 업소에 들르는데, 요즘 같은 불황기에도 대성황을 이루고 있는 곳이다.

나는 마담의 어떤 면이 사람을 끌어당기는 힘이 있는 것일까 항상 궁금하게 생각하고 있었는데, 어느 기회에 우연히 그 까닭을 알 수가 있었다.

어느 날 나는 오랜만에 그 마담과 자리를 함께 하게 되었다. 그런데 묘하게도 마음이 편안해지는 것이었다.

그녀가 먼저 "안녕하세요, 또 만났군요." 하고 말을 걸어오는데, 그 미소진 얼굴을 보자 이상하게도 마음이 평화로워졌다. 순간적으로 바로 이것이 '마담의 매력이구나' 하고 나는 그녀의 업소가 번성하는 까닭을 알 수 있었다.

이와같이 '스마일 얼굴'은 남자를 편안하게 만든다.

그때 나는 마담에게 화를 낸 적이 있느냐고 물어보았는데, 자기도 모르게 낸 적도 있을지 모른다며 환하게 웃어보였다. "나도 화낼 줄 알아요." 하며 성낸 얼굴을 지어보였지만, 그래도 역시 미소를 잃지 않는 모습이었다.

이렇듯 유흥업계에서는 상대를 포용하는 얼굴이 장사의 무기가 된다. 그러나 그와 반대로 궁색한 얼굴은 자기가 운영하는 업소까지도 빈곤하게 만들어 버린다. 이것은 미인과 추녀의 구분이 아니고 여자의 얼굴이 갖는 분위기일 것이다. 따라서 아내나 애인을 선택할 때는 얼굴의 모습보다도 분위기로 선택하는 것이 현명하다.

이때 좋아하는 마음이 대전제가 되어야 함은 물론이다. 왜 그런지 예를 들어보겠다.

내 아내는 얼굴형으로만 볼 때는 그다지 미인은 아니다. 특히 만취했을 때의 얼굴은 보기도 싫다.

하지만 다음날 아침 깊은 잠에 빠져 있는 아내를 보고 있노라면 '아아, 참으로 사랑스러운 얼굴이군' 하고 모든 것을 용서하고 싶은 기분이다.

그러나 이때 만약 마음에 들지 않는 얼굴이라면 따귀라도 한 대 때리고 싶은 심정이 될 것이다. 그러니까 좋아한다는 마음가짐은 미인인지 아닌지의 기준 이상으로 중요한 요소인 듯하다.

타인은 무책임하게 남의 아내나 애인의 얼굴 모습을 평가하지만, 그런 것에 신경을 쓸 필요는 없다.

따라서 가장 중요한 것은 얼굴 모습만을 기준으로 해서 '엉터리 미인'을 아내로 택하지 않는 현명함이 중요하다.

또한 엉터리 미인을 얻은 것으로 만족하고 있으면 그 남자의 인생은 절대로 장밋빛이 될 수 없다는 점도 꼭 알아두어야 할 것이다.

2 │ 여자가 원하는 모든 것

　얼마 전의 일이었다. 내가 잘 아는 아가씨가 예고도 없이 찾아왔다. 뜻밖의 일로 전에 없이 얼굴에는 수심이 가득 차 있었다. 무언가를 호소하려고 온 모양이지만, 선뜻 그 말은 못하고 딴 화제만을 꺼내고 있는 게 역력히 드러나보였다.

　"그런데 참, C군은 잘 있는가?"

　나는 다소 간섭하는 것 같은 기분이 들면서도 그녀의 화제를 돌리려고 먼저 C군의 얘기부터 꺼냈다. 그랬더니,

　"선생님, 우리들 헤어졌어요."

하며, 아가씨는 애써 자기의 감정을 누르는 모습이었다.

　"뭐, 헤어졌다구. 어째서?"

　"왜 그런지 그를 믿을 수 없다는 생각이 들어서요. 처음에

는 안 그랬는데, 점점 그 사람의 나약함이 눈에 띄었어요."

아가씨는 그 이상의 것은 입밖에 내기가 싫은 지 입을 다물었다.

그리고는 주위로 몰려드는 붉은 저녁 노을 속으로 총총히 떠나갔다.

그녀를 문 밖까지 배웅하면서 '처음에는 안 그랬는데 점점 그 사람의 나약함이 눈에 띄었어요.'라고 한 그녀의 말을 떠올려 보았다.

아가씨와 C군의 사랑이 옳고 그름을 비판하고 싶은 마음은 없다. 한때는 C군이나 아가씨 모두 서로를 열렬히 사랑했을 것이다. 그러나 지금, 그 연애가 실패로 끝난 이상 우리는 원인이 어디에 있었는지, 즉 사랑의 기술 어딘가에 부족함이 있었는지를 알아야 할 것 아닌가.

그 문제에 대해서 진지하게 생각해 보는 것이 실패하지 않는 사람을 안착시키는 길이 될 것이라는 노파심에서이다.

앞에서 소개한 아가씨뿐만 아니라 다른 젊은 여성들도 '그 사람의 나약함이 자주 눈에 띄어요.' 하며 불만을 늘어놓는 것은 쉽게 볼 수 있는 사랑의 행로이다. 그녀들은 자기를 리드해 줄 수 있는 남성을 이상형으로서 마음 속에 갈망하고 있기 때문이다.

여러분들 중에는 자기보다 연상의 연인이나 아니면 앞에서 말한 아가씨처럼 동년배의 젊은 학생이나 청년을 사랑하는 사람도 있을 것이다.

그러한 경우 여러분들은 당신의 연인이 당신에게서 무엇을 원하고 있는가를 생각해 볼 필요가 있다. 물론 사랑의 기술은 사람에 따라 다를 수가 있다. 이를테면 나이든 중년 남성이 연인을 대하는 태도와 젊은 남성이 연인을 대하는 태도와는 차이가 있을 수 있다.

그렇다면 그대의 연인은 젊은 남성인가? 젊다는 시기는 아직 학생이거나 학교를 졸업한 뒤 직장 생활을 1~2년 정도 하고 있는 사람을 말한다.

그러한 연령층의 남성을 연인으로 교제하고 있는 여성이라면 가끔은 그에게서 나약한 모습을 발견할 수 있을 것이다.

불만이 없을 정도로 자기를 리드해 주고 군림하는 대신에 어딘지 모르게 불안정하거나 침착하지 못한 점 등이 데이트를 하는 도중에 포착되면 당신은 왠지 모르게 허전함이나 쓸쓸함을 느끼는 것은 당연하다. 특히 결혼을 전제로 사귀고 있다면 더욱 그러한 감정에 휩싸이게 된다.

하지만, 그렇다고 해서 앞서 말한 아가씨처럼 그와 헤어질 필요는 없다. 그러한 연령층의 연인을 가진 여성은 우선 그가 무엇을 원하는가를 미리 알아둘 필요가 있다. 젊은 여성들은 보통 자기의 연인에게서 '보다 힘이 센 남성, 완벽하게 리드해 줄 수 있는 남성, 미더운 남성'의 이미지를 그리고 있다. 이것은 10대의 첫사랑부터 백발의 노파에 이르기까지 여성 특유의 심리라고 할 수 있다.

한편 연하의 남성을 연인으로 삼고싶어 하는 여성도 있기는 하다. 그러나 그것은 모성애의 원형이므로 예외로 하는 것이 좋을 듯하다. 그런데, 남성은 그 연령에 따라 상대방에게서 구하는 이미지나 이상형으로 생각하는 모델이 조금씩 다르게 마련이다.

10대나 20대 초기의 남성, 그들 중에는 사랑에 대해 흥미를 느끼지 못하는 젊은이가 있다. 하지만 대개의 경우 연인의 이상형을 자기의 어머니나 누나에게서 그 이미지를 구하려고 하는 경향도 간과할 수 없다.

이런 점을 젊은 여성들이 알고 있는지 묻고 싶다. 이것은 당연한 정서이다. 왜냐 하면, 그는 남성으로서 아직은 자신이 없고 사회적으로도 생활 능력이나 경험이 부족하고, 심리적으로도 타인을 리드할 만한 여유를 아직 갖고 있지 못하기 때문이다.

아무리 그가 연인 앞에서 뽐내고 으스대어 보았자, 그에게는 그와 같은 불안감이나 열등감에 사로잡혀 늘 전전긍긍할 것은 틀림없다. 그런 경우 그는 오늘날까지 자기를 리드해 온 어머니나 누나의 모습을 자기의 연인에게서 찾으려는 심리는 인간의 본연이 아니겠는가. 그렇게 하는 것이 불안감과 열등감을 쉽게 지워 버릴 수 있는 자기 처방이다.

그런데, 여성은 남성이 자기를 되도록 잘 이끌어 주었으면 하고 바라는 마음은 순수하다. 즉, 자기를 멋있게 리드해 주었으면 하고 바라는 것은 상대 여성의 삶의 희망이며 목표임을 잊어서는 안 된다. 그런데 젊은 남성은 그 같은 요구를 채

워 줄 수가 없다는 것이 여성의 마음을 흔들리게 한다. 게다가 어머니나 누나 같은 이미지를 상대방에게서 찾으려들 때 그러한 갈등이 젊은 연인들을 파국으로 몰아가는 동기가 되는 요인이다. 이와 같은 결별의 원인을 심리적인 모순에서 생각해 볼 일이다.

보다 강해지고 보다 나를 잡아끌어 줄 수 있는 사람이 되도록 노력할 때 사랑은 믿음을 준다는 확신을 가져야 한다.

젊은 여성은 연인에게 끊임없이 그러한 요구를 지속적으로 강요한다. 왜냐 하면, 어떠한 여성도 자기의 연인이 다른 남성보다 강하고 영웅적이고 정신적으로도 빼어난 영특함을 지니고 있어 주기를 원하기 때문이다. 그러한 요구를 말로 표현하지 않더라도 그녀의 표정이나 눈빛에서 민감하게 읽었을 때 그 젊은이의 반응은 어떠할까?

처음에는 매우 강한 모습으로 자기가 상대방을 리드할 자신이 있다는 과민 반응을 보일 것이다. 그러나 어느 날 감추어 오던 불안이 돌연 고개를 쳐들고 '나는 도저히 이런 짓을 계속할 수가 없다. 지금 나는 무리한 행동을 하고 있다.'고 스스로를 자책한다.

마침내 그는 피곤해지고 연인의 존재가 왜 그런지 짐스러워짐은 인간의 나약한 연민의 감정이 아닌가. 그리고는 그녀에게 또 자기 자신에게도 거짓말을 하고 있는 것이 몹시 싫어지게 되는 아픔, 그 다음에는 적나라한 자신을 상대방에게 드러내 보일 수밖에는 없는 나약함이 사랑의 한 단면이다.

그렇게 되면 여성쪽에서는 환멸과 실망에 빠진다.

'미덥지가 않아. 마음을 포근하게 감싸 주지를 못해.'

그와 같은 심리적인 갈등이 필연적으로 젊은 연인들에게 찾아들게 마련이다.

내가 앞에서 말한 아가씨와 C군의 경우처럼 여러분도 그와 같은 사랑의 이별을 경험하게 될 것이다.

첫째, 자기의 연인에게 지나친 요구는 삼가야 한다. 물론 여성의 입장에서는 완전한 남성, 안정된 남성의 모습을 상대방에게서 찾으려는 감정은 당연한 현상이다. 그러나 생각을 바꾸면 또 다른 남성을 발견하고는 놀랄 것이다.

완전한 남성이나 안정된 남성이라는 것은, 모든 면에게 성숙했거나 어느 정도 자기 완성을 끝낸 모습의 남성이 아닐까. 중년 남성의 침착한 자신감과 안정감은 매력적으로 보이겠지만, 그들에게는 젊은이가 갖고 있는 미완성의 매력은 없다. 젊은 연인에게 주사위를 던져보는 기분으로 사랑하면 무한한 가능성을 발견하게 되는 풍요로움이 있다.

그에게서 이미 완성된 남성의 이미지를 찾으려드는 것은 무리다. 그러므로 그를 괴롭히는 것은 자학이다. 지금의 그 사람이 불안정하고 미덥지 않아도 10년이나 15년 뒤에 그가 어떻게 변할 것인가를 미리 상상하고 즐거워하면서 사랑할 때 아름다운 결실을 기대할 수 있을 것이다. 이것은 현재의 당신의 사랑 여하에 달려 있음을 자성해 볼 일이다.

둘째, 젊은 연인들은 두 사람만이 이룰 수 있는 목표를 세운 다음 연애 중에 그것을 하나하나 쟁취해 가는 것도 좋은 방법이 될 것이다. 그 목표가 그룹 활동의 일을 완성하는데 전력을 다해 가는 것, 하나의 목표를 향해서 둘이서 걸어가고 있는 것은 아름다운 인생행로이다.

그러므로 전진하고 있다는 연대감이 당신들 두 사람의 젊음이 안고 있는 불안감을 떨쳐 버릴 수 있는 원동력이 될 수도 있을 것이다. 뿐만 아니라 젊음의 특권인 미완성으로부터 완성으로 전진하는 즐거움을 부단히 맛보는 것도 인생의 즐거움이 아니겠는가.

나의 이러한 변증법이 젊은 연인들에게는 가장 적절한 사랑의 기술이라고 항상 생각하고 있다.

3 | 돈과 남자

"남자는 왜 그토록 돈에 오염되어 있는지 몰라."

어떤 순진한 아가씨가 이렇게 중얼거리는 소리를 들은 적이 있다.

"왜냐 하면 말예요. 머리 속에선 항상 돈 버는 일만 생각만 하고 있거든요."

아닌게 아니라, 우리 남자들은 누구나 돈이 절대적으로 필요하다고 생각하고 있는 것만은 사실이다. 나의 친구 한 사람은 묘한 버릇을 갖고 있는데, 그 친구는 술자리에서 취하면 허공을 응시하면서,

"아! 돈이 있음 좋겠다. 그런데 왜 돈, 돈, 돈이 없나……."

하며, 마치 주문이라도 외듯 되뇌인다. 즐거워야 할 술자리에

서 돈에 미친 듯한 그를 보고 있노라면, 그의 모습이 그렇게 초라할 수가 없고, 그렇게 쓸쓸하게 보일 수가 없다. 그러나 남자라면 대개가,

"돈이 필요해. 돈이 말야, 돈이……."
하며, 마음 속으로 중얼거리는 것은 사실이다.

이것은 두 가지 이유에서일 것이다. 첫째는, 현대 사회에서 절대 다수의 남성들은 스스로 돈을 벌어야 하는 숙명에 놓여 있다는 현실을 인정하지 않을 수 없다.

한편 여자는 대개 집에서 가사를 돌보게 되어 있으므로 그러한 생활 방법 탓으로 남자는 여자보다도 가정 생활의 윤활 유인 금전을 항상 염두에 두고 살아가지 않으면 안 되게 구조적으로 되어 있기 때문이다.

만일 이러한 생활 방법이 바뀌었다고 가정할 때,

"남자란 돈벌이만 생각하고 있어요. 그게 싫어요, 난....."
라고, 푸념하는 아가씨라 해도 가정을 위해서라면 악착같이 돈은 벌어야 한다고 남자의 등을 떠밀 것은 분명하다.

심 순애와 이 수일의 신파극에서 심 순애의 경우를 생각해 보면 여자의 심리를 이해하리라.

두 번째의 이유는 더욱 중대하다 현대사회에서 돈이라는 괴물은 남자의 가치-재능, 생활력, 역량, 신분, 사회적 위치-등을 재는 척도, 즉 바로미터라고 해도 과장된 표현은 아니다. 아니 어떤 때는 행복이라는 개념까지도 금전으로 계산하게끔 되어 있는 것이 삶의 법칙이다.

마음에 있는 연인과 결혼하고 싶어도 아파트의 권리금이 없기 때문에 기나긴 젊은 날의 봄을 우울하게 보내야 만하는 한 청년을 나는 알고 있다.

아무리 착한 여성일지라도 자기의 남편이 될 남자가 교양과 지성을 갖춘 인격자이지만, 앞으로 태어날 아기를 굶기게 된다면 두말없이 그와의 결혼을 취소할 것이 분명하다.

옛날과 달리 남자답다든가 생활력이 있다는 말의 현대적 의미는 일자리가 확보되어 있다는 말과 같다. 그러므로 남자는 어느 누구이든 금전을 생각하지 않을 수가 없는 입장에 놓여 있다.

다시 말하면 '현대 남성은 성자가 아닌 이상 모두가 금전욕을 갖고 있다. 그렇지 않은 남성은 위선자가 아니면 거짓말쟁이다.'라고 해도 틀림없다.

그런데 남성과 금전욕의 관계는 그렇게 단순하지 않다는 함수가 지배적이다. 남성 특유의 금전욕에는 또 다른 무엇인가의 욕망, 야심이나 행복에의 동경, 정복욕이나 인간 불신 등 갖가지 요소가 얽혀 있기 때문이다. 그야 금전만을 사랑하고 그것만을 축적하는 일에 만족해 하는 남성도 있기는 하다.

내가 잘 아는 사람 중에 그런 유형의 남성이 있다. 이 친구는 금전욕 중에서도 컬렉션형이라고 할 수 있는 유형으로 돈을 그저 우표를 수집하듯 모으는 재미로만 사는 사람이다. 밤이 되어서 가족이 다 잠드는 것을 기다렸다가 몰래 감추어 두었던 돈다발을 꺼내어 한 장 세고는 혼자 웃고 또 한 장

세어 보고는 히죽거리고…….

　다소 어이없는, 잘 생각해 보면 이 남자의 금전욕은 단순한 컬렉션형이라기보다 광적이랄 수 있을 정도로 가엾은 이야기이기도 하다. 그가 깊은 밤 돈다발을 손가락에 침을 바르며 한 장 한 장 세면서 혼자 히죽대는 모습을 상상해 보면 연민의 정을 느낄 것이다.

　그는 신뢰할 수 없는 사회, 언젠가 전쟁이 일어날지도 모르는 세상, 어느 인간도 한결같이 이기주의자들이라 마음놓고 사귈 수 없는 각박한 생활 속에서 돈만은 최소한 믿을 수 있다는 확신과 안전함으로 선택하였을 것이다.

　그 안전함이 그에게는 무엇보다도 절실하게 필요했으리라. 그것은 개나 고양이를 기르면서 '이 개만큼은 사람을 속이지 않기 때문에'라고 쓸쓸하게 중얼거리는 남자의 심정을 헤아려 보는데 인색해서는 안 된다.

　만일 그에게 금전 이외에 보다 진실되고 안심할 수 있는 기둥-가령 연인의 애정-그런 것이 있었다면, 밤마다 혼자 돈을 몰래 세어 보는 일은 하지 않았을 것이다. 그런저런 생각을 해 보면 남자의 돈에 대한 강렬한 욕구는 현대사회에서 살아야 하는 적막함이 그의 마음 뒤에 숨겨져 있는 것이라고 보아야 더 위안을 받을 수 있는 대목이다.

　남성이 돈을 원하는 욕구는 결코 돈만을 위해서가 아니다. 돈은 현대사회에 있어서 행복하기 위한 안정감, 출세와 이상 또는 자기의 힘을 시험해 볼 수 있는 대용품이기 때문이다.

남성이라는 존재는 가만히 있기를 좋아하는 피동적인 여성과는 달리 항상 움직이면서 미지의 세계를 정복하고자 하는 욕망에 사로잡힌 족속이다. 그가 사업을 일으키고 여성을 자기 것으로 만들고자 하고, 출세를 꿈꾸는 등 '움직이지 않고는 배길 수 없는 기분', '무언가를 정복하고자 하는 욕망'을 여러 형태로 나타나는 본성을 지닌 소유자이다. 그러므로 돈역시 그와 같은 남성의 정복욕에서 비롯된다는 점을 간과해서는 안 된다.

남성의 이러한 속성에 비추어 볼 때 그 야심을 쟁취했고 이상도 이루었으며, 금전적으로 부를 쌓았다 하더라도 그는 여성처럼 한 자리에 안주하지 못하는 방랑자이다.

많은 남자들 중에는 재벌이 되었으면서도 계속 새로운 사업을 일으켜서 더 많은 돈을 벌려고 혈안이 되어 있는 사람이 얼마나 많은가. 그러한 남성을 여자의 입장에서 볼 때 매우 이상하게 느낄 것이다.

내가 잘 아는 부인이 어느 날 나에게 불평을 털어놓았다.

"저희 남편이란 사람, 정말 알다가도 모르겠어요. 그저 일만 하려고 해요. 이제는 자식들도 대학을 마쳤겠다, 노후를 조용히 즐길 때도 되었는데 말예요. 충분히 그만한 돈도 있겠다, 그런데 어째서 새 사업을 지금 나이에 또 시작하려 드는지 모르겠어요."

이 부인이 말하는 것도 무리가 아니다. 여성이란 본래 한가지 일만을 착실하게 지키고 그것을 북돋우며 키워가는 존재들이니까. 그녀들이 가정에 안주하면서 자식을 기르고 집안을 보다 아름답고 행복하게 꾸미려는 염원은 그 때문일 것이다. 그런데, 남성들은 한군데만 눌러있지 못하고 원초적으로 움직여야 직성이 풀리고 정복욕에 불타 있어야 삶의 가치를 느끼기 때문이다.

가령 자식들이 대학을 다 나오고 금전적으로도 어려움을 받지 않게 된 현재에도, 그는 부단히 자기의 운명과 맞서서 투쟁하고자 하는 모험심을 버릴 수가 없다. 그러므로 움직여야 하는 남성 본능에 의해 또다시 새로운 금전욕이나 사업욕으로 치닫게 되는 이유이다.

남성이 늘 금전이 필요하다고 생각하는 것은 그것이 자기의 역량, 능력, 사회적 위치, 명예 등 말하자면 남자만의 본능인 투쟁심이나 정복욕의 적당한 목표가 될 수가 있기 때문이다.

4 | 남자의 허영심

우리들은 친구가 자기를 내세우려고 할 때 뻐긴다든가 잰다든가 잘난 체 한다든가 하는 말로 비꼬는 버릇이 있다.

그런데, 뻐긴다는 말은 대체 무슨 뜻일까? 사전을 찾아보면 '잘난 체 한다'라고 풀이되어 있다. 그러나 그것만 가지고는 납득할 수가 없다.

'잘난 체 한다'라는 말은 허영심과도 뜻이 통하는 것 아닌가. 그렇지만, 잘난 체 한다와 허영심을 갖고 있다는 사이에는 다소 뉘앙스의 차이점이 있다.

우선 그 점부터 여러분과 같이 생각해 보자. 바꾸어 말하면, 뻐긴다는 것도 일종의 허영심에는 틀림이 없다. 뻐긴다는 말에는 타인에게 어떻게 보이는가 하는 뜻이 전제되어 있다.

　말하자면, 잰다는 표현은 허영심과 마찬가지로 타인의 눈에 어떻게든 보여지기를 기다리는 기분이 내포되어 있다. 그렇지만, 뻐긴다는 것이 허영심과 아주 동일하다고는 단정할 수가 없다. 두 가지 말의 차이를 설명하기 위해서 뻐긴다는 것의 적당한 예를 한두 가지 들어보기로 하자.

　가령, 여기에 한 남자가 있다고 가정하여 연말 대목을 앞두고 갚아야 할 빚 때문에 고개가 안 돌아갈 지경에 처해 있었다. 내일은 설날인데 떡국조차 못 끓일 형편인데 때마침 친구가 돈을 빌리러 왔다고 상상해 보면 어떨까. 이 남자는 자기야말로 누구에선가 단돈 천 원이라도 빌리고 싶은 심정인데도 자기 체면이 손상될까 봐서 친구의 청을 들어준다.

　"좋아, 내일까지 내가 그 돈을 마련해 줄 테니 가지러 오게."

라고 대답해 놓고는 아이의 돌반지를 아내 몰래 팔아서 돈을 마련했다. 그런 남자를 우리들은 '허영심이 많다'라고는 말하지 않는다.

　"자식, 뻐기려구 저러는 거야."

　또 한 예를 들어보겠다. 폭탄이 비오듯 날아오는 위험한 전쟁터에서는 어느 누구도 얼굴을 들 수가 없을 것이다. 모두 땅에 엎드린 채 움직이지 않는 것은 당연하다.

　그런 때 한 초급 장교가 의연히 일어나서는 이곳저곳을 산책하듯 거닐면서 노래를 불러대고 있다고 한다면 그의 돌발적인 행동은 병사들의 겁먹은 마음을 진정시키고 격려해 주기 위한 생각에서 그러한 만용을 부린 것이 아니라 부대원들로부터 대담하다든가 용감무쌍하다는 말을 듣고 싶어서였을 것이다.

이것도 말하자면 일종의 허영심이기는 하지만, 그것보다는 뻐긴다고 표현하는 말이 적절하다. 우리는 여기서 정의를 내린다면 뻐긴다는 뜻은 허영심과 동일하기는 하나 그 분위기에 큰 차이가 있음을 엿볼 수 있다.

일종의 고집이라고 한다면 그것은 사회적인 지위나 부와는 그다지 관계없는 정신적인 측면이 강하다. 거기에 비해 허영심은 사회적인 지위나 물질적인 우월감을 타인에게 과시하려는 의지가 돋보인다. 한편 뻐긴다는 의미는 여성보다도 오히려 남성에게 생기기 쉬운 강한 감정의 표출이다. 반면에 허영심은 여성이나 남성에게 적용될 수 있는 것이나 대체로 여성에게 잘 일어나는 감정이다.

가령 어떤 남자를 두고 '저 남자는 허영심이 많다'라고 말하면 그 남자는 어쩐지 남성답지 않은 인상을 받게 된다. 그러나 '저 남자는 잘 뻐기는 친구'라고 하면 어딘지 모르게 수컷 냄새를 풍긴다. 그것은 뻐긴다는 그 말 자체에 '강한 정신'이 있기 때문이다.

여성은 그와 같은 강한 인상을 만들어 보일 필요가 없다. 그녀들은 남성보다 훨씬 현실적이며 모성적인 본능이 있으므로, 그와 같은 위장은 바보스럽고 무의미한 심적 부담을 주기 때문이다. 아니면 여자라는 피보호자적인 입장에서 구태여 힘이 센 척할 필요를 느끼지 않는데 더 무게가 있는지도 모른다. 오히려 여성의 감정은 어린애처럼 뻐기는 것보다 타인의 선망과 동경의 대상이 될 수 있는 허영심 쪽으로 기울기를 선호한다.

뻐긴다는 것은 매우 유치한 어린애 같은 감정이다. 자기 발등에 불이 떨어졌는데도 친구의 청을 들어주는 묘한 의지라든가, 탄알이 날아오는 전쟁터에서 노래를 부르는 것과 같은 행위는 냉정하게 생각해 보면 매우 어리석고 유치한 일이 아닌가. 이익보다 손실이 많은 짓을 왜 해야 하는가?

이렇듯 남성의 마음 속에는 어린애 같은 치기가 남아 있음을 엿볼 수 있는 좋은 예이다.

앞에서의 뻐긴다는 말은 일종의 강한 고집같은 기분이 내재되어 있다. 그리고 그것이 허영심과 비슷하기는 하나 다소 다른 뉘앙스를 갖고 있으며, 남성의 마음 속에는 어린애 같은 감정이 잠재해 있다는 것을 설명했다.

그런데, 이 뻐긴다는 것에 또 하나의 정의를 덧붙여 보면 우리들의 사회에서는 실질적으로 뻐긴다는 것을 허영심처럼 그렇게 좋지 않게 보고 있지를 않다는 점이다.

사실 뻐긴다는 것은 대개의 경우 자기의 약한 감정을 숨기고 타인에게는 잘 보이려는 서비스 정신의 발로이기 때문이다.

회사에서 단합대회를 갖게 되었다. 그런데 소요 경비가 모자랐다. 참가자 모두에게 회비조로 얼마씩 거두었으나 그래도 부족했다.

그런 경우, "과장한테 부탁해 보자. 과장님은 뻐기기 좋아하니까 아마 얼마간 기부해 줄 꺼야, 어때?"라고, 누군가가 말을 했다고 하자. 아니나 다를까, 그 뻐기기 잘 하는 과장님은 모두에게 잘 보이려고 선뜻 사나이답게 돈을 내면서 웃어 보인다. 결국 일종의 서비스 정신이다.

이것은 허영심과는 거리가 먼 얘기가 아닌가. 상대방에게 굴욕감이나 질투심 같은 불쾌감을 주는 것이 아니라 타인에게 이익을 서비스하는 뻐김이니 유쾌한 일이다.

명절 때의 선물로 신분에 어울리지 않는 물품을 여기저기 돌리는 것도 허영심이라기보다 뻐김의 심리가 작용한 것이리라. 결혼식이나 장례식 같은 것을 과분하게 치르는 경우도 타인에게 잘 보이이려는 뻐김 때문이다.

결국 허영심은 매우 이기적이고 개인적인 것에 뿌리를 박고 있어 타인에게 질투심이나 불쾌감을 안겨 주기 때문에 유쾌한 감정은 아니다. 거기에 비해 뻐기는 친구에게는 '기분 좋은 유치함', '됐어, 사람이' 아니면 '말이 통해, 저 친구하고는'이라는 호감어린 시선을 보낸다.

우리들의 사회에서 허영심이 많은 사람에 대해 혐오감을 갖고 상대하지만 뻐기는 사람은(다소 경멸감이 없는 것은 아니다) 유치하나 좋은 사람으로 환영 받는다.

흔히 술집 같은데서 필요 이상으로 돈을 잘 쓰는 사람이 있다. 이것은 자기가 '돈에 구애 받지 않는 사나이', '인색하지 않은 남자'라는 찬사를 받음으로써 자기 만족에 취하고 싶은 감정이 앞서 있기 때문이다.

보통의 허영심에는 타인에게 서비스하고자 하는 정신이 결여되어 있다. 그러나 뻐김에는 타인에게 서비스하고자 하는 정신이 있음을 여러분은 경험하였을 것이다. 그러므로 타인에게 필요 이상으로 서비스하고자 하는 정신을 네 번째 정의로 덧붙여 본다.

그런데, 지나친 서비스 정신에 의해서 파생되는 해독을 살펴보는 것도 유익하리라.

그 정신은 타인의 이기심을 만족시키는 효과가 있다. 그러기 위해서 필요 이상의 안간힘이 숨겨져 있다는 사실을 간과해서는 안 된다. 자신의 나약함을 깊숙이 감추어 두고 있는 한 마디로 매우 부자연한 표현이다. 뿐만 아니라 그 뻐김이 당사자만의 희생으로 끝나면 다행이겠지만, 필요 이상의 뻐김 때문에 주위 사람(그의 가족)이 희생되어야 할 때, 그것은 매우 잘못된 일이 아니고 무엇이겠는가. 타인을 돕기 위해서 아내나 자식의 물건을 팔아서까지 뻐겨야 한다는 것은 참으로 가소로운 자기 기만 행위다.

남자의 뻐김은 연애를 할 때도 자주 일어난다. 이 뻐김은 일종의 강한 고집이거나 자기 실력 이상으로 잘 보이려는 서비스 정신이라고 설명한 바 있다. 사랑하는 여성에게도 남자들은 이 뻐김의 원리를 활용한다.

그것은 악의가 있어서가 아니라 그저 사랑하는 여성이 자기에게 품고 있는 영상을 깨어 버리지 않기 위해서이다. 여자를 멀어지지 않게 하려고 안간힘을 다하는 행위이기도 하다. 대개 연인에게 자기가 다니는 회사에서의 신분과 위치를 과장해서 말하기 쉽고, 월급 액수도 실제보다 더 보태어 말하는 남성이 우리의 주위에는 많다.

그것은 그가 거짓말을 하려는 것이 아니라 남성 특유의 어린애 같은 뻐김의 심리에서 발생된 것이다. 연애뿐만이 아니라 결혼 생활에 있어서도 남자의 어린애같은 심리는 가셔지지 않는 모양이다.

신문 독자란에 어느 가정부의 투고문이 실려 있는 걸 읽고 나는 혼자 미소지었다. 그 가정부가 일하는 집의 주인 아저씨는 대학 교수였는데, 봉급 외에도 원고료나 인세가 가끔씩 들어오는 모양이다.

그런데 그 주인 아저씨는 원고료 등의 부수입을 부인이 가로채는 것이 못마땅해서 불평을 늘어놓곤 한다는 것이다.

그러던 어느 날, 가정부는 의협심이 발동되어 우편 집배원이 갖고 온 원고료의 송금수표가 든 봉투를 부인에게 보이지 않고 직접 주인 아저씨에게 전해 주었다. 그런데, 어찌된 일인지 평소 그렇게도 그 일로 불평을 늘어놓던 대학 교수는 그 봉투를 부인에게 자진해서 건네주더라는 것이다. '남자의 마음을 알다가도 모르겠다'는 것이 가정부 투고문의 내용이다. 물론 그 주인 아저씨인 대학 교수의 기분은 간단하다.

결국 남성의 뻐김 때문이다. 아내에게 자기의 경제 능력,

즉 생활력을 보이고 싶은 일종의 어린애와 같은 으스댐이 대학 교수인 남편의 마음 속에 변함없이 남아있음을 가정부가 알리 없었을 것이다.

이러한 우쭐댐은 여성 여러분에게는 매우 바보스럽고 어린애 같은 행동으로 보여질지 모른다. 그렇지만, 여성들이 미소나 고소를 자아낼 정도로 남자의 마음 속에는 항상 미숙하고 어린애 같으며 비현실적인 면이 있음을 이해해야 한다.

그런 점에서 여성쪽이 훨씬 어른스럽고 현실적이다. 그러나 연애를 할 때 어린애처럼 뼈기고 싶어하는 심리를 죄라고 할 수는 없다. 여러 번 설명하였지만 그것은 일종의 안간힘이며 허세일 뿐이다. 진정한 사랑에는 그같은 뼈김은 필요 없다. 상대방의 장점과 동시에 결점까지도 함께 사랑해야 하는 것 아닌가.

그러니까, 당신의 남편이며 연인이기도 한 그 사람이 그와 같은 뼈김을 당신에게 보이려고 할 때 처음에는 그의 자존심이 상하지 않도록 미소로 받아 주어야 마찰음이 생기지 않는다. 그러나 그가 그와 같은 안간힘이나 허세를 언제까지 부리지 않도록 조금씩 바로잡아 가는 것이 현명한 자세이다.

그가 가지고 있는 그대로의 모습까지도 사랑한다고 점차 알려주도록 노력할 때 남성은 더 이상 허세를 부리거나 잘 보이려고 안간힘을 하지 않아도 됨을 알고 마음이 편해질 것이다. 바로 그 점이 사랑의 지혜라고 말할 수 있다.

5 | 여자가 모르고 있는 남자의 세계

남자와 여자 중에 어느 쪽이 더 거짓말에 능할까?

하지만 어느 쪽이라고 단정할 수는 없다. 그러면 어느 쪽이 잘 속아 넘어가는가? 이 또한 일률적으로 잘라 말할 수 없다. 아마도 반반이라면 타당한 대답이 될지 모르겠다.

그러나 남자의 거짓말과 여자의 거짓말 사이에는 큰 차이점이 존재한다. 남자는 거짓말을 즐길 줄 알지만, 여자는 그렇지 못하다는 점이다.

한 커플이 있다.

남자는 사업 관계로 자주 술집이나 클럽에 간다. 그러나 실제로는 사업 관계는 뒷전이요, 사적으로 즐기기 위해서 가는 경우가 더 많다. 이것을 아내가 알면 몹시 흥분해서 진저리를

칠 것은 물론이고, 불결하다느니 같이 못 살겠다느니 노발대
발할 것임에 분명하다.

혹 아내가 눈치라도 챌 양이면 둘러대느라 바쁘다.

"술집에 가더라도 호스티스와 자는 것도 아니고, 사업상 어
쩔 수 없어서 마지못해 가는 것 뿐이야. 그냥 분위기만을 즐
기는데 그것도 이해하지 못해?"

오히려 역정을 내면서 얼버무리고 만다.

이 커플은 서로를 지극히 사랑했다. 그래서 서로 반해 결혼
을 했는데, 이렇듯이 싸움을 하면서도 꿋꿋이 결혼 생활을 잘
도 이어가고 있다. 여러분의 생각은 어떨지 모르겠다.

왜 남자들은 젊은 여자 종업원이 있는 술집이나 클럽에 가
는 것을 좋아하는가? 픽션의 세계가 그곳에서 펼쳐지기 때문
이다.

호스티스는 남자의 기분에 따라 행동할 줄 안다. 남자의 기
분에 맞추어 나긋나긋하게 상대해 줄도 알고, 남자의 성적 욕
구를 충족시켜 줄 수도 있다.

그러나 대부분의 남자들은 호스티스의 말과 행동이 전적으
로 거짓이며 허위라는 사실을 잘 알고 있다.

한마디로 남자들과 호스티스의 거래는 거짓과 속임의 거래
인 것이다. 서로 그것을 잘 알고 있으면서도 그럴 듯하게 속
아주고, 그것을 마치 진짜인양 행동하면서 즐기기 만하면 되
는 것이다. 이것이 술집이나 클럽의 세계이다.

남자는 일상생활에서 벗어나 허구로 가미된 세계를 즐기기

위해 술집이나 클럽에 간다. 칭찬이 아닌 줄 알면서도 칭찬의 말로 받아들인다. 진실한 연애가 아님에도 그와 같은 거래를 즐기는 것이 남자의 속성이라고 하면 지나칠까?

호스티스 쪽에서 말하자면, 그것이 거짓이라기보다는 사업이다. 거짓말을 해서 남자를 즐겁게 해 주고, 그리고 돈을 받기만 하면 그만이다. 사업상의 거짓말이요, 손님들도 그것을 알고 있으므로 가책을 느끼지도 않고, 더욱이 속인다는 생각은 아예 할 필요조차 없다.

나는 그런 데에 취미가 없어서 잘 모르지만 취재를 하기 위해서 남자가 여장을 하고 서비스하는 술집에 가 본 적이 있다. 그곳에는 호스티스보다도 더 거짓이 철저하고 심했다. 남자가 여자인 체 하려니 출발부터가 거짓이요, 타협의 여지조차 없다. 그 점에서는 호스티스의 거짓은 아주 미숙하다는 느낌마저 들었다.

거짓에 철저하다는 것은 서비스가 좋다는 뜻이다. 그러므로 그런 취미가 없는 사람일지라도 완전한 허구의 세계에 빠져 들어 충분히 즐길 수가 있다.

남자가 술집이나 클럽에 가는 이유가 바로 여기에 있다. 눈꼬리를 세울 필요가 없는 것이다.

그러나 개중에는 호스티스의 거짓말을 진짜로 알아듣고 속았다고 펄펄 뛰는 남자도 있다. 그것은 남자쪽이 어리석은 것이다. 거짓을 즐길 줄 모르면 그런 곳에 갈 자격도 없는 남자가 아닐까.

여자들에게도 이와 비슷한 장소가 있는데, 바로 호스트 클럽이다. 나는 남자라 그런 장소와는 인연이 없는 사람이지만, 들리는 바에 의하면 남자들이 찾는 술집이나 클럽과는 대단히 다르다고 한다.

어쨌든 여성들이 호스트 클럽에 가는 이유는 욕구 불만에 기인하는 듯하다. 물론 남자의 욕구 불만을 이유로 술집이나 클럽에 가는 경우가 있기는 하지만, 대부분은 비일상적인 허구의 세계에 발을 들여놓는 것으로도 만족해 한다.

그렇지만 여자와 호스트 클럽의 관계는 섹스를 목적으로 하는 것 같다. 호스트와 거짓말을 교환하는 것만으로는 욕구 불만은 해소되지 않는다. 그러므로 호스티스는 거짓말의 전문가요, 호스트는 섹스의 전문가라고 해도 과언은 아닐 것이다.

[우리 나라에서는 아직 호스트 클럽이 일반화되어 있지 않다: 편자주]

거짓말을 즐길 줄 아는지 모르는지가 이런 예를 통해서 잘 드러난다고 하겠다. 내가 구태여 이런 예를 들어가면서 강조하는 이유는, 여성들도 거짓말의 즐거움을 알아두었으면 좋겠다는 생각에서이다.

그렇다고 호스트 클럽에 가서 더 즐겁게 놀라는 뜻으로 받아들이는 여성이 있다면, 그만 이 책을 덮으시라.

그저 일상 속에서, 비록 작은 거짓말일지라도 즐기면서 살아가라는 말이다. 기회가 닿으면 외설 같은 남자들은 대부분 그것을 즐긴다. 경험담이라든지 직장 동료들이나 친구들에게서 들은 이야기를 가지고 다른 사람들에게 떠벌리기를 좋아한다. 그러나 사실과는 달리 부풀리고 부풀려서 황당하기까지한 얘기들을 잘도 떠들어대는 것이다.

실제 경험을 토대로 하더라도 이야기를 재미있게 전개하기 위해서 거짓말이라는 조미료를 충분히 가미하거나, 오히려 조미료가 더 많은 것이 보통이다. 듣는 측도 이미 그 뜻을 잘 알고 있다.

그들 또한 조미료를 푸짐하게 섞은 것을 더 좋아한다. 그리하여 절묘하게 맛을 낸 외설에는 박수 갈채도 아끼지 않는 것이 적나라한 남자들의 속마음이며 남자들의 세계다.

그러나 여성들의 외설은 다르다. 조미료가 부족하다. 그저 경험이나 실제로 느낀 점을 그대로 말할 뿐이다.

그런 가운데서도 외설에 능수가 있어서 푸짐하게 넘치도록 조미료를 가미하기도 하지만, 그러나 듣는 측에서는 그것을 진짜로 받아들이는 경우가 적어 즐긴다는 것은 거의 불가능하다.

거짓말을 즐길 줄 아는 것도 하나의 현명함이요, 지혜라고 나는 믿는다.

6 남자의 교활함을 분별하는 요령

대체로 인간은 남녀를 불문하고 자신을 좀 더 돋보이게 하려는 간절한 마음을 가지고 있다. 그래서 여러 가지로 노력을 기울인다.

그러나 그 정도가 문제다. 실제는 아무런 능력도 없으면서 아주 많은 능력을 지니고 있는 것처럼 보이려는 인간들도 존재하기 때문이다.

이 점에 관해서는 남자가 여자보다 훨씬 교활하다. 그러므로 남자의 실체를 정확히 파악하기 위해서는 눈을 똑바로 뜨고 살펴보지 않으면 안 된다.

속임수를 써서 접근하는 남자들은 여성들이 보기에는 어떨지 모르지만, 같은 남자로서 보면 꼴불견이다. 여성의 모성 본능을 의식적으로 이용하는 방법이지만, 남자들이 보면 금방 눈에 보인다.

그러나 여성은 이러한 방법에 아주 약하다. 호의를 가지고 마치 응석을 부리듯 달라붙으면 힘없이 무너지고 만다. 이미 그것을 염두에 두고 여성을 찾아 헤매는 남자들이 있으니 주의하지 않으면 안 된다.

이런 남자들을 보면 꼴사납지 않을 수 없다. 그야말로 속이 들여다보이는 짓거리인데도 여성들은 그것을 잘 분별하지 못하니 이상한 일이기도 하다.

반면에 불량스럽게 보이는 남자도 있다. 이것도 테크닉의 하나로 상대 여성이 좀 불량스러운 남자를 좋아하는 경향이 있다고 보이기만 하면 곧바로 행동에 돌입한다.

이와 같이 고도의 테크닉을 가지고 접근하는 남자는 아주 어려운 상대다. 그러니 우선 반쯤 깎아서 보면 어느 정도 정확할 것이다.

또 최근에는 남성도 섬세한 기교를 발휘하는 경향을 띠고 있으므로 정신을 똑바로 차리지 않으면 안 된다. 반복해서 정신을 똑바로 차리라고 강조하고 있기는 하지만, 그러나 이런 수동적이고 소극적인 자세만으로는 어려운 것이 현실이다.

특히 이 세대의 젊은이들인 여러분은 반대로 어떻게 하면 남성을 더 잘 유혹할 수 있을까 하는 점에 더 많은 흥미를 느끼고 있지 않을까 하는 생각도 든다. 이에 대해서 좀 더 살펴보기로 하자.

여성이 남자와 친해지고 싶은 이유에는 두 가지가 있다고 생각한다. 나에게 문의해 오는 경우에는 전적으로 이 두 가지 부류에 의존한다. 남자가 마음에 들어서 결혼해도 좋다고 하는 경우와, 그저 같이 즐기기 위한 대상으로 사귀고 싶다는 경우다.

후자는 남자를 완전히 함락시켜 자기 마음대로 할 수 있는 방법을 가르쳐 달라는 것인데, 이런 터무니 없는 물음에는 전혀 대답할 가치도 없다.

남자를 유혹하는 방법이라고는 하지만, 솔직히 말하는 경우는 거의 드문 것이 사실이다. 상대 남자가 어떤 남자인지를 알고 있으면 간단하다. 그러나 문제는 남녀 관계가 일반적으로 그렇게 쉽게 전개되지는 않는다는 점이다.

어떤 경우에는 실로 전쟁을 방불케 할 정도로 각종 전술 전략이 동원된다. 성격이나 전략을 모르고 있으니 방법도 없다. 따라서 차분히 상대의 전략을 연구하고 상대방의 추이에 따라서 임기응변으로 자신의 전략을 바꾸어 나가지 않으면 안 된다.

그것은 상대의 교양·성격·나이·가정 환경 등 여러 요소에 따라서 가변적이다. 그럼에도 불구하고 일반적인 원칙은 있다. 나도 남자이므로 우리 만의 가장 큰 약점, 즉 아킬레스 건을 알고 있다.

그것은 뭐니뭐니해도 남자로 하여금 매력을 느낄 수 있도록 하는 일이다.

얼굴뿐만 아니라 태도나 행동, 옷차림 등 모든 것이 해당될 수도 있다. 그런 사소한 것들에 약간의 신경만 쓰면 대부분의 남자들은 넘어오게 마련이다.

새침한 캐리어 우먼보다는 여자다운 매력을 발산하는 여성에게 남자는 더 약한 법이다. 또 한 가지 현대적인 요소이기는 하지만, 남자의 여성화 경향이 진행되고 있어서 오히려 상냥한 서비스가 남자의 심금을 울릴 수도 있다는 점을 알아두기 바란다.

6.25전쟁 이전까지의 세대에 있어 이성이라는 존재는, 단지 남자가 사랑해 주는 존재로 밖에는 인식되지 않았다. 그러나 요즘과 같이 남녀 평등이 강조되는 시대에 이르러서는 오히려 반대 현상이 진행되고 있다.

여성은 점차 남성화되고 남성은 반대로 여성화되는 경향이 있어서 남자가 응석을 부리거나 아양을 떨기까지 하는 것이 요즘의 세태다.

일반적으로 성적 매력을 발산하기 위해 지나치게 과장된 복장이나 짙은 화장을 하는 여성들에게서 느끼는 남자들의 반응은 거의 비슷하다. 친밀감보다는 혐오감을 불러일으킨다는 견해가 지배적이다. 잘 보이려고 하다가 오히려 역효과를 발생시키는 것이다.

실제로도 일시적인 희롱이나 그저 즐기기 위해서라면 몰라도 연애 상대로는 탐탁하게 생각하지 않는다. 그저 '재미있는 여성' 정도로 그치고 마는 경우가 많다.

앞에서 심정적인 연애와 남자의 본능으로서의 성적 욕구에 대한 문제를 짚어봤는데, 그렇다고 해서 그런 남자는 당연히 안 되느냐 하면 그것도 아니다.

이른바 '정이 붙는다'는 말이 있는데, 처음에는 그저 놀고 즐길 작정으로 시작했지만, 교제가 지속될수록 차츰 애정이 생겨서 결혼에 골인하는 커플도 나는 많이 보았다. 내 친구나 후배들 가운데도 얼마든지 그런 경우가 있다.

따라서 상대방은 그저 욕구 밖에 없다는 식으로 속단을 해버리는 경우도 경계해야 만한다. 실은 좋아하면서도 이성을 발휘한답시고 관계를 끊어버리는 것도 다소는 고려해 볼 만한 일이다.

물론 결과론이기 때문에 어떻게 진전될지 모르지만 균형을 잡기가 어렵다는 것만은 사실이다.

남자와 사귀게 될 경우, 여성들이 가장 많이 신경을 쓰는 부분은 뭐니뭐니 해도 처녀성의 문제라고 생각한다.

최근 들어 여러 계층의 10대 후반에서 20대 초반의 젊은 남성들을 대상으로 앙케트를 해 본 결과 여성의 처녀성을 절대 조건으로 하는 경우가 대단히 적어지고 있다는 통계가 나왔다. 10퍼센트만이 처녀를 원한다는 대답이 나온 것을 보면 달라져도 아주 많이 달라졌다는 느낌이다.

아예 처음부터 체념하고 넘어가자는 생각인지는 모르겠으나, 어쨌든 여성에게는 발전적인 소식이 아닐 수 없다.

내가 개인적으로 접해 본 학생들이나 샐러리맨들의 경우에도 거의 이러한 견해에 동조하고 있었다. 그런 사고방식을 가진 사람은 시대에 뒤떨어진 사람이라고 단정적으로 말하는 사람들도 있었다.

그러나 남자들은 여성의 수다에는 질색을 한다. 본인은 기분이 좋을 지 모르지만, 듣고 있는 남자 쪽에서는 그만 질리지 않을 수 없다. 만일 수다를 참고 들어준다고 하더라도 그것은 억지로 들어주는 것이지 재미있어서 듣는 것은 결코 아님을 염두에 두기 바란다. 심지어는 그 수다로 인해서 사랑하는 남자를 잃을 경우도 있다는 점이다.

그밖에 화장에도 문제가 있다. 여성에게는 이 화장 문제만큼 중요한 종목도 없다. 여성들 쪽에서는 화장이나 복장은 남을 위해서가 아니라 여성 고유의 본능적인 행위이므로 상관하지 말라고 하는 선언도 있기는 하다.

그러나 본인은 자기 도취에 빠져 좋을지 모르지만, 너무 지나친 화장은 주위 사람들을 피곤하게 만든다. 특히 남녀 관계에서는 정상적인 남자라면 하나같이 경원시하고 싫어한다. 심지어 속된 여자로 치부해 버리기까지 하는 남자들도 많다.

그럼에도 짙은 화장을 하거나 짧은 스커트를 즐겨 입는 여성들이 갈수록 늘어가고 있다는 것은 이해되지 않는 일이다. 몸매가 좋으면 얼마나 좋은 것인가. 그것이 무슨 자랑거리라도 되는 듯이 흔들며 야단 법석을 떠는가 말이다.

또 화장이란 자신을 가꾸는 것에 지나지 않는 것이요, 화장이 지나치다는 것은 자신의 용모에 자신이 없기 때문에 그것

을 가리자는 셈이니 화장을 짙게 한 여성일수록 용모에 자신
이 없는 여성이라고 판단해도 욕할 것은 못된다고 생각한다.

7 | 남자의 정복욕은 동물적이다

남자는 항상 여자를 탐한다. 자신이 원하는 여자를 얻기 위해 야생의 맹수처럼 성적 충동의 충실한 노예로 변신하기도 한다.

어느 의학잡지에 소개된 글을 보면 정상적인 건강한 남성이라면 3분 간격으로 여성의 알몸을 떠올린다는 끔찍한(?) 보고 내용이다.

그런데 잠깐, 여기서 짚고 넘어갈 부분이 있다. 현대 사회에서는 '괜찮은 남자를 골라서 소비한다.'라는 풍조 속에서 여자들도 남성적 사고방식에 가까워지고 있다는 점이다.

하지만 여자보다 항상 남자쪽이 동물적이다. 수컷은 본능을 억제하지 못하면 공격적으로 질주한다. 뚜렷한 목표가 없다.

그래서 불륜이라는 '가장 무도회'의 주인공으로 등장하는 것은 모두 이런 원시적인 단순한 욕망으로부터 시작된다.

이는 정복자만이 누릴 수 있는 성향에서 비롯되는 극히 자연스런 본능이다. 장애물 뛰어넘기와 마찬가지로 하나를 정복하면 뒤도 돌아보지 않고 다음의 목표물을 겨냥해 질주한다.

나에게 이런 경험이 있다. 잡지사 후배중의 한 여직원이 처자가 있는 같은 직장의 남자와 2년 동안 불륜 관계를 가졌다. 그런데 상대는 공교롭게도 나의 오랜 친구였다. 물론 두 사람의 사랑 놀음을 눈감아 준 나 역시도 면죄부는 없다.

어느 날 그녀는 남자에게 물었다.

"자기! 나와 부인중에 누구를 더 사랑해?"

이와 같은 물음에 남자의 대답은 공식화되어 있다.

"그야 물론 너지, 누구겠어?"

이런 상투적인 말에 어리석은 여자들은 남자의 진심이 아님을 알면서도 쉽사리 넘어간다.

한편 남자의 속셈은 처음부터 미사여구로 포장된 빈말이거나 아니면 관계를 유지시키기 위한 적당한 술어, 구속 심리에 강요받은 억지일 뿐이다. 이 경우라면 '한시라도 빨리 이 여자로부터 도망쳐 해방되어야지.' 하는 궁리밖에 없음을 어찌 알 수 있겠는가?

나의 친구도 예외는 아니었다. 그는 여자의 요구에 못 이겨 '사랑한다'를 일삼으며 힘들게 관계를 이어가다가 결국은 종적을 감추고 말았다.

그런 뒤 얼마 지나지 않아 후배 여자는 나에게 하소연을 하였다.

"정말 우리 둘은 사랑하고 있어요. 어떻게 그를 찾을 수 없을까요?"

종적을 감춘 남자를 찾아서 어떻게 할 것인가. 가정이 있는 남자의 마지막 결단은 당연할 뿐이다. 나는 그들 사이를 원상 복귀시키기 위해 애쓸만큼 친절하지 못하다. 그보다도 불륜을 방조했다는 자책감 때문에 그저 건성으로 듣고 있었다.

마침내 그녀는 자살 소동을 벌이고 병원에 입원하는가 하면 퇴원하자 술에 잔뜩 취한 목소리로 한밤중에 전화를 걸어오기도 하였다. 그녀로서는 상처 입은 자존심을 보상 받으려는 필사적인 몸부림이었을 것이다.

첫눈이 내리는 어느 늦은 밤, 작은 카페에서 술에 취해 있는 그녀와 마주쳤다.

나는 모른 척 시선을 돌렸으나 그녀는 나에게 다가와 혀가 꼬부라진 말투로 푸념을 늘어놓았다.

"그런 비겁한 남자는 천벌을 받을 거예요. 시시한 남자죠. 안 그래요?"

그에 대한 험담을 늘어놓더니 유혹의 시선을 던졌다.

'원 세상에! 자칫하면 상대 남자의 가정을 파탄에 빠뜨릴 여자가 하는 말이란……'

그녀에 대한 노여움보다는 편집광적인 한 남자에 대한 집착에 연민의 정을 느끼지 않을 수 없었다.

사실 여성의 사랑은 자기애를 중심축으로 자전하는 경향이 강하다.

'부인과 나, 한쪽을 포기해요.'

불륜 관계의 여성이 이런 소리를 내뱉는 것만큼 소름 끼치는 협박은 없다.

남자의 열정은 여자의 이런 말 한마디에 싸늘히 식어버린다. 남자로서는 어찌 되었든 간에 사랑을 지켜나가고 싶어도 여자 쪽에서 병적으로 물고 늘어지면 재앙을 초래한 자신이 죽고 싶도록 미워지기까지 한다.

이와 같이 그릇된 자기애가 편견을 낳는 것은 아닐까. 편견이 굳어지면 모든 것은 끝장이다. 편견에 갇힌 나는 비뚤어진 모습으로 자신의 내면에 뿌리를 내린다.

다른 사람의 입장이야 어찌되었든 간에 자신만을 지키려고 결사적이다. 여기서 파생되는 결과는 인간 관계의 파괴일뿐 스스로 견고한 고립의 장벽을 쌓아 간히는 꼴이 된다.

확실히 내 후배인 그녀는 남자의 정복욕이 무엇인지를 모르고 있는 것이 분명하였다. 정복이란 힘겨운 포획물을 손에 넣었을 때 쓰는 단어이다. 떠나간 남자를 잊기 위해 대용품으로 직장 선배이며 친구 사이인 나에게까지 유혹의 눈빛을 보내는 어설픈 바람둥이 여성의 앞날은 남자들의 좋은 먹이감으로 전락할 것이 분명하다.

이런 여자보다는 오히려 성매매를 하는 여자가 훨씬 신선하다고 말할 수 있다. 그녀들은 성을 직업으로 삼아 상대에게 철저하게 서비스한다. 그만큼 확실하기 때문이다.

남자는 순간의 쾌락과 정복욕을 충족시키기 위해 성매매를 알선해 주는 업소를 찾아가서 적당히 눈이 맞는 여자를 고른다. 그 곳에는 남자의 생리를 이해하는 직업 여성이 항상 대기하고 있기 때문이다.

여자들은 이런 남성들의 세계에 대해 이해하기는커녕 동물적이라고 매도한다. 그래서 '어떻게 사랑하지도 않는 여자와 잠자리를 같이 할 수 있을까' 하고 의문을 품는다.

남자가 여자의 성감을 감지하지 못하는 것처럼 여자 역시 남자의 속성을 파악할 수 없다. 왜 남자는 기회만 있으면 시키지도 않는 외도에 기를 쓰는지 여자는 살펴봐야 할 일이다. 이는 단순한 호기심 탓이 아니고 본능적인 정복욕, 지배욕이 남자를 부추기기 때문이다.

그런 사실을 모른 체 여자는 무턱대고 남자를 독점하려고 든다. 남자는 정복욕을 앞세우고 여자는 독점욕으로 상대를 사로잡는다. 여자의 독점욕이 지나치면 남자는 떠난다. 여자가 결혼을 집요하게 요구하는 것도 독점욕을 사회적인 틀, 즉 법적인 형식에 묶어놓으려는 심리일 뿐이다.

이렇듯 여자들은 독점욕을 사랑으로 간주하는 경향이 높은데 그것은 자기애에서 비롯된 착각임을 알아두어야 한다. 혼자만의 편집광적인 망상으로 채색된 자기 속박이다. 남자를 옴짝달싹 못하게 사랑이란 포획의 끈으로 묶어놓고 제멋대로 조정하려 한다면, 어느 남자인들 탈출을 시도하지 않으려 하겠는가.

여자들은 언제나 남성들에게 사랑의 확증을 지나치게 요구한다고 말할 수 있다. 자기 멋대로 아집에 가까운 사랑을 모래성처럼 쌓아놓고 그 곳에 억지로 상대를 유인하려 든다.

이런 여자들에 비해 능동적 정복자인 남자들에게 있어서 첫 체험이란 시작이요, 출발점이다. 남자는 능동적 활력의 바로미터로서 잦은 경험을 가지려 든다. 그것은 자신의 힘에 대한 테스트인 동시에 허세로 무장된 사회적 경쟁 원리에서 이기고자 하는 욕망이기도 하다.

한심한 남자와의 첫 경험 때문에 한평생 그 지배 아래 사랑과는 관계없이 정복욕과 지배력을 행사하려 드는 죽어도 결혼해서는 안 될 남자도 있음을 염두에 두어야 한다.

8 남자는 이런 점에 약하다

한 쌍의 남녀가 있다.

두 사람은 연인 사이다. 그런데 언제인가부터 여자 쪽에서 심하게 남자를 비난했다. 흥분에 들뜬 목소리로 남자를 질책했던 것이다. 그녀가 그 같은 분노를 터뜨린 것은 처음 있는 일이었다.

불평의 원인은 남자가 바람을 피웠다는 데 있었다. 심한 욕설을 퍼부으며 삿대질까지 해대는 것이다. 그러자 남자는 즉각 반론을 제기했다.

사실 바람을 피운 적이 있기는 했지만, 여기서 인정해 버렸다가는 끝장이라는 생각에 도리어 더 펄펄 뛰면서 극구 부인하였다.

무슨 증거를 갖다 대더라도 인정할 수 없다는 식으로 나가니 싸움의 양상은 그야말로 점입가경이었다. 여자는 거칠게 대들며 심지어 남자의 옷자락을 붙잡고 매달리는가 하면, 주먹을 쥐고 남자의 가슴팍을 쥐어박기도 했다.

싸움의 종지부를 찍은 마지막은 그러나, "미안해요." 하는 여자의 단순한 말 한마디였다. 의심해서 죄송하다고 울며 사과를 하더라는 것이다.

"사실은, 그 사람이 바람을 피우지 않았다고 극구 부인했다고 해서 그 말을 믿었던 것은 아니예요. 바람을 피운 것은 사실이었거든요. 그러나 내가 할 만큼 해서 기분이 개운해졌어요. 바람을 피웠다고 해도, 그렇게 열심히 부인하는 것을 보면, 그만큼 나를 소중하게 생각했기 때문이 아니겠어요? 그래서 이 정도에서 끝내고 용서해 주자는 마음이 든 거죠. 사과한 것은 내가 잘못해서가 아니라, 그렇게 하지 않으면 싸움이 수습되지 않을 것 같아서 그랬던 거예요."

뒷날 그녀는 이렇게 말했다. 참으로 현명한 여자라고 나는 생각했다.

남자 또한 그 싸움 이후 그녀에 대한 애정이 더욱 두터워져서 바람 피운 사실을 그대로 인정하고 앞으로는 절대 바람을 피우지 않겠다고 약속까지 했다고 한다.

그 이후 두 사람의 관계는 점점 더 좋아져서 곧 결혼을 할 예정이라고 하니 아주 잘된 일이다.

이처럼 싸움은 슬기롭게 하지 않으면 안 된다. 관계를 아주 청산해 버리려면 어떻게 싸우든 상관없겠지만, 두 사람의 관계를 지속시키고 싶으면 무모한 싸움은 금물이다.

그러므로 슬기로운 싸움은 얼마든지 해도 좋다. 그것은 두 사람의 관계를 더욱 촉진시키는 촉매제 역할을 한 것으로 충분하다.

이제 슬기로운 싸움이 주는 교훈이 어떤 결과를 가져다 주는지 당신도 알게 되었을 것이다.

9 | 남자는 상식적인 문제에 많은 신경을 쓴다

가문에 대해 신경을 쓰는 남자가 점점 늘어나고 있다. 시대가 변하면서 예전의 봉건유물의 잔재인 집안 문제는 줄어들어야 마땅한데 오히려 늘어나고 있다고 하니 참으로 기현상이라고 하지 않을 수 없다.

세상의 구조가 틀이 잡히고 물질 위주의 사회로 변하다 보니 가문이나 그 집안의 재산에 대해 신경을 쓰는 모양인데, 참으로 한심스런 행태이다.

연애나 결혼을 하는 경우에도 상대방을 보고 서로의 관계를 지속시키는 것이 아니라 집안과 집안이 결혼하기라도 하는 듯이 가문을 내세운다.

결혼식장에 가 보면 OOO 장남 OO군, OOO 차녀 OO양 이라고 안내문이 써 있는 것을 볼 때마다 하루 빨리 폐지되어야 마땅하다는 생각을 갖게 된다. 그냥 신랑 OOO, 신부 OOO의 결혼이라고 써야 옳을 것이다.

그런 옛 관행이 남아있기 때문에 가문에 신경을 쓰게 되고 유약한 남자들이 갈수록 늘어가게 되는 것이다. 남자 쪽이 모 기업 재벌 사장의 아들이고, 여자 쪽은 그에 비하면 하늘과 땅 차이로 가난한 경우에도, 그런 것에 신경을 쓰는 남자라면 빨리 교제를 끊어버리는 것이 현명하다.

그것을 과시하거나 자랑하려는 남자는, 혹 입으로는 말하지 않더라도 눈치를 통해서 감지할 수 있다.

반대로 남자 쪽이 가난한 경우에도 가문에 대해 이러쿵저러쿵 지루하게 떠벌리는 남자는 역시 금물이다. 자기 힘으로 세파를 헤쳐 나가고자 하는 의욕이나 자신감이 없는 남자라면, 단언하건대 빨리 관계를 끝내는 것이 좋다.

또 두뇌가 나쁘다는 것에 많은 신경을 쓰는 남자도 있다. 그러나 머리가 나쁜 것은 천성이니 어쩔 수 없는 일이다. 비록 훈련이나 계발을 통해서 어느 정도는 좋아질 수 있다 하더라도 어쩔 수 없이 한계가 있게 마련이다.

그러니 불평을 해도 소용없는 일이다. 이외에도 질병이나 기타 여러 가지로 인해서 열등감을 느끼는 사람도 많다.

이와 같은 열등감의 종류만 해도 각양각색이다. 또 이런 남자들도 있다. 어떤 여자와 사귀고 있는데, 그 여자의 속마음이 어떤지 알고 싶다는 것이다. 이런 경우라면 대체로 두 가지로 분류된다.

하나는 아직 상대 여성에게 사랑을 고백하지 않은 경우로, 그 여성의 마음을 알고 싶다는 것인데, 이런 경우에는 나에게 전화를 걸어 상담을 요구하더라도 나 역시 해결 방법이 없다.

그래서 여러 가지로 물어보니, 그녀의 태도나 말하는 버릇에 대해서 설명을 해 준다. 알고 싶으면 직접 물어보면 될 것인데, 그만한 용기도 없다. 그래서 묻는 것이겠지만, 아무것도 모르는 내가 어떻게 대답할 수 있겠는가.

다른 한 경우는 연애를 하고 있는데, 그녀가 다른 남자와 만나고 있는 듯 하다든가, 그녀의 마음이 이미 식어버린 것 같다든가 하는 경우이다. 역시 내가 알 수 없는 남녀의 영역이다.

여자도 같겠지만, 남자라는 존재는 연애 관계에 있거나 아니거나를 막론하고 끊임없이 상대의 마음을 알고 싶어한다. 그러므로 남자는 항상 여성을 상대로 눈을 번득이며 의심의 눈초리로 주시하고 있다는 사실을 명심하기 바란다.

10 | 남자는 여자의 마음가짐에 따라 바뀐다

내 청소년 시절의 이야기를 해 보려고 한다.

나는 고등학교 시절, 경상도 지방의 한 작은 마을 평범한 가정의 꿈 많은 젊은이였다.

어느 날 저녁 무렵, 나는 누군가를 만나기 위해 역 쪽을 향해 혼자 걸어가고 있는데, 그때 열차가 막 도착하자 승객들이 역사 밖으로 쏟아져 나와 귀가를 서두르는 그 행렬들과는 반대 방향으로 걸음을 옮기고 있었다.

그런데 그 행렬 속에서 한 소녀가 눈에 띄었는데, 나는 이미 그 소녀의 얼굴을 몇 번 본 적이 있었다. 얼마 전에 우리 집 근처로 이사 온 여학생이다.

그녀는 아직 전학을 하지 않은 탓으로, 내가 다니고 있는 학교보다 먼 곳으로 통학을 하고 있었다. 그러므로 다른 학생들은 이미 귀가해서 저녁 식사를 마쳤을 시각인데, 그녀는 이제야 겨우 학교에서 돌아오고 있는 중이었다.

"안녕하세요, 늦었군요."

나는 미소를 지으며 먼저 인사를 했다.

그녀와는 지금껏 인사는커녕 말 한마디도 나눈 적이 없었는데, 그때 인사말을 건넨 것이 처음이었다.

어떤 소녀일까 하는 호기심을 끝내 참지 못하고 용기를 내어 한 번쯤은 인사라도 하고 싶은 마음에서였다. 그렇다고 강렬하게 의식하고 있었던 것도 아니고, 그녀의 대답을 기대하지 않았다.

그때 말을 건넨 것은 일종의 호기심이 주는 극히 소년다운 발상이었다. 통근 직장인들 속에 단 한 명 섞여 있는 소녀에게 자연스럽게 끌렸다는 표현이 적합한 말일 것이다. 그런데 전혀 얘기치 않은 말이 들려왔다.

"안녕하세요."

고개를 약간 숙이고 겨우 들릴 듯 말 듯한 목소리로 말하고는 내 옆을 그림자처럼 지나치는 것이 아닌가.

다음날 같은 시각에, 나는 또 역 쪽으로 걸어가고 있었다. 별다른 용건이 있는 것도 아닌데, 다만 그녀가 보고싶다는 막연한 기대감에서였다.

내 생각은 그대로 적중되었다.

나는 먼저 인사를 했다.

"안녕하세요."

이번에는 대답을 예상한 인사였다.

"안녕하세요."

역시 낮고 고운 소리가 귓가를 스쳤다. 소녀의 엷은 미소가 한참동안 눈가에 맴돌았다.

단지 그뿐이었다.

그것만으로 나는 그녀가 사랑스럽다는 감정을 갖게 된 것이다. 이에 나는 소녀를 이 세상의 어느 것보다 의식하게 되었고, 들뜬 기분으로 달콤한 흥분에 사로잡혔다.

단순하다면 단순하고, 철없고 분별력 없는 마음의 흐름이라고 하더라도 그 황홀하고 짜릿한 감정이 전해 주는 기분을 과연 무엇이라고 표현할 수 있을까.

대체로 무엇인가를 막연하게나마 사랑하고 싶다고 느끼는 심리적 움직임 자체가 단순한 것이므로 사랑스러움의 표현도 단순함은 당연하다고 하겠다.

아주 미미한 눈동자의 움직임, 주고 받는 말 한마디, 이 모든 것들이 단지 사랑스럽다는 단순한 심리에 의해서 비롯된다. 이렇듯이 아주 단순한 사건이 연애의 실마리가 되는 경우도 허다하므로 간단히 넘어갈 수 만은 없는 일이다.

그 짙은 노을이 깃든 거리에서 의식적으로 소녀에게 말을 걸어보겠다고 미리 마음의 준비를 했던 것은 아니다. 꼭 그 시간이면 약속이나 한 듯이 귀가하고 있는 소녀를 그냥 보고 싶었던 차에 돌발적으로 인사를 건넸을 뿐이다. 말을 건 나의 돌연한 행동을 소녀 또한 얘기치 않았을 것이다.

"안녕하세요."

답례의 인사말에는 어떠한 계산도 깔려 있지 않은, 다만 순간적이고 순수한 마음의 욕구에 따라 자신도 모르게 반응한 것에 불과하다. 그렇기 때문에 있는 그대로의 솔직한 그녀를 느낄 수 있었던 것이다.

순간적인 표정이나 태도, 행동, 무의식적으로 나타내는 반응만큼 그 사람의 심성을 거짓없이 솔직하게 표출시키는 방법은 없다. 남자가 여자에게 사랑의 감정을 느끼는 것은 거의 그와 같은 단순한 동기에 의해서이다.

그렇다면 당신은 어떠한가.

한 예로 회사 내에서 이런 일도 일어날 수 있다.

"미스 김, 커피 한 잔 부탁하고 싶은데……"

불시에 이런 부탁을 해 오는 동료 남자 사원이 있다면, 당신은 어떤 반응을 보이며 대처할 것인가. 어떤 모습으로 응할 것인가.

이런 남자 사원은 부수적으로 당신에 대한 귀염성의 정도를 여러 가지 측면에서 관찰하게 된다. 이는 아주 우연한 부탁의 말이다.

11 | 남자와 여자는 다르다

어느 스포츠 신문사 주최로 기력이 뛰어난 두 명의 젊은 여성과 바둑 대국을 한 적이 있다.

저녁 때부터 늦은 밤까지 두었지만, 확실히 강한 여성들이어서 혹시 2연패의 수모를 당하는 것은 아닐까 하는 걱정도 되었다. 다행이도 1승 1패를 올려서 그나마 면목만은 유지한 셈이다.

바둑은 대단히 이지적인 게임이다. 옛 사람들은 승부를 가리는 놀이라고 했지만, 나는 아주 이지적인 고도의 게임이라고 생각한다. 결코 우연을 기대할 수 없을 뿐만 아니라, 이론이 정연하지 않으면 패하게 마련이다.

대체로 여성은 그런 이지적인 게임에는 서툴다고 하지만,

최근에는 여류 기사도 많이 알려지고 있다. 내 바둑 스승께서도 대단히 산술적이요, 이론적인 수 읽기를 즐긴다. 감정적인 면이나 감각적인 면은 전혀 찾아 볼 수가 없다.

이러한 여성들의 이지적 현상은 6·25 동란을 전후로 해서 변화했다고 생각된다. 그 전까지는 수동적이고 피동적이라는 사고방식이 지배적이었는데, 전후를 기점으로 이지적 변화가 일어나기 시작한 것으로 보인다.

이제는 여성도 남성과 거의 같은 수준으로 이지적이라는 사실이 여러 가지 면에서 실제로 증명되고 있다.

나와 대국한 여성들 만해도 아주 침착하고 면밀하게 수 읽기를 하면서 바둑을 둔다. 나는 상대가 두고나면 생각할 여유도 없이 곧바로 착점한다.

그러나 그녀들의 경우에는 5분이고 10분이고 충분히 생각한 후에 두는 것이다.

내가 1승을 한 것도 바둑 경력에 의해 현혹시킴으로써 겨우 이긴 것이지, 심각한 승부를 겨루거나, 그녀들이 조금만 더 경험이 풍부했더라면 분명히 패했을 것이다.

그때 내가 곰곰이 생각했던 것은 일찍이 옛 사람이 말한, '인류가 창조되고 여류가 탄생되었으며, 그 뒤에 원숭이가 생겼다'고 하는 사고방식은 농담으로도 통용될 수 없다는 사실이었다.

연애란 무엇인가 하면, 남녀가 서로 사랑하는 일이다.

서로 사랑하려면 반드시 육체적인 교류가 필요하게 된다.

만일 그렇지 않다고 말하는 사람이 있다면, 그 사람은 정상적인 사람이 아니다. 그런 경우에는 연애가 성립될 수 없다.

따라서 연애를 묘사할 때는 자연히 육체적인 관계도 묘사하지 않으면 안 된다는 것이 나의 지론이다.

나는 자주 이런 상담을 받는다. 남성 전반의 기분이나 감정에 대해서 알 수 없다든가, 지금 좋아지기 시작한 남성의 기분을 이해할 수 없다든가 하는 내용들이다.

그러나 실제로는 아무도 알지 못한다. 남자와 여자는 서로 다르기 때문에 영원히 모를 수도 있다. 완전히 안다는 것은 불가능하다고 보는 것이 타당하다. 그렇지만 바로 이 모르는 사실 때문에 사랑이 성립될 수 있다는 점이다.

애정이란, 어떻게 보면 착각이거나 환상이다. 그러한 환상이 사라지게 되면 여성도 남자 따위를 좋아하지 않게 된다고 나는 생각한다.

남자 쪽에서도 여성의 정체를 알게 되면 싫어질 것이 분명하다. 그러니 결혼 따위는 더 이상 매력을 느끼지 못한다. 그런 어리석은 생각을 할 까닭이 없는 것이다.

그러므로 상대를 완전히 알고 나면, 상대에 대해 품었던 환상이나 꿈도 사라져서 흥미가 없어지고 만다. 그와 마찬가지로 상대편에 대해 아무 것도 알지 못하면 상대로부터 어떤 흥미나 환상도 불러일으키지 못하기 때문에 연애가 성립되지 않는다.

그러므로 상대에 대해 어느 정도는 알아둘 필요가 있다. 그러한 것이 여러 면에서 좋다.

그러나 무엇보다도 여기서 강조하고 싶은 것은 여성과 남성은 서로 다르다는 점이다. 이것이 결론이다. 알고 모르고의 관계는 그 다음의 문제다.

12 자기 자신을 아는 것이 사랑의 지혜다

구태여 대철학자 소크라테스의 말이 아니더라도 이 명제는 중요하다. 자꾸만 여자에 대한 험담을 한다는 것이 페미니스트로 자처하는 나로서도 여간 가슴 아픈 것은 아니지만, 그래도 계속 문제를 제기하지 않을 수 없다.

'시야를 넓혀라.'

관심의 집중, 무한 공간의 영역으로 확대하라는 말은 내가 논하기도 전에 이미 수많은 사람들에 의해 오르내려왔고, 앞으로도 계속해서 논의될 문제들이다.

그럼에도 불구하고 이 문제에 관한한 사람들의 생각은 긍정은 하되 실천으로 옮기기에는 너무나도 어려운 문제로 인식되는가 보다.

특히 여성들과 관련해서 보면, 이 명제를 그녀들은 매우 단락적이거나 부분적인 것으로 여기던지, 아니면 자신과는 전혀 상관 없는 문제로 치부해 버린다.

자기만큼 스스로에 대해서 잘 아는 사람은 결코 없다는 식이다. 그러니 아무리 외쳐 본들 공염불에 불과한 것은 당연한지도 모른다.

심지어는 잘 알지도 못하면서 아는 체까지 하는 여성들이 있다. 이런 여성을 보면 참을 수가 없다. 실로 꼴불견이라고밖에는 할 수 없는 일들이 비일비재하게 일어나는 것을 나는 수없이 보아왔고, 지금도 경험하고 있는 일들이다.

이 또한 자신의 시야가 좁고 편협하다는 사실을 스스로 확연히 드러내는 행위임에도 불구하고 오히려 자신의 시야가 넓다는 것을 증명하기라도 하듯이 떠벌려대니 이런 모순도 있을 수 있는가.

이런 여성들에게는 어떠한 구제 방법도 없다고 여겨지는 것은 나만의 편협한 독단일까.

무엇이라도 어느 한 가지에 관심을 가지고 그 일에 충실하다 보면 뜻밖에 자신이 알고 있는 지식이 얼마나 보잘 것 없고 부족한 것인지를 절실히 느끼게 된다.

나 역시도 내가 알고 있는 지식이 이 세상을 살아가는데 있어 극히 작은 부분에 지나지 않는다는 것을 잘 알고 있다.

그러나 모르고 있다는 것은 아무런 문제도 되지 않는다. 처음부터 알고 있는 것은 거의 없었기 때문이다. 오히려 모르고 있음으로 해서 알고자 하는 욕구가 생긴다.

점차 호기심이 강해져서 급기야는 알지 않고는 배기지 못할 지경에까지 이르고, 마침내는 인간이 왜 인간이어야 하는 이유를 알 수 있게 된다.

인간이 다른 동물과 다른 것은 생각하고 깨칠 수 있는 능력이 있음을 구태여 말하고 싶지는 않다.

시야를 넓힌다는 것, 그것은 단지 지식의 확장만을 뜻하지 않는다. 자기가 알고 있는 지식이란 이 세상의 지극히 미세한 부분에 불과하다는 것을 자각하라는 말이다. 그것은 지식이 아니라 지혜의 범주에 속한다.

이러한 지혜는 남자와의 관계에서도 효력을 지닌다. 남자와 대화를 할 때 혹, 여러 가지 화제에 직면하더라도 흥미를 가지고 귀를 기울일 수 있으며, 자신의 견해를 솔직하고 담담하게 피력할 수 있다.

언제 어떤 문제를 놓고 얘기를 하더라도 흥미를 가지고 가벼운 마음으로 상대방을 헤아려 가며 자신의 의견을 밝히는 여성만큼 남자들에게 아름다워 보이는 모습도 없을 것이다.

이런 여자는 남자를 즐겁게 하고, 남자의 마음을 더욱 밝게 만들어 준다. 서로 말이 통한다는 것은 바로 이를 두고 하는 말이다.

여기서부터 참된 사랑이 시작된다. 이런 사랑은 강하다. 서로를 받아들이고 서로를 이끌어 준다.

남자의 관심과 여자의 관심이 서로 비슷한 지경에 이르면,

남자의 생리 또한 쉽게 이해할 수 있게 되고, 이때부터 여러 가지 계산을 통해 진정한 사랑의 길목으로 들어설 수 있게 된다.

나아가 상호 보완을 통해 서로의 범위를 확대할 수도 있고, 상대방을 통해 느낄 수 있는 행복의 소중함을 알게 된다.

이런 속설이 있다. 남자는 이성적이요, 여자는 감성적이라는 것인데, 이러한 경향이 여자의 시야를 좁게 만드는 원인이 되었다고 하는 속설이다.

따라서 여자는 이론적인 면에 약하고, 이론적인 것에는 거의 관심을 가지지도 않는다는 점이다.

그런지도 모르겠다. 그러나 이렇게 보면 극단으로 흘러버리기 쉽다. 반대로 남자는 이성적이므로 감성적 측면에는 전혀 무지하다고 하는 생각은 너무 위험하다. 역이론만이 통용되면 조화를 이룰 수 없기 때문이다.

나는 바둑을 좋아하며 또 취미이기도 하다. 바둑이 마작이나 화투와 같은 놀이 수단이라고 생각하는 사람들도 있겠지만, 그 뿌리는 전혀 다르다.

마작이나 화투는 운이 크게 좌우하지만, 바둑은 철저하게 운을 배제한다. 이성적인 계산을 하지 않으면 결코 승리할 수 없다.

최근에는 여성 바둑 애호가들이 많이 늘어나고 있다고 하는데 참으로 바람직한 현상이라는 생각이 든다.

또한 스포츠의 일종으로도 각광을 받고 있으니 바둑 애호

가인 나로서는 더 이상 기쁜 일이 없다.

나도 이따금 여성과 대국을 한다. 그리고 대국을 하다 보면 그녀들이 참으로 이성적이라는 생각을 하게 된다. 놀랄 만큼 이론적이요, 정석 위주의 포석 전법으로 나오는 것이다.

여성이 대개 감성적이라는 것은 나도 어느 정도 인정한다. 그러나 남자가 이성적이라고 해서 감성적 측면이 결여되어 있느냐 하면 그렇지도 않다.

남자도 얼마든지 감성적일 수 있으며, 이와 마찬가지로 여성 또한 이성적일 수 있는 것이다.

따라서 남자는 이성적, 여자는 감성적이라고 하는 속설에 너무 지나치게 구속될 필요는 없다. 그것은 스스로 자기 최면을 거는 것에 불과할 뿐이다.

그와 같은 자기 최면에서 깨어나야 한다. 자신을 버림으로써 자신을 되찾을 수 있다는 불교의 수양법이 그리워지는 요즘이다.

13 | 사랑하는 마음이 있으면 질투하는 마음도 있다

질투를 부끄럽다고 생각하는 사람이 의외로 많은 것 같다. 왜 질투심은 천박하다고 생각하는 것일까?

당신에게 사랑하는 사람이 있다고 하자. 당신이 다른 남자와 함께 커피숍에 앉아서 차를 마시고 있는 모습을 당신의 애인이 보았거나 누군가에게 들켜 질투를 한다면, 당신은 과연 어떤 느낌이 들겠는가?

기분이 나쁘리라고는 생각되지 않는다. 오히려 그가 당신을 사랑하고 있다는 확신만 더욱 강해질 것이기 때문이다.

남자도 마찬가지다. 여자가 적당한 질투를 한다고 해서 불쾌하게 여기는 남자를 나는 아직 본 적도 들은 적도 없다.

불쾌하기는커녕 오히려 우월감을 느끼면서 속으로 쾌재를

부르는 경우가 더 많을 것이다.

남녀 관계에는 언제나 질투가 따르기 마련이다. 사랑하는 마음이 있으면 질투하는 마음도 자연히 따르게 된다. 그것이 자연의 섭리다. 질투 없는 연애는 그야말로 오아시스 없는 사막과 같다.

친구 가운데 이런 사람이 있다. 그는 몇몇 여자와 사귀고 있었는데, 연애라기보다는 그저 즐겁게 만나 서로의 감정을 교환하고, 원한다면 기꺼이 사랑까지 나눌 수 있는 그런 사귐이었다.

그렇게 해서 몇 명의 여자와 접촉할 수 있는 자신을 자랑스러워하며 플레이보이로 자처하고 다녔다.

그러던 어느 날, 그 가운데 한 여성과 데이트를 했는데, 그만 다른 여자 친구에게 들키고 말았다. 그녀는 얼굴을 맞닥뜨리자마자 울고불고 난리를 피우며 화를 내기 시작했다. 얼굴이 붉으락 푸르락하여 두려움까지 생기더라는 것이다.

그녀는 지금까지 애인이 자기 외에 다른 여자와 사귀고 있다는 사실을 전혀 모르고 있었다. 그러다가 우연히 다른 여자와 만나고 있는 장면을 목격하자 순간적으로 강렬한 질투를 느꼈던 것이다.

그 결과 질투심으로 하여 온몸이 분노로 끓어올라 미친 듯 날뛰며 변명도 용서도 효과가 없었다.

그래서 결국 어떻게 되었느냐 하면, 얼마 후 그 두 사람은 결혼을 하는 계기가 되었던 것이다.

분노로 가득 차서 물불 가리지 않고 대드는 그녀의 모습이 그에게는 다소 두려우면서도 대단히 신선하고 귀엽게 보이더라는 것이다.

그녀의 분노는 말하자면, 그에 대한 사랑이 얼마나 깊은가를 증명해준 셈이다.

따라서 연인들 끼리 서로 질투하는 것도 나쁘지 만은 않다고 생각된다. 질투는 오히려 두 사람의 연애 감정에 변화를 주고, 더 풍요롭게 해주는 윤활유가 될지도 모른다. 연애 감정의 촉진제가 될 수도 있다는 것이다.

청소년 잡지들을 보면, 흔히 미혼 여성을 상대로 한 인터뷰 기사가 실려 있다. 그 중에는 이런 질문도 있다.

"남편이나 애인의 바람기를 어떻게 생각하는가?"

그러나 대부분의 답은 이미 정해져 있다.

"나 모르게 몰래 바람을 피우는 것은 괜찮다."

"남자는 본래 그런 동물 아닌가요."

등 비교적 이해할 수 있다는 답이 많이 나오는 듯하다.

그런가 하면 '남자가 바람을 피우면 나도 피운다'식의 위협적인 대답도 보인다.

상대방이 바람 피우는 상황을 모르면 문제는 없을 것이다. 남자는 본래 바람기가 있다고 하는 것도 일리있는 말로 들리기는 한다. 상대가 바람을 피우면 나도 똑같이 그렇게 하겠다는 것도 위협적인 면에서는 어느 정도 효과를 보여주는 자극제가 될지도 모른다.

그러나 이러한 대답에는 사랑에 대한 진실성이 전혀 없다고 나는 생각한다. 그러므로 이런 내용의 기사를 싣는 잡지사 측에도 문제가 있어 보인다.

다분히 청소년들에게 흥미를 끌기 위한 수단으로 성의없이 기획한 기사 내용이고 보니 해답 또한 장난기가 많이 섞이기 마련이다.

쉽게 대답할 수 없는 성질의 물음에 대해 성의없게 대답한다는 것도 문제이거니와 흥미 위주의 독자 끌기로 상술을 드러내는 언론 매체들의 처사 역시 아주 못마땅하다.

이들 답에는 정보의 과다 노출로 인해 알게 모르게 청소년들의 뇌리에 파고든 현대사회의 무분별함과 경망함이 짙게 깔려 있다고밖에 생각되지 않는다.

어찌하여 싸움을 각오하고서라도 캐묻고 따져서 시정하도록 만들겠다는 답이 왜 나오지 않는 것일까.

이는 다분히 그런 답을 쓰는 사람은 아주 무식하다거나 현대적 감각이 무딘 사람이라고 자신도 모르게 생각하고 있기 때문이다.

그리하여 상대의 바람기를 깨끗이 인정하고 질투 따위는 결코 하지 않겠다든가, 그런 일에 연연하거나 고민하기보다는 자신도 부담없이 바람을 피우면서 인생을 즐기겠다는 방임적인 태도이다.

그러한 것이 오히려 세련된 삶의 방식이라고 여기는 풍조가 점점 더 일반화되고 있다는 사실이 참으로 안타깝다.

이런 여성은 확실히 프랑스 소설에나 등장할 법한 인물이지, 멋대가리라고는 찾아보려고 해도 찾아볼 수 없는 부류라고 생각된다.

진정한 사랑의 영역에서는 완전히 이탈해 있으니, 적어도 젊은 여성들이 취해야 할 태도는 아니라고 본다.

남편의 직함과 수입이 그대로 가정의 지위와 생활로 연결되어 있는 영역에서 자기 혼자서는 힘도 발휘할 수 없는 중년 여성의 입장이라면 어느 정도 이해할 수 있지만, 쓸데없이 질투하면서 무분별하게 날뛰다가는 이미 확보된 생활마저 잃게 될지도 모른다. 적어도 생활면에서는 흔들리게 될 것이 분명하다.

더구나 남편의 나이를 생각해 보면, 정말 사랑을 하여 바람을 피운 것이 아니라는 사실을 믿게 될 것이다. 아니면 더 나아가 오랜 생활을 통해 질투할 정도로 애정이 식어버렸는지도 모른다.

한편 이런 정도라면 조금은 참고 기다려서 부드럽고 현명하게 남편의 바람기를 잡는 것 또한 하나의 해결 방법이 될 것이다. 그러나 아직 결혼 경험도 없고, 현재 연애를 하고 있거나 혹은 이제부터 사랑의 세계로 돌입하려는 젊은 여성의 태도로서는 바람직하지 않다고 생각한다.

연애란 아주 촌스럽고 유치한 행위인지도 모른다. 어찌 보면 연애야말로 가장 어리석고 치졸한 행위로 보이기도 한다.

맹목적으로 상대를 독점하고 자신도 독점되기를 바라며 궁극에는 하나로 동화되려고 하는 것, 이것이 연애의 마지막 모습이다.

연애를 하게 되면 눈이 멀게 된다고 한다. 그와 나 외에는 아무것도 생각할 수 없고 보이지도 않는다. 남의 말은 귀에 들어오지도 않게 되니 연애만큼 사람의 넋을 빼앗는 마법도 없는 모양이다.

그렇지만 두 사람이 하나로 동화된다는 따위는 결코 불가능하다. 상대를 독점해서 묶어놓을 수는 없다.

아무리 독점한다 하더라도 거리감은 있게 마련이다. 그래서 연애에 빠지면 똑바로 보지 못한다는 말이 생겨나지 않았을까?

약간의 거리감을 느끼기만해도 불안해지고 고통스러워서 잠을 이루지 못한다. 헤어지자마자 다시 보고 싶고, 조금만 떨어져 있어도 천 리 만 리 멀리 있는 것처럼 아득하게 느껴진다.

며칠 만나지 못하기라도 할 양이면 영영 만나지 못할 사람이라도 된 것처럼 안달을 해댄다. 차라리 주머니 속에 넣고 다닐 수 있을 만큼 작았으면 하는 생각까지 든다.

이렇듯 연애를 하면 사람이 졸렬해질 수도 있다. 그것을 알면서도 사랑을 하지 않고서는 견딜 수 없는 것이 또한 인간의 속성이다.

사랑은 본질적으로 모순을 안고 있다. 그 모순을 알면서도 과감히 사랑 속으로 뛰어든다. 이것이 인간의 오묘한 감정이며 연애의 불가사의한 운명이다.

사랑은 이처럼 촌스럽고 어리석은 인연이다. 별 무리없이 촌스럽게 살고 싶지 않으려면, 아예 연애 따위는 하지 않으면 그만이다. 그래도 연애를 하고 싶다면 솔직하고 대담해져라.

질투를 느끼면 느끼는대로 과감하게 질투하라. 사랑은 결코 무모하지 않은 축복이다. 질투하는 것은 솔직한 심정의 발로요, 진정한 사랑의 표현임을 굳게 믿으라.

14 | 애정은 성적 매력에 의해서 좌우된다

남성이 여성에게 끌리는 것은 성적 매력 때문이다.

인간성이 어쩌니, 인격이 어쩌니 하는 것도 따지고 보면 겉 치레에 불과하다. 상대가 이성이라는 성적 요소를 제외하고 나면 남는 것은 하나도 없다. 애정은 오직 성적 매력에 의해 좌우된다.

한 예로 절해 고도에 남녀 두 사람만이 있다고 가정해 보자. 두 사람은 얼마 안 가서 서로 결합하게 될 것이다.

그것은 신이 모든 피조물에게 부여한 특권이자 자연스런 본능의 결과이기도 하다. 물론, 다른 여러 가지 요인들이 작용 하겠지만, 가장 큰 원인은 역시 이성간의 성적 충동에서 기인한다.

우리는 여기서 프로이트의 정신분석학을 빌리지 않더라도 성적 충동이야말로 남녀를 결합시키는 원천이라는 사실을 발견하게 된다.

그럼에도 불구하고 인간은 어쩔 수 없이 사회 속에서 집단적인 생활을 영위하지 않으면 안 된다. 홀로 고립되어 독립적으로 살아갈 수 있는 공간은 몇몇 종교적인 예를 제외하고는 존재하지 않는다.

인간 세계는 조직적이고 체계적이며 일정한 유형의 문화를 가지고 있다. 그렇기 때문에 남녀 사이의 관계도 성적 충동만으로는 이루어질 수 없다.

문화는 좋고 나쁘고를 판단할 수 있는 가치의 척도를 인간 각자에게 부여하였고, 이러한 가치 판단에 의해서 남녀는 각자에게 알맞은 상대를 선택하게 되는 것이 보편적인 인간의 세계이며, 성적 관계 또한 일정한 생존의 틀 속에서 한정적으로 행해진다.

그래서 연애도 원초적인 성적 충동에 의해서 이루어지는 것이 아니라, 그 과정 속에 여러 요소가 끼어들어서 사랑의 방해물로 등장하는가 하면, 어느 사이 사랑을 부채질하는 요소가 되기도 한다.

연애가 진행되면 진행될수록 점점 복잡해져서 끝내는 어찌해야 할지 도무지 알지 못하게 되는 경우도 있고, 끝간 데를 도저히 알 수 없는 미로처럼 이리저리 헤매다가 제풀에 주저앉고 마는 경우도 있는데, 이것이 사랑의 아이러니이다. 그러므로 각양각색의 연애이론서가 도처에 나뒹구는 것도 무리가 아니다.

그럼에도 연애의 원천은 성적인 욕구에서 비롯된다고 나는 주장하는 바이다. 사랑하는 상대를 자신에게로 끌어당기는 최대의 무기는 다름아닌 성적 매력이기 때문이다. 혹자는 이 주장에 오류가 있다고 지적할지도 모른다.

그러면 여기서 서술의 방향을 약간 돌려보기로 하자.

과연 성적 매력이 넘치기만 하면 사랑의 승리자가 될 수 있을까? 결코 그렇지 않다. 남성 잡지의 표지 모델로 섹시한 여자의 누드, 혹은 얇은 속옷만 걸친 사진이 있다고 하자.

한껏 성적 매력을 과시하면서 남성들을 유혹의 눈길로 응시한다. 부푼 가슴과 매끄럽게 흘러내린 몸의 굴곡만으로도 남성들의 시선을 빼앗고도 남음이 있을 것이다.

그러나 그것이 진정한 애정의 표현일 수는 없다. 남자의 욕망의 대상이 되었다고 해서 연애를 하고 있다고 생각하는 감정이야말로 팔불출이다.

사랑을 하거나 사랑을 받기 위해서는, 단지 여자의 성적 매력을 무기 삼아 남자의 성적 욕구를 자극해서는 안 된다.

남자의 마음 속에서 일어나는 심리적 작용을 먼저 알아야만한다. 성적 매력을 어떻게 표현하고 어떻게 상대에게 전달할 것인가 하는 것이 무엇보다 중요하다.

15 남자의 마음을 사로잡는 여자의 매력

러시아 작가 안톤 체홉이 쓴 [귀여운 여인]이라는 단편소설이 있다. 이 소설의 여자 주인공은 사귀고 있는 남자에게 기쁨을 줄 때 비로소 자신의 사랑을 확인하는 여성이다.

그녀는 남자를 만나서 열렬한 사랑을 한다. 소설에 나타난 그녀의 사랑은 그야말로 헌신적이란 말 한마디면 족하다. 상대편이 기쁨을 느낄 수 있도록 적극적으로 행동한다. 그렇게 하는 것이 그녀 자신의 유일한 즐거움이기도 하다.

그러므로 그녀는 자기가 희생을 당하고 있다고는 조금도 생각하지 않는다. 이것이 그녀의 자연스런 삶의 방법이요, 사랑의 행위인 것이다.

그러는 동안 어찌된 영문인지 남자가 그녀 곁에서 사라졌다. 그녀는 감당할 수 없는 고통과 슬픔에 빠져 어찌할 바를 모르는 체 그저 떠나간 남자가 되돌아오기 만을 손꼽아 기다릴 뿐이다.

그런데 얼마 후에 다른 남자가 그녀 앞에 나타났다. 그러자 그녀는 사라진 남자를 언제 그리워했느냐는 듯이 새 남자에게 전 남자에게 했던 것처럼 헌신적으로 사랑을 바친다. 그리하여 그가 기뻐하면 그녀 자신도 행복감에 젖는 것이 삶의 전부였다.

소설 [귀여운 여인]의 주인공은 이와 같은 사랑의 연출 속에서 자신의 삶을 영위하는 방법에 익숙해지자 그녀 곁을 많은 남자가 지나갔다.

이제 이 책의 본론으로 들어가 보자.

여기서 나는 이런 유형의 여자를 여러분은 어떻게 생각하는지 묻고 싶다. 체홉은 이 단편소설에 [귀여운 여인]이라는 이름을 붙였다. 아주 적절한 제목이라고 나는 생각한다.

지금도 나는 이 소설에 등장하는 주인공이 확실히 귀여운 여자라는 믿음을 변함없이 가지고 있다.

그러나 이른바 우먼 리브(Woman Lib)들은 이에 대하여 완강한 반론을 제기할지도 모르겠다. 어쨌든 이 여자 주인공은 숙명적으로 헌신적인 사랑을 통해 남자로부터 빛을 받아 변신하는 여성임에 틀림없다.

동시에 일방적으로 남자에게 종속되어 주체성을 잃은 여성처럼 보이기도 한다. 한편으로 그녀의 헌신적인 사랑은 남자를 사로잡는 무기가 될 수도 있다고 본다.

"그와 같은 여자가 매력적이라면, 나는 결코 소설 속의 여자는 되고싶지 않아요."

최근 들어 유행하는 말이기는 하지만, 경제적인 자립 능력을 갖추고 평생을 독신으로 지내겠다고 주장하는 여성들에게는 천만부당한 얘기일지도 모르겠다. 그런 여성들에게 귀여운 여인이라는 말을 듣기에는 거북하고 심지어 혐오스럽기까지 할 것이다.

그럼 여기서 소설 [귀여운 여인]의 주인공이 과연 남자에게 종속되어 주체성이 없는 여인인지 어떤 지의 여부는 잠시 미루어 두기로 하자.

우선 소설의 주인공을 귀엽다는 편에서 살펴보면, 과연 어떤 면에서 귀여운 것일까.

한마디로 그녀에게는 겉치레와 같은 허식이 없다. 자신의 솔직한 마음을 있는 그대로 변함없이 드러내놓고 사랑하며 살아가는 것이 그녀의 모든 것이고 삶의 방법이다. 남자가 여자에게 귀엽다고 느끼는 본질의 하나가 바로 여기에 있다.

내가 기억하고 있는 A녀를 귀엽다고 하는 인상을 버리지 못하는 것도, 역시 같은 의미에서이다. A녀의 삶의 방식에는 일반적인 사회통념에 비추어 자기 자신을 돋보이게 한다든가, 좋은 이미지를 부각시키려는 가식적인 꾸밈이 없다. 솔직하게 자신을 노출시키고 있는 그대로의 자기 모습을 보여 주고 있기 때문이다.

[귀여운 여인]의 주인공이나 A녀가 세상을 현명하게 살아가고 있는지 어떤 지는 중요하지 않다. 귀엽고 사랑스럽다는 느낌의 본질은 단지 솔직한 마음의 표현에 달려 있을 뿐이다. 이에 대해서는 어떤 근거로도 반박을 할 수 없다고 나는 믿는다.

사실 남자를 끌어당기는 가장 강력한 요소는 여자의 순진무구한 귀여움이다. 어떤 여자를 귀엽다고 느꼈을 때, 남자는 사랑을 향해서 한 걸음 더 다가서게 되는 법이다.

아마도 설문 조사를 해 보면 많은 남성들이, '사랑은 귀엽고 예쁘다는 감정의 움직임에 의해서 시작되었다'고 답할 것이다. 귀엽고 아름다운 모습이 여자에게 끌리는 중요한 요인이 된다는 것은 이를 두고 하는 말이다.

이것은 보편적이며 불변하는 사랑의 본질이다.

그 아름다운 사랑의 본질이 맑은 심성에 있다는 점은 이미 앞에서 말했음을 기억하기 바란다. 그러나 슬프게도 심성이란 보이지 않는 내면의 세계이다.

여기서 여러분에게 묻고 싶은 말이 있다.

우리 주위에는 여러 부류의 사람들이 존재한다. 가깝게는 집안 식구, 친척, 직장 동료, 선후배, 그리고 멀리는 거래상 만나게 되는 사람 등 실로 다양하다. 그들에 대해 여러분은 무의식적이건 의식적이건 자신의 가치 판단을 통해 가늠하고 재단한다.

그리하여 자신의 가치 기준과 맞아떨어지는 사람들을 가려 사귀고 교제하거나 할 것이다.

이때 결론을 내리는 개개인의 판단 기준이야말로 마음의 결정이요, 자신의 내면 세계이다.

이를 단순히 말하면, 좋은 사람, 나쁜 사람이라고 구분지을 수도 있을 것이다. 그러면 여러분은 과연 무엇을 기준으로 해서 사람을 평가하고, 그들과 관계를 맺는가.

대개는 그 사람의 태도·몸짓·말씨·동작 등을 통해서 느끼고 판단할 것이다. 그런 표면적이고 외적인 느낌이 기준이 되는 것이다.

아마도 그럴 것이다. 마음은 볼 수도 확인할 수도 없는 무형의 실체이다. 그것은 행동이라든가, 표정이라든가 하는 신체적으로 표현되는 외적 현상만을 통해서는 결코 감지할 수 없는 내면의 세계이다.

그럼에도 우리 인간은 상대의 마음을 읽을 수 있다. 비록 정확하지는 않더라도 그 사람의 말이나 행동, 표정 등을 통해서 상대방의 마음을 어느 정도 파악할 수 있는 것이다.

반대로 말하면, 자기의 마음을 어떻게 표현하는가에 따라 한 인간에 대한 평가가 내려질 수도 있다는 말이다. 인간의 마음 속을 훤히 들여다 볼 수 없기 때문에 겉으로 드러나는 행위를 통해서 상대의 마음을 읽는다는 것은 어쩌면 가장 자연스런 반응일지도 모른다.

A녀는 목욕이 끝난 뒤 자기의 나체를 거울에 비춰보고, 마치 나르시스가 호수에 비친 자신의 모습을 들여다보고 황홀

감에 도취된 것처럼 자신도 그렇다는 이야기를 나에게 서슴없이 털어놓았다는 사실이야말로 숨겨야 할 은밀한 세계를 거침없이 표출하고 있는 것이 아닌가.

아무런 사심이나 의심도 없이 말하는 그녀의 모습이 내 머리 속에 너무나 강렬하게 남아있기 때문에 지금도 여전히 아름답게 느껴지고 있는지 모른다.

아마도 맞을 것이다. 가식 없는 그녀의 매력과 삶의 방법이 한데 어울려 귀여운 심성으로 나의 뇌리에서 꽃을 피우고 있기 때문일 것이다.

소설 [귀여운 여인]의 주인공도 이와 같다.

물론 작가의 문장력이나 거침없는 문체의 영향도 있겠지만, 나는 여자 주인공의 시선과 눈빛, 말하는 모습, 가냘픈 몸매에 이르기까지 바로 눈앞에서 보고 있는 듯이 뚜렷하게 그려낼 수 있다. 귀염성에 대한 연상작용이 일어나기 때문이다. 그것들 하나 하나가 융합되어 빛의 혼합처럼 영롱하게 가슴에 와 닿는 것이다.

이렇듯 남자가 사랑의 감정을 갖게 되는 계기는 상대 여성의 마음의 호흡이나 태도, 표정, 또는 말씨 등에 의해서 좌우된다는 사실을 염두에 두기 바란다.

16 | 어떤 때 남자는
여자에게 싫증을 내는가?

타올 회사 디자인실에 근무하는 여성이 있었다.

나는 타올 디자인에 대해서는 흥미도 없고 아는 것도 없지만 색채나 모양에 따라 매출량이 늘었다 줄었다 한다고 하니 그녀의 업무가 중요한 분야라는 것을 짐작할 뿐이다.

그 부서에 남자 사원이 새로 들어왔다. 업무상으로는 그녀보다 후배이기는 해도 정규 대학을 졸업한 후 다시 2년간 전문 디자인 공부를 했기 때문에 나이로 보면 그녀보다 연상이었다.

단지 실무 경력이 없어서 그녀가 여러 가지로 도와주곤 했는데, 입사해서 얼마 뒤 그녀가 고안해 낸 색상에 대해 그저 지나가는 투로 그가 한 마디 했다.

"그리 좋은 것 같지는 않는데요?"

별로 대수롭지 않은 말이었는데, 그녀에게는 그 한 마디가 충격이었다.

"무슨 소리야!"

마치 신참 주제에 무엇을 안다고 짚고 까부느냐는 듯이 거세게 반문하는 것이다. 신참에게 한 방 얻어맞았다는 생각에 자존심이 상했던 모양인지 그 이후로는 사사건건 트집을 잡으며 자신이야말로 이 분야의 권위자라는 듯이 대하는 것이 아닌가.

디자인은 감각에 의해서 크게 좌우되는 분야이기도 하다. 특히 이런 종류의 감각은 노력에 의해서 하루 아침에 이루어질 수 있는 성질의 것이 아니라, 다분히 선천적인 재능을 필요로 하는 전문 분야다.

그의 감각이 뛰어나다는 것은 그녀도 어느 정도 알고 있었다. 그러나 그것을 인정하고 싶지 않았다. 그 분야에서는 자신이 선배인데, 신참이 건방지게 이의를 단다는 사실이 못마땅했던 것이다.

이렇게 되면 감정이 굳어 고집이 되어버린다. 그의 일거수일투족이 눈에 거슬리고 말이나 행동거지가 모두 마땅치 않다. 스스로도 처치 곤란할 정도로 외고집이 되어서는 옳든 그르든 상관하지 않고 그가 하는 일이라면 무엇이든지 기를 쓰고 반대하고 싫어진다.

실은 나도 그 여성을 알지 못한다. 다만 남자 신입사원을 알고 있을 뿐이다. 그의 이야기를 결론 삼아 들어보자.

"나에 관한 일이라면 무엇이든지 비틀고 헤집어 왜곡된 눈으로 바라보는 것입니다. 참으로 아니꼬운 사람과 함께 동료로서 일을 하게 된 겁니다. 한마디로 재난이지요."

17 남자에게 사랑 받는 솔직한 여자

먼저 결론부터 기술하기로 한다.

남자에게 가장 매력 있는 여성은 솔직한 여자이다. 다소 비약적인 결론이기는 하지만, 자세한 것은 차차 살펴보기로 하고, 우선 솔직함에 대해 생각해 보기로 하자.

만약 당신이 여성이라면 당신 자신은 솔직함에 대해 어떤 느낌, 어떤 이미지를 먼저 떠올리겠는가.

솔직하다는 말은 자연스럽다는 이미지를 이미 그 속에 내포하고 있는 것처럼 보인다. 그것은 긍정이며 시인함을 뜻하며 더 이상의 확인도 필요치 않다. 있는 그대로의, 지금 바로 이 상태를 오롯이 드러내는 것, 이것이 솔직함에 대한 나의 견해이다.

동시에 그것은 스스로에게 다른 사람들의 물음을 선행 조건으로 한다. 그 물음에 대한 대답이 솔직함에 대한 최초의 기준이 된다. 그러므로 솔직함에는 물음이 전제된다고 하겠다.

그러면 이 솔직함이 여성과는 어떤 관련이 있으며 또 남성과의 관계에서는 어떻게 작용하는가 하는 점을 살펴보기로 하자.

대체로 사람들은 '네' 또는 '아니오'라고 표현함으로써 자신의 심정을 시인하거나 부인한다.

특히 남성의 부름이나 물음에 순순히 응답하는 여성의 경우 '저 여자는 솔직한 여자'라고 생각하는 것이 대다수이다. 그러나 그 의미는 단지 남성에게 복종한다는 단정적인 확인 밖에는 없다.

오른쪽을 바라보라고 하자, 주저없이 그쪽으로 향한다고 해서 솔직하다고는 말할 수 없을 것이다.

그럼에도 불구하고 이와 같은 행위를 남성에 대한 여자의 성실성에 한정시켜 생각해 보면 납득할 수 없는 것도 아니다. 물론 여기서 살피고자 하는 바도 이런 문제이기는 하지만.

그렇다고 해도 이 대답은 여전히 부족한 느낌을 준다. 무엇이든 남성의 요구에 응하는 경우라면 다소 모자라는 여자로 보이기까지 한다.

솔직함이란 자기 표현의 양식이 너무 한쪽으로 치우치지 않는 것, 즉 남성과 동등한 관계임을 인식하고 난 뒤에 자신을 드러내는 것이야말로 진정한 여성다움의 솔직함을 지닌 것이라는 전제하에 이야기를 기술하기로 한다.

우리는 자신에 대해서 과연 솔직한가 하는 의문을 제기하지 않을 수 없다. 나는 정말 솔직한가. 그리고 당신은?

이런 물음을 던지다 보면 의외로 주변에 솔직한 사람이 거의 없다는 사실에 놀라게 될 것이다. 내 자신부터 솔직하지 않으니 주위 사람들이 나에게 솔직하지 않은 것 또한 당연히 받아들여야 할 일인데도 유독 자신에 대한 변호만을 완강하게 고집하니 참으로 안타까운 마음 그지없다.

각설하고, 우리 주위에 솔직한 것이 오히려 손해를 입는 경우도 허다 하므로 요령있게 처세해 나가는 지혜도 필요한 현실이다.

그러나 아주 사소하고 하찮은 일에도 자신의 마음을 숨기거나 솔직성을 가장함으로써 손해를 보는 경우가 종종 발생한다.

내가 알고 있는 한 여성의 경우가 좋은 예인데, 그녀는 무엇보다도 상표를 중요시한다. 식사를 하기 위해 식당을 찾을 때도 그 곳이 유명한 레스토랑이라면 모든 음식이 맛이 좋으며, 반대로 뒷골목의 식당이나 포장마차의 음식은 하나같이 맛이 없다는 식이다.

의류도 마찬가지여서 유명 메이커 제품이나 브랜드라면 덮어놓고 좋아하지만, 일반 시장에서 팔고 있는 양산품이라면 아예 보지도 않고 진저리부터 친다.

스스로 선택할 수 있는 자신만의 눈이 없어서 유행과 권위에 따라 판단하거나 이리저리 시류에 휩쓸려 다니면서 자신의 눈이 가장 높고 보편적인양 설쳐대니 그야말로 가관이다.

남들이 좋다고 하면 무작정 선호하는 판국이니 선입감과 편견의 오류가 이런 심리에서 비롯된다는 점을 다시 한 번 상기하기 바란다.

인간이 하는 일에는 언제 어디서나 정도의 개인 차가 존재하는 법인데, 하물며 오감중에서도 가장 민감한 미각의 경우에야 말할 나위도 없을 것이다.

아무리 일류 레스토랑에서 유명한 주방장이 만든 요리라 하더라도 내 입에 맞지 않는 음식이 있는 것은 당연한 일이라고 내가 극구 말해 주어도 무슨 가당치 않은 말이냐는 듯이 경멸의 눈초리로 쳐다보니 오히려 민망할 정도다.

그런 그녀인지라, 예전에는 맛이 없을 것이라고 생각했던 뒷골목 대중 음식점의 음식도 어느 이름 있는 미식가가 권장하면, 언제 그랬느냐는 듯이 금방 맛난 유명 음식점으로 변해 버리는 것은 물론이요, 그녀의 고유한 미각에 의해서 진짜 맛있는 음식을 찾아 내기나 한 것처럼 그 음식점 자랑을 늘어놓으며 떠벌려대니 차마 웃지 않을 수 없다.

결국 그녀는 자기 자신에 대해 믿음이 없는 여성이다. 권위나 유행, 시류에 편승해서 그것을 마치 자신의 판단인 것처럼 믿는 여성이므로 솔직함이나 성실성과는 아예 거리가 멀다.

이런 부류의 여자들이란 대체로 상표주의자, 권력주의자,

편의주의자로 자신감이나 성실성이 결여된 자라고 보면 틀림이 없을 것이다.

이런 사람들은 대개 손해를 보는 경우가 많다. 자기는 좋지 않다고 생각이면서도 맛있게 먹지 않으면 안 되기 때문이다. 그러므로 자신감이 없는 사람은 솔직하지 못하다는 것 또한 당연한 귀결이다. 자신감이 없는 사람이 솔직하다는 말을 나는 아직 들어보지 못했다.

여기서 한 가지 주목할 점은, 자기가 느끼고 판단한대로 표출하지 않고 다른 무엇에 의지하려고 하는 경향이 남자보다 여자에게 더 많다는 사실이다.

어느 회사에서 직원들에게 사보에 싣기 위해 지금까지 가장 감명 깊게 읽은 책이 무엇인가 하는 내용의 앙케이트를 실시했더니 남자들의 대답은 천차만별이었다.

그런 책도 있었던가 할 정도로 다양한 책명들이 쏟아져 나왔는데 반해, 여사원들의 대답은 한결같이 명작 일색이었다.

어떤 책을 읽었을 때의 감동은 그때그때의 독자의 감정, 혹은 심리에 따라 다를 수 있고, 또 처음 읽었을 때는 깊은 감명을 받았던 책이 다시 읽어보면 별로 대수롭지 않은 내용도 있다.

반면에 처음에는 그저 감동없이 읽었던 책도 다시 읽어보면 새로운 감동을 받게 되는 경우도 있다. 그런데도 여사원들은 하나같이 명작에 베스트셀러 일색으로 공통된 경향을 보여주고 있으니, 이 앙케이트 결과야말로 여성들이 솔직함에

대해 남성보다 취약하다는 일면을 확인시켜 주는 좋은 본보
기라고 하겠다.

18 | 남자의 마음 속에 숨어 있는 거짓말

이제 마지막으로 남자의 말 가운데 숨어 있는 거짓말에 대해 살펴보기로 하자. 우선 여성의 고민거리인 '뚱뚱하다'는 문제에 대해서 생각해 보자.

'살이 쪘다'든가 '너무 말랐다'든가 하는 문제를 남자 쪽에서 살펴볼 때, 과연 이러한 측면이 감점 대상이 되는가 아닌가 하는 점이다. 지금까지는 아무도 이 문제에 대해서 발표하거나 쓴 적이 없다.

솔직히 말하자면, 남자들이 '살찐 여자는 싫다', '깡마른 여자는 싫다'고 하는 말은 전적으로 거짓말이다. 기호가 어떻다느니, 취미가 어떻다느니 하는 말도 모두 거짓말이다.

내 후배 가운데 한 사람은 평소 살찐 여성을 좋아했다. 실제로도 처음에는 뚱뚱한 여성과 교제를 하더니, 언제인가 깨끗이 헤어지고 지금은 닭갈비처럼 마른 여자와 사귀기 시작해 결국은 결혼을 하고 말았다.

"너는 어째서 자신의 정설을 어기고 마른 여자와 결혼까지 했어?"

내가 농담조로 이렇게 묻자, 그가 대답했다.

"사람의 기호도 변하는 모양입니다."

또 이와는 반대로 날씬한 여자가 좋다고 말하던 남자가 전혀 안 어울리게 자신의 체격보다 두 배도 더 되어 보이는 뚱뚱한 여성과 결혼한 예도 나는 알고 있다.

그러나 기호가 변한다느니 하는 변명은 모두 억측에 불과하다. 결코 변하지 않는다. 자기가 그런 애인과 사귀고 있을 때는 그 쪽이 좋아지는 것이다.

대부분의 경우 여성관에 대한 자신의 믿음은 허위로 덧씌워진 것에 불과하다. 정말 중요한 것은 상대 여성의 마음인 것이다. 용모에 신경을 쓴다 하더라도 그것은 피상적인 것일 뿐 여성의 마음에 더욱더 신경을 쓰는 것이 남자들의 사랑법이다.

심리적인 연애의 본질은 물론 섹스의 본질도 결과적으로는 용모나 신체 조건과는 그다지 관계가 없는 것이다. 역시 마음과 마음의 접촉이 중요하다. 그것이 기본이요, 사랑의 견고한 토대며 바탕이다.

그 다음에 용모나 체격 등 지엽적인 문제가 거론될 수 있는 것이다. 그러므로 아등바등 살을 **빼려고** 하는 여성을 보면 좀 모자라는 여자가 아닌가 하는 생각이 든다.

육체적인 미용을 위해 돈을 낭비하는 것도 자기 만족으로서는 좋겠지만, 역시 기본은 마음에 있는 것이다. 그것이야말로 인간이 인간다운 이유이다. 마음이 고우면 겉으로 드러나는 태도에도 그것이 묻어 나오기 마련이다.

내가 이 책을 통해서 말하고 싶은 바도 결국은 이 한마디 말로 압축된다고 보아도 틀림이 없다. 이것을 생활 방식이나 실생활의 기준으로 삼아 살아간다면 나로서는 더 바랄 것도 없다.

19 | 이런 남자는 주의해야 한다

여자의 마음을 알고 싶다는 정도의 내용이라면 귀여운 고민에 속한다. 어떻게 하면 상대방을 공략해서 자기의 것으로 만들 수 있는가 하는 상담 전화도 간혹 있다.

그것도 여자를 사랑해서가 아니라 전적으로 자신의 욕구를 충족시키기 위한 수단으로 말이다.

남자를 주의하지 않으면 안 된다는 아주 건방진 건달들이 있기 때문이다. 내가 오십 평생을 통해 겨우 얻은 경험으로는 전화 한 통화로 자기 인생을 망치려고 작정한 무례한이 아니고서는 도저히 이런 전화를 할 수도 없고, 또 해서도 안될 일이다.

여성을 마치 무슨 물건이기나 한 것처럼 처음부터 자기 것으로 만드는 테크닉을 물어오는 젊은이들을 보면 속에서 왈칵 울화가 치밀어 올라 더 이상 듣지도 않고 그냥 끊어버린다. 그런 작자들은 이미 구제불능이다.

또 사랑하고 있지만 수완이 없어서 어떻게 해 볼 도리가 없으니 제발 방법을 가르쳐 달라는 하소연도 해 오지만, 이런 경우에는 가르쳐 주어도 별로 효과가 없다. 게다가 나 자신도 이제까지 여성을 유혹하는데 성공해 본 적도 없거니와 부끄러운 이야기이기는 하지만, 유혹을 받은 적도 없기 때문이다.

여성과 사이가 좋게 관계를 이어가는 경우란 설득하지도 설득 당하지도 않고, 그저 자연스럽게 친구 사이가 되는 일이다. 따라서 테크닉이란 방법을 알 필요가 없다.

다만, 남자 친구들이 많아서 머리 속에 꽤 많은 구체적인 사건들을 저장하고 있다는 것 뿐이다. 그런 예를 안면이 있는 젊은 편집자나 바둑 친구들에게 얘기해 줄 정도이다.

그 가운데는 이런 경우도 있다.

내가 K대학교 1학년 때, 같은 하숙집에 친구 한 명이 있었다. 대단한 플레이보이로 여러 부류의 여성들이 수시로 들락거리면서 묵고 가곤 했다. 어느 날 그가 자신의 경험담을 말해 주었는데 내용은 이렇다.

전철 안에서 대단히 매력적인 여성을 만났다고 한다.

그는 첫눈에 반해 그녀를 유혹하고 싶은 마음을 품고 자신이 내릴 역에서 내리지 않고 그녀가 내리는 역까지 그대로 타고 갔다는 것이다. 드디어 그녀가 내렸다.

그도 뒤를 따라 내리는 그녀를 미행하게 되었는데, 골목이 얼마나 복잡한 지 이리 꺾이고 저리 꺾이면서 미로 같은 길이 끝도 없이 이어지는 데는 암담해지지 않을 수 없더란다. 자신의 부질 없는 짓이려니 하는 생각도 들고, 자칫하면 여자의 팔꿈치 공격이나 받고 거절당할 것 같아서 그만 단념하고 되돌아가려니까, 웬걸 어떻게 가야 할지 길을 알 수가 없더라는 것이다.

그래 할 수 없이 그 여자에게로 달려가서 그간의 사정을 말하고 역까지 가는 길을 알 수가 없으니 가르쳐 달라고 부탁을 했다. 그러자 그녀가 역까지 데려다 주겠다며 가던 길을 되돌아서 가게 되었다.

이것도 하나의 테크닉인지 아닌지 나는 모른다. 그러나 어쨌든 이들 두 사람은 역까지 가서 다시 전철을 타고 어딘가로 갔다고 한다. 결국은 감쪽같이 그녀와 사귀는데 성공을 했다고 하니 테크닉이 뛰어난 친구라는 생각이 들었다.

실제로 전혀 모르는 여자에게 말을 건다는 것은 상당히 어려운 일이다. 자연스럽게 말을 걸긴 걸어야 하는데 의외로 이것이 잘 되지 않는다. 그런 경우라면 대단한 테크닉이 필요할 것이다.

이 친구처럼 천재적인 능력의 소유자라면 몰라도 대개는 불도저식으로 밀어붙이는 수밖에는 없다. 내 친구 가운데도 밀고 또 밀어붙여서 결혼까지 한 사람이 있다. 여자 쪽에서 지쳐 나가 떨어지고 말았는지 모를 일이다.

반면에 밀어붙여서 친해지기는 했지만, 얼마 안 가서 다시 헤어졌다는 말도 들린다. 이렇듯이 무턱대고 달려들어 끝까지 밀어붙이는 남자들이 많은 모양인데, 그렇다면 이런 남자들의 저력은 어디서 오는 것이며, 또 이런 남자들의 마음을 어떻게 분별할 것인가.

이 또한 대단히 어려운 문제임에 틀림없다.

그러나 방법이 전혀 없는 것도 아니다. 모든 일에는 나름대로 해결할 방법이 있는 것이다. 즉각적으로 대처하는 것은 순간 순간에 그칠 뿐이다. 뭔가 확실하고 근본적인 대처 방법을 생각하지 않으면 안 된다.

따라서 모든 일에는 근본적으로 여유가 전제되어야 한다. 여유가 없으면 상황 판단에 오류가 많다. 그러니 이런 경우에도 우선 여유를 가질 필요가 있다. 성급하게 덤비면 오히려 손해만 보게 된다.

한 발짝 물러서서 사태를 주시해야 한다. 먼 곳에서 상대를 응시할 수 있다면 문제의 추이를 알게 된다. 지나치게 감정에 휩싸여서는 좀처럼 알 수가 없다. 자신을 가다듬고 상대의 마음을 그윽히 바라보라.

사랑한다는 것을 무기로 삼아 저돌적으로 달려드는 공세 앞에서 당신은 언제나 혼자일 수밖에 없다. 신중하고 침착하게 상대의 저의를 포착함으로써 당신은 그를 선택할 수 있는 눈을 가지게 될 것이다.

또 한 가지 말해 두고싶은 게 있다. 남자 친구가 생겨 처음으로 찻집이나 술집에서 만날 약속을 했을 때는 친한 친구를 한 명쯤 데리고 가는 것이 좋다. 수완이 좋은 남자라면 자신이 좋아하는 쪽이 아니라 친구에게 더 친절하고 상냥한 태도를 보이게 마련이다.

그러므로 친구와 둘이서 남자를 만났을 때, 남자가 자기보다 친구를 더 생각해 주는 듯한 태도를 보이면 일단 자기쪽을 좋아한다고 생각해도 무리가 없을 것이다. 이럴 때 다소 냉소적인 남자는, 오히려 마음을 두고 있다는 표현의 한 방법이라는 것을 깨닫기 바란다.

이는 여성의 질투심 내지는 약점을 이용해서 역으로 교묘하게 유혹하는 남성의 전통적인 수법이다. 낡은 의미의 여자다움을 이용한 것이라고나 할까. 표면적으로는 참으로 사이가 좋은 것처럼 보이지만, 심중으로는 라이벌 의식을 느끼고 있는 점을 십분 이용한 교활한 수법이라고 하겠다.

그러나 지금까지 열거한 여러 유형의 예보다 현실적으로 가장 많이 쓰는 경우는 금전이나 물건으로 여성의 환심을 사려고 하는 수법이다. 통속적인 방법인데도 오히려 교묘하게 발전시켰다고 보는 쪽이 옳을 것이다.

이따금 여성들로부터 이러한 상담을 받는다. 어떤 물건을 남자로부터 받았는데, 그래도 괜찮겠느냐는 것이다. 그러면 나는 주는 것이니 괜찮다고 말한다.

물건을 주었다고 해서 그것을 미끼로 끈덕지게 달라붙는 남자는 조심하지 않으면 안 되지만, 깨끗한 성격의 남자라면 다소 고가의 물건이라도 기꺼이 받아들여도 좋다고 생각한다.
그것도 마음의 표현이기 때문이다.

20 | 여자의 육체를 통해서 남자가 바라는 것

한 예로 미스 박의 말을 직접 들어보기로 하자.

"물론 그 이탈리아 여자는 네 번이나 남자와 육체 관계를 가졌지요. 한 번은 동거 생활까지 했다고 해요. 저렇듯 24시간 내내 맞붙어 있으면 싫증이 나지 않겠어요? 질리기도 할 거고, 또 새로운 즐거움이라곤 전혀 없을 거예요. 차츰 공허감도 느끼겠지요. 사랑은 황무지라고 말한 것도 무리는 아닌 것 같아요. 이탈리아 영화나 문학 작품을 보면 사랑의 허무함이라든가, 사랑의 권태를 주제로 한 것들이 많은데, 그녀의 사랑법이 이탈리아의 풍조라고 한다면 무리도 아니겠지요."

그럴지도 모르겠다고 나는 그녀의 말에 일단 수긍을 했다. 그러나 다음과 같은 의견에는 찬성할 수가 없었다.

"어쩌면 그 여자는 바보인지도 몰라요. 한편으로는 아주 청순하고 귀여운 여자라는 생각도 들어요. 오로지 한 마음으로 사랑을 하다가 깨지고, 다시 그런 생활을 반복한다는 점에서 이탈리아 여성들의 사랑은 대단히 순정적이라고 할 수 있지 않겠어요?"

"아니야, 전혀 달라. 그런 이탈리아 여성을 순정파라고 하는 것은 너무도 삼류소설 같은 표현이지. 요컨대 그녀는 자신의 사랑을 계산 못하는 바보일 뿐이야."

나는 언제나 아주 단순한 데서부터 정리하는 버릇이 있다. 생각하는 것 또한 그렇다. 인간은 누구나 행복을 갈구하며, 이 행복을 위해서 열심히 살아가는 것이다. 모든 사고와 행동이 바로 이 행복의 잣대에 의해서 비롯된다.

그 이탈리아 글래머 여성은 그런 연애를 반복함으로써 과연 행복해질 수 있을까?

언제 어떤 남자와 또다시 만나게 될지는 모르지만, 그런 형태의 연애만 반복한다면 아무리 마카로니를 먹고 에너지가 넘친다고 하더라도 결국은 사랑을 하다가 그만 녹초가 되어 쓰러지고 말 것이다.

그녀는 전혀 계산을 할 줄 모르는 열등생이다. 여기서 내가 말하는 계산의 의미는 이렇다.

남자와 여자는 다르다. 몸의 구조가 다르고 생리 구조가 다르다는 것은 누구나 알 것이다. 그렇게 보면 육체와 정신이 개별적으로 따로따로 존재하는 것이 아니며, 마찬가지로 심리

구조 역시 다르다는 것은 당연하다.

미리 말해 두자면 남자와 여자가 다르다는 점은 차별이나 불평등과는 거리가 멀다. 남녀를 차별해서는 안 되지만, 그럼에도 구별은 필요하다. 그렇지 않으면 남녀의 각기 다른 특성을 발견할 수도 발휘될 수도 없기 때문이다. 그렇게 해서는 남녀 모두가 불행해진다는 사실을 깨달아야 한다.

남자와 여자는 전적으로 다른 존재이다. 그리고 남녀가 서로 다른 이상 여자는 남자를 제대로 이해하고, 또 남자의 생리 구조나 심리 구조를 잘 계산하여 대응할 필요가 있다. 그것이 행복에 이르는 길이다.

남자를 헤아리고 계산함으로써 나에게로 끌어당길 수 있는 방법이 생기고 사랑의 척도를 높일 수 있다. 이것은 순정과는 전혀 별개의 문제이다. 그러므로 모순이랄 수도 없다.

사랑하는 남자를 좀 더 가까이 끌어당기고 자기에게 애정을 쏟도록 유도하는 것은 사랑을 느끼는 여성에게는 아주 자연스런 현상이며 발상이다. 그것은 마음 속에서 자연스럽게 우러나는 본성이기 때문이다.

자기가 사랑하는 남자로부터 사랑을 받는 여성은 행복하다. 그리하여 그 사랑이 꾸준히 지속되고 갈수록 사랑의 강도가 높아지면 더욱더 행복해 하는 것은 순리다.

그러기 위해서는 남자와 여자가 다르다는 것을 제대로 이해하지 않으면 안 된다. 그것을 계산에 넣고 거기에 대응할 수 있는 알맞은 테크닉을 구사하지 않으면 안 되는 것이다.

계산된 기교를 구사하는 것이야말로 사랑에 이르는 지름길임을 알아두기 바란다. 거기에는 남자의 모든 것이 포함되어 있다. 사랑의 기교란 그런 것이다.

이런 점에서 그 이탈리아 여성은 사랑의 계산에 아주 약하다고 할 수 있다. 계산력이 부족해서 지속적인 사랑을 하지 못하고 불과 몇 달만에 사랑하는 사람과 헤어지는 불행을 반복해야 한다는 생각을 지울 수 없다.

남자는 생리적인 면에서나 심리적인 면에서 동적이고 직선적이다. 쉽게 말해서 여자를 사랑한다는 것은 결국 여자의 몸을 요구하는 것과 직결되어 있다는 뜻이다.

남자들은 여성과 사귀면서 항상 상대의 육체를 궁극적인 도달점으로 삼는데, 이것이 바로 남자의 심리다. 그 도달점을 향해서 남자는 일직선으로 돌진하려고 한다.

가령 당신이 애인에게 키스를 허용해 보라. 다음에는 가슴의 애무를, 더 나가서는 온몸의 애무를 허락하고, 끝내는 육체 관계까지 이르게 된다. 남자는 한 단계 한 단계에 이를 때마다 사랑의 충족감을 느끼는 존재이다.

그리고 그런 충족감에서 그칠 수 있다면 더 이상의 문제는 없을 것이다. 그러나 남자는 그 정도에서 만족하려 하지 않는다. 결코 멈추지 않는다. 이것이 남자 생리의 문제점이다. 때로는 귀찮을 정도로 집요한 것이 남자의 생리적 욕망이다.

남자는 한 가지 만족에 쉽게 잠들지 못한다. 만족은 곧바로 권태와 직결된다. 그리고는 이윽고 다음 만족을 향해서 질주하는 것이다.

이는 생산과도 무관하지 않다. 남자는 섹스를 자손을 생산하기 위한 행위로 삼는 경우가 여자 쪽보다 훨씬 강하다. 정액을 여기저기 뿌려서 자신의 자손을 수없이 남기고 싶어하는 욕망은 남자의 본능이다.

이러한 본능이 남자로 하여금 하나의 만족을 맛본 뒤 다시 또다른 만족을 향해 달려가도록 요구한다.

하나의 사랑이 완성되면 다시 새로운 사랑을 찾아 여행의 길을 떠나는 것이다. 옛날에 권력자들이 수많은 궁녀를 두고 밤낮으로 섹스에 몰두했다는 것도 바로 이러한 본능에서 기인하는 것이다.

부부간에 느끼는 권태감 정도는 우리가 흔히 볼 수 있는 일인데, 이는 언제 어느 때라도 자기가 원하기만 하면 욕구를 충족시킬 수 있는 대상이 항상 가까이에 있기 때문에 당연한 귀결인지도 모른다.

따라서 남자가 권태감을 느끼지 않도록 하려면, 여자는 언제나 이 점을 계산에 넣고 고도의 기교를 구사해야만 한다.

권태기를 초래하는 것은 남자 쪽보다 여자 쪽의 태만 때문이라는 사실을 기억하기 바란다.

이탈리아 여성은 이런 계산을 전혀 하지 않고 오직 자신의 욕망을 채우기에만 급급해서 남자의 심리는 염두에도 두지 않았기 때문에 항상 똑같은 결과를 반복하게 되었던 것이다.

항상 찰싹 붙어 있으면, 처음에는 상대편 남자도 크게 만족하겠지만, 얼마 안 가서 만족이 포화 상태에 이르면 드디어 권태를 느끼게 되는 것은 당연한 일이다.

차츰 섹스도 싫어지고 마침내 상대 여성까지도 보기 싫어진다. 연애를 시작해서 시일이 얼마 지나지 않았으므로 심리적으로 권태까지는 이르지 않았겠지만, 그 짝이 전혀 자신과 맞지 않는다는 점에서 점점 당혹감을 느끼게 되고, 심지어 사랑이 황무지라는 표현까지도 서슴지 않았으리라.

남자의 생리 구조나 심리 구조를 파악하는 것이 이제 무엇보다 중요함을 모두 말했다.

남자를 만족시켜 주면서 더 큰 만족을 자각하는 것, 남자를 자기쪽으로 끌어당겨 사랑의 지속을 통해 강도를 더욱 높여 가는 것, 이 모두가 남자의 심리를 파악하는 데서부터 시작된다는 사실을 명심하지 않으면 안 된다.

그렇다고는 해도 사랑의 계산은 어렵고 동시에 고도의 기교를 필요로 하니 여러분은 과연 어떻게 처리할 것인가?

21 | 남자에 대해 여자가
가장 알고싶어 하는 것은

플레이보이가 여성들에게 인기가 있고, 그에게 마음과 육체의 문을 쉽게 허락하는 경우가 많다는 것은 남성의 정체를 모르고 있기 때문이다.

이러한 남성의 정체에 대해서 여성이 가장 알고싶어 하는 것은, 아마도 남자는 무엇을 생각하며, 그들의 본성은 어떤 것인가 하는 문제일 것이다.

대체로 이해 관계가 있는 남자는 직장 동료나 상사, 형제, 애인, 친구이거나를 막론하고 자기만의 속셈이나 정체를 어느 정도 감추고 있다는 점이다.

대화를 나누거나 무슨 말을 하든간에 본래의 얼굴을 감춘 체 전혀 모른다는 듯이 정색을 하고 말하는 것이 남자들의 일반적인 심리다.

그러므로 참 모습을 알 수 있는 기회란 거의 없다. 아무리 남자의 속을 잘 들여다볼 줄 안다고 자부하는 여성일지라도 그 진실된 모습을 발견하기란 극히 어렵다.

내 경우에는 비교적 남자 팬들이 많다. 고교생으로부터 20세 전후에 이르기까지 서신이나 전화로 이것저것 상담을 해오는 경우가 많은데, 이를 보면 남자의 본심이 어떠한 것인지 대체로 알 수 있다.

여러 가지가 있지만 자신의 열등감에 대한 상담이 대부분이다. 자기 자신에 대해 열등감을 느끼고 있는데 어떻게 하면 극복할 수 있는가 하는 문제이다. 이러한 열등감은 때때로 병적일 정도로까지 진행되기도 하지만, 대체로 극복되는 경우가 많다.

설혹 극복하지는 못하더라도 더 이상 신경을 쓰지 않음으로써 자연 치유되는 예도 있다.

이렇듯 열등감이라는 감정은 인간에게 전혀 무익한 것으로 보인다. 그러나 인간은 자신의 단점인 열등감 때문에 성장하게 된다는 사실을 간과하고 있는 것 같다.

한편 열등감이 없으면 바보가 된다. 어리석다는 것은 이 열등감을 맹목적으로만 받아들일뿐 그것을 극복할 의지가 없다는 것을 의미한다.

이 열등감은 언제 어디서나 나타난다. 다른 사람들과 교통하는 곳이면 어디서든지 나타나게 마련이다.

크든 작든 비교가 행하여지면서 알게 모르게 우열을 가늠하는 존재가 바로 인간이기 때문이다. 단지 그것을 부정적으로 받아들이느냐, 긍정적으로 받아들이느냐가 문제이기는 하지만.

그렇기 때문에 모든 인간은 자신의 단점을 오히려 무기로 삼아 세상을 헤쳐나가면서 살아갈 수 있는 능력이 주어져 있다. 자신의 단점을 오히려 역으로 장점화할 수 있는가 하면, 단점에 버금가는 장점을 계발할 수도 있다. 따라서 나는 전화상담을 받으면 이런 격려를 해준다.

실력이 판을 치는 세상이라고 하는데, 그런 이유 때문인지는 몰라도 남성들이 느끼는 열등감 가운데 가장 큰 것은 학력이다. 보통 때 같으면 잘 나타나지도 않다가도 사랑하는 사람이 생겨서 결혼 이야기가 나오게 되면 많은 신경을 쓰게 된다. 그 때는 아주 심각해지는 것이다.

서로 사랑하고 있으며, 여자의 마음도 확실한 것 같기는 하지만, 그래도 학력이 마음에 걸린다는 것이다. 한마디로 다 좋은데 학력이 부족해서 불안하니 어쩌면 좋겠느냐는 식이다.

내가 보기에 남자가 변변하지 못하다고 하는 경우가 바로 이를 두고 하는 말인 듯하다. 학력이 도대체 무엇인가. 그것은 사랑에 대한 확신이 없기 때문이다.

일류 대학을 나와서 고급 관료로 출세했더라도 독직사건을 저지르고 쫓겨난 자보다는 설령 대학을 나오지는 못했더라도 떳떳하고 바르게 사는 사람이 더욱 훌륭한 인물이라는 것은 삼척동자도 다 알 것이다.

학력에 많은 신경을 쓰는 사람은 형식이나 지위, 군인의 훈장 같은 명예를 좋아하는 사람이다. 그런 사람들을 보면 너무 유치해서 그렇게 단순할 수 있을까 하는 생각마저 든다. 그러면서도 인간은 이러저러한 열등감을 가지고 있는 존재이다.

그러므로 속이 꽉 찬 여성들은 그런 점에 대해서는 그다지 개의치 않는 듯하다. 오히려 그 열등감을 사랑하기까지 한다.

사랑한다는 것은 상대방의 모두를 사랑하는 것이라는 점을 알고 있는 것이다.

또 작은 키를 걱정하는 경우도 있다. 일전에 전화 상담을 해 온 청년은 키가 155센티미터 밖에 안 되는 작은 키 때문에 많은 고민을 한다고 했다. 관람 장소에서 서서 볼 때나, 지하철이나 버스 안에서 높은 손잡이를 잡을 때는 키가 큰 편이 좋을 것이다. 그러나 그밖에 경우에는 오히려 불편하지 않을까 생각된다.

그 청년의 경우에는 친한 친구가 둘 있는데, 그 가운데서 자신이 제일 작다는 하소연이다.

그룹 미팅을 할 때조차도 여자 파트너와 헤어지는 순간까지 키가 작다는 콤플렉스 때문에 대화 한 번 제대로 하지 못한다는 것이다. 이런 황당한 노이로제도 있을 수 있을까 싶을 정도다.

이런 사람에게는 귀에 들리지도 않을 흔히 하는 말로 나폴레옹이나 히틀러, 이순신 등 역사적 인물들 가운데는 키가 작은 인물이 많았다고 하는 얘기라도 들려 주고싶다.

키가 작다고 해서 문제될 것도 없는데, 그런 야단을 떠니 도대체 어쩌란 말인가. 물론 남자의 키가 병적일 만큼 150센티미터 이하라고 하면 모를까.

다음으로 얼굴에 신경을 쓰는 남자가 점점 많아지고 있다는 현실이다. 그런 가꾼 얼굴로 전혀 남자답지 않은 행동을 태연하게 아무렇지도 않은 듯이 하는 것이 문제다.

나는 거울을 잘 보지 않는다. 이용원에 가기를 기피하는 것도 내 얼굴을 바라보기 싫은 때문이다. 못 생겨서 그런 것은 아니고, 그저 생긴 그대로 만족하기 때문이다. 구태여 가꾼다고 해서 달라지는 것도 아니요, 체질적으로도 질색이다.

그러나 요즘의 젊은이들은 직장에 출근하기 한 시간 전부터 거울 앞에서 얼굴을 가다듬는다고 한다. 여성들의 화장 시간보다도 길다.

이렇듯이 얼굴에 신경을 쓰는 남자들이 늘어났다는 것은, 남성이 여성화되어 가고 있다는 반증처럼 보인다.

세계대전 이후 강해진 것은 여성과 양말이라고 하는데, 언뜻 그것과도 결코 무관하지 않은 듯 여겨진다. 여성이 남성화되어 온 것처럼 남성의 여성화가 진행된 것이다.

그러한 예는 단적으로 용모에 신경을 많이 쓰는 남성들이 늘고 있다는 점만 보더라도 쉽게 짐작할 수 있다.

남자들이 얼굴에 많은 신경을 쓴다는 것은, 그럼에도 여전히 이상한 짓거리로 밖에는 보이지 않는다. 그런 시시한 일에 신경을 쓰는 남자들을 보면 아주 변변치 못한 인간들이라는 생각을 하지 않을 수 없다.

만일 그런 남자를 만나게 되면 잘 관찰해 보기 바란다. 다른 점에서도 변변치 못한 경우가 더 많을 것이다. 당연히 퇴짜를 놓는 것이 상수다.

22 | 여자의 허영심은 남자를 싫증나게 한다

여성운동에 전력하고 있는 맹렬 독신 여성 몇 명과 대화를 나눈 적이 있었다.

그녀들의 말을 듣고 나는 지금까지의 배타적인 여성관을 버리고 많은 점에서 그들의 의견에 동조할 수 있게 되었다.

여성의 지위가 향상되었다고 거듭거듭 강조하고 있는 오늘날이지만, 그래도 아직까지는 사회의 구성원 대다수가 남자라는 것은 엄연한 사실이다. 그러므로 여성들은 각 방면에서 차별을 받거나 불이익을 당하는 경우가 허다함을 인정하지 않을 수 없다.

예를 들어 많은 회사들이 남녀의 임금차를 제도화하고 있다는 사실 등이 그렇다. 일을 시켜본 다음 능력의 격차에 따라 임금의 차이가 생겼다면 합리적이라고 판단할 수 있지만, 초임부터 남자와 여자라는 성별에 의해서 체계를 달리해 차별화하고 있다는 것은 남녀평등을 강조하는 오늘날의 수준으로 볼 때 시대 착오적인 사고라고 보지 않을 수 없다.

무엇보다도 이러한 차별이 대부분의 여성들에게 별로 이상하게 생각되거나 문제시되고 있지 않다는 사실이 놀라울 뿐이다.

이런 점에 대해서 나 역시 충분히 이해하고 있으면서도 많은 면에서 보다 더 여성의 지위가 향상되고 남성 지배적인 사회로부터 해방되지 않으면 안 된다고 생각한다.

또 한편으로는 무모할 만큼 사회에 도전하는 맹렬 여성들에게 그다지 큰 호감을 가질 수 없다는 생각도 아울러 가지고 있음을 솔직히 고백하지 않을 수 없다. 이처럼 내 태도가 진보적이지 못한 원인을 예로 들어보자.

얼마 전에 어느 학교 여교사와 대화를 나눌 기회가 있었다. 그 여교사도 여성의 지위 향상과 남녀평등에 대해 강렬한 의지를 기지고 있어서 어느 누구보다도 여성 교육에 힘을 쏟고 있다고 힘주어 말했다.

그래서 그녀는 우선 작은 실천을 통해 가까운 데서부터 영역을 확보하기 위해 자기가 담당하고 있는 학급의 여학생들 가운데서 비교적 의식에 눈 뜬 리더를 길러 보려고 관찰해 보았다는 것이다.

과연 기대할 만큼 비교적 신뢰할 수 있는 여학생 두셋이 눈에 띄었다.

　그리하여 그 학생들을 적극적으로 선도하여 학급 위원으로 뽑아 많은 발언을 하게 함으로써 자신이 의도한대로 훈련을 시킨 다음, 이 학생들을 핵으로 끌고나가면 의식화된 여성층을 육성할 수 있을 것이라고 여교사는 믿음직스럽게 관망하고 있었다고 한다.

　그러나 결과적으로 여학생 리더는 육성되지 않았다. 남학생들로부터 전혀 인기를 얻지 못했음은 물론, 어떠한 협력도 얻어내지 못했다는 것이다.

　더욱이 믿었던 여학생들이 오히려 남학생들보다도 더 반발하는데는 어찌할 방도가 없더라는 것이다. 심지어 리더로 육성시키려던 여학생들이 같은 급우들로부터 따돌림까지 당하는 존재가 되고 말았다고 한다.

　"여학생들은 매사에 이치에 맞는 말을 주장하지만, 여전히 남학생들은 편견으로 가득찬 고정 관념에 사로잡혀 '뭐, 여자인 주제에'라는 멸시의 눈으로 바라보기만 했어요. 그들을 설득하기 위해 많은 노력을 기울여 보기도 했지만, 별 호응을 얻지 못하게 되자, 여학생들은 초조한 나머지 강박관념에 사로잡히게 되었고 여성다운 재치와 발랄함까지 잃게 되어 타인에게 호감을 주지 못하게 됐지요. 그것이 점차 심해져 결국은 같은 여학생들에게서도 반발을 사게 되었답니다. 실제로 동성인 내 눈으로 봐도 그 여학생들에게서는 조금도 귀염성 같은 것을 발견할 수 없더라고요."

이와 비슷한 이야기를 어느 백화점 인사 담당자로부터 들을 기회가 있었다.

백화점이란 일반적으로 여성 특유의 감각이 그 역할을 담당해야 하는 부서가 많은 업종임에 틀림없다. 이에 백화점 측에서는 여성의 창의적인 능력을 적극적으로 활용하기 위해 매장 관리와 인사 방침에 일대 변혁을 시도했다.

이때까지는 여성 사원을 일선 매장의 판매원으로 고정시켜 왔지만 능력과 의욕이 있는 사원을 파격적으로 관리직에 등용해서 업무를 관장하도록 하였다.

물론 계장 · 과장 등 능력에 따라 남녀를 동등하게 승진할 수 있는 통로를 마련하는 데도 결코 인색하지 않았다.

그러나 이 새로운 인사 방침은 의외로 여성 사원들 사이에서 그다지 좋은 평을 듣지 못했다. 관리직으로 임명하면 능력 있는 여성 사원일지라도 과민 반응을 보였다고 한다.

"사양하고 싶어요. 나에게는 그만한 능력이 없어요."

이와 같은 여성 사원들의 소극적인 태도에 대해 백화점 인사 담당자는 다음과 같은 자신의 의견을 들려주었다.

"실제로 계장으로 승진시켜 관리직에 등용된 여성 사원은 얼마 안 가 강박감에 사로잡혀 업무 능력을 상실하게 되지 뭡니까? 정말 놀라지 않을 수 없었습니다. 책임감과 긴장감 때문에 자기 상실에 빠지는가 봅니다. 내가 보기에도 여성으로서의 매력을 잃게 된다는 것은 안타깝기조차 하더군요. 이토록 여성 사원들이 자기 자신을 평가절하하는 것도 무리는 아니라고 생각됩니다."

나는 여기서 여성에게는 리더, 즉 지도자적 자질이 결여되어 있다고 말하려는 것은 절대로 아니다. 이 시간에도 많은 전문 분야에서 훌륭히 리더십을 발휘하며 남성들을 독려하고 있는 여성들이 세계 각처에 있음을 알기 때문이다.

다만 맹렬 여성들에 대해 내가 받은 느낌은 여교사나 백화점 여직원의 경우에서 보는 것처럼 하나의 공통분모가 있음을 말하고 싶다.

즉 여교사나 백화점 여직원들의 경우처럼 일정한 지위와 직책을 가지고 있으면 끝내는 강박감에 사로잡혀 여성 본래의 귀염성을 상실하게 된다는 점이다.

다시 말해 지도자적인 입장에서 무엇인가를 주장할 경우, 책임감 때문에 긴장한 나머지 귀염성을 상실하는 경향이 여성에게는 일반적으로 강하게 내재해 있는 듯싶다.

물론, 여성에 대한 봉건적인 편견이 남성 위주의 사회에서 통념으로 받아들여지고 있는 것은 사실이다. 그런 점에서 여성이 어느 위치에 홀로 서기 위해서는 자신이 감당하기 어려울 만큼 인내하지 않으면 안 되며, 그로하여 매사에 긴장해야 된다는 고통쯤은 이해할 수 있다.

그러나 그와 같은 어려움을 감내하는데 대한 얼마만큼의 동정을 감안하더라도 지나칠 정도로 강박감에 사로잡혀야 할 이유는 없다고 본다.

이럴 경우 다소 여자다운 귀염성이 표출될 수 있다면 인상은 크게 달라질 것이다. 타인에게 내비치는 인간적인 매력도 아주 중요한 것일진대, 하물며 자기 직무에 대한 지나친 과잉 반응으로 인해 심한 자기 상실감에 빠진다면 어찌 안타깝지 않겠는가.

생각건대, 자신을 표현할 수 있는 이유, 있는 그대로의 자신을 솔직히 노출시킬 수 있는 무엇인가가 여성들에게는 선천적으로 결여되어 있지 않은가 하는 생각이 든다. 무엇보다 이 점을 극복하는 것이 중요하다.

23 자연스런 표현이
남자의 시선을 끈다

여자가 자신의 육체적 매력을 발산하는 행위도 무익하지 만은 않다. 흔히 말하듯이 '여색'이 그것인데, 사랑의 원천임 은 이미 앞에서 여러 번 밝힌 바 있다.

문제는 여색을 표현하는 방법이다.

세계적인 섹스 심벌로서의 마릴린 먼로는 고전적 존재이기 는 하지만 엉덩이의 풍만한 곡선을 과시하며 걷는 강렬한 인 상으로 남아 있다.

그렇지만 스크린을 통해서 연출할 때와 실제 생활의 경우 는 아주 다르다. 만약 주변에 있는 여성이 일상생활에서 그런 강렬한 색체를 드러낸다면 어떻게 되겠는가.

남자는 우선 호기심 어린 눈으로 바라보겠지만, 내심으로는 미쳤거나 성에 굶주린 속된 여자라고 생각할 것이다.

여성적 매력을 한껏 발산한답시고 노출이 심한 옷을 입고 남자들 주위를 거침없이 활보해 보라. 남자들의 시선이 머무는 것도 잠시뿐, 어느 새 그들의 마음 속에는 '이 여자는 색녀다'라는 멸시의 정의가 이미 내려져 있기 마련이다.

그리하여 남자는 이런 여성을 가볍게 보고 '되면 좋고 안 돼도 그만'이라는 식으로 한 번 희롱이나 해 보자고 이리저리 추근거리게 되니 보통 추태가 아니다.

이렇듯 애정의 표출이 우리 인간들의 일상 속에서 언제나 성을 따라 움직이는 것은 아니다. 오히려 사업장에서는 남녀 간의 관계도 성과는 전혀 다르게 전개되는 것이 보통이다.

그러므로 사업장에서 지나치게 성적 매력을 드러내는 것은 장소와는 전혀 어울리지 않는 행동이기도 하다.

전라만큼 성을 자극하는 모습도 없겠지만, 어느 한 부분만을 노출하는 것이 훨씬 매력적인 경우도 있다. 그러나 이러한 종류의 남녀 관계는 일상생활에서 성적 매력과는 상당한 거리가 있다. 성인 전용 나이트 클럽에서 행해지는 쇼와 진정한 사랑 사이에는 엄연한 벽이 존재하기 때문이다.

그렇다면 어느 술집 마담 이야기로 돌아가 보자. 그녀는 의외성으로 손님의 마음을 사로잡는 것을 상술의 무기로 삼았다.

술집은 술을 마시는 장소이기는 하지만, 동시에 그것이 전부는 아니다. 남자는 은근히 성에 대한 기대를 품고 찾게 되는 것이 이른바 술집이다.

술을 마시는 것만이 목적이라면 집이나 목로 주점이면 충분하다. 젊은 여자가 있는 술집에까지 가서 비싼 술값을 낼 이유가 어디 있겠는가.

마담은 그러한 남자의 은근한 기대에 쉽게 응하려 하지 않는다. 그러나 어떤 기회에 뜻밖의 얼굴로 여성의 연약한 면을 살며시 내비치면서 상대에게 한없이 기대지 않으면 안될 만큼 나약한 여자의 모습으로 돌변할 때 남자는 숨을 죽이도록 매료 당한다.

육체의 과시는 가장 알기 쉬운 부분이다. 가슴의 볼륨을 살짝 드러내는가 하면, 옷 속에 감춰진 살갗을 언뜻언뜻 내비치면 목석이라도 반하지 않을 수 없다.

이러한 술수야말로 마담 특유의 사업적인 고도의 기교다. 그렇다고 마담의 기교가 누구에게나, 그리고 언제 어디서나 통하는 것은 절대로 아니다.

이 경우는 그녀가 의도하는 무대와 환경이 효과적인 장치로 작용했기 때문에 가능할 수 있는 것이다.

이와는 반대로 사무실에서는 남자가 성적 관심을 가지고 같은 직장 동료인 여성을 대하는 일은 거의 없다. 십중팔구는 감히 생각지도 않는다.

그런 공적인 장소에서 마담 같은 색깔을 연출한다 해도 자연스런 관계는 결코 성립되지 않을 것임은 자명한 일이다.

그러나 우리가 이 마담을 통해서 알 수 있는 것은 성적 매력을 표현하는데는 육체적인 호소보다 심리적 호소가 훨씬 효과적이라는 점이다. 그것도 자주 표현하는 것보다 의외성을 느끼게 하는 편이 한층 더 인상 깊다는 사실을 명심하기 바란다.

요점은 한 가지다. 일상생활에서는 특이하게 보이려고 하면 할수록 부작용만 커진다는 점이다. 단세포처럼 아름답게 보이려는 마음가짐만으로도 충분하다. 자연스럽게 창출되는 아름다움, 그 아름다움이야말로 당신을 여자답게 만드는 제일의 요소다.

의식적인 노출이나 표현은 평상시에는 억지로 조작한 것처럼 보여서 오히려 경박하게 만들어 버린다. 다시 한 번 강조하거니와 이런 의식적인 행위를 통해서는 절대로 연애가 성립되지 않는다.

오직 본성에 의한 자연스런 표출만이 당신의 여성적 매력을 배가시켜 줄 것이다.

24 결혼을 위한 사랑의 조건들

사랑에 대해서는 세기의 위대한 문학자들과 철학자들이 수많은 정의를 내렸기 때문에 어느 누구도 더 이상 독창적이고 심오한 말을 할 수 없을 것이다.

호모, 세익스피어, 스탕탈, 괴테, 톨스토이, 플로베르 등등 모두가 사랑에 대해 정의했다.

'인간은 사랑할 때 만큼 고통에 대한 방어력이 약해지는 경우는 없다.'

'사랑은 모든 열정 중에서도 가장 강렬한 충격이다. 왜냐하면 그것은 머리와 가슴과 감각을 동시에 공격하기 때문이다.'

'사랑이란 인간의 지혜로는 결코 정복할 수 없는 가장 인간

적인 감정이다.'

또 한편 사랑의 법칙에는 상호 모순되는 것들이 많다. 어떤 사람은 '사랑하는 자를 위해 모든 것을 다 주어라. 그러면 이길 것이다.'고 말하는가 하면, 또 다른 사람들은 그와 상반되는 의견을 나름대로 주장하기도 한다.

그렇다면 다음에 열거하는 내용이 당신에게 합당한지 생각해 보기 바란다.

1)사랑이란 일단 시작되면 터널을 통과하는 기차와 같다. 이미 예정된 코스가 있기 때문에 달리 통제하려고 해도 소용이 없다. 어쨌든 기차는 그 터널을 통과하기 마련이니까.

2)대개의 경우 여자보다는 남자가 사랑에 약한 존재이다.

3)남자의 속성은 가장 멋진 밤을 보내고 나면 완전히 달라져서 떠나가 버린다. 적어도 몇 달 동안은 그렇다.

4)남자가 전화를 하지 않는 가장 큰 이유는 만날 마음이 없기 때문이다.

5)무책임하게 보이는 남자라고 해서, 혐오스럽게 보이는 남자라고 해서 깊이 사랑하지 못 한다는 법은 없다.

6)사랑 때문에 시련을 겪는 정도의 차이는 남자가 여자 보다 훨씬 심하다. 사랑의 열병을 앓아본 사람은 그만큼 성숙해진다.

7)사랑의 실패만큼 더 큰 고통은 없다.

8)사랑이란 변한다. 당신을 분노하게 했던 사람을 사랑하게 될지도 모른다. 또 반대로 당신이 흠모하는 사람이 당신을 미

위할 수도 있다.

9)당신이 다시 사랑에 **빠졌을** 때 당신의 어떤 면이 새 여자를 고통스럽게 할 수도 있다.

10)두 사람 중 어느 한 사람이 더 깊이 사랑하게 마련이다.

11)로맨틱한 사랑만이 가장 아름다운 것은 아니다. 어느 면에서는 로맨틱에 대한 맹목적인 집착이 비정상적인 사랑이다.

12)사랑이란 인간이 누릴 수 있는 최상의 기쁨을 준다.

13)사랑하는 것보다 더 사람을 잘 알 수 있는 길은 없다.

때로는 고통, 때로는 환희를 가져다주는 사랑이란 저절로 당신에게 찾아오는 것이 아니다. 자기 스스로 사랑의 신호를 보내지 않으면 사랑은 일어나지 않는다.

당신과 사랑을 즐길 남자를 만나는 방법에는 우선 두 가지가 있다. 너무나 일상적인 것이긴 하지만, 친구의 소개와 자기 자신의 힘으로 남자를 찾는 일이다.

모임이나 미팅 같은 곳에서 적극적으로 신호를 보내는 여자도 많이 있지만 보다 개인적으로 적극적인 방법을 시도하는 여자들도 있다. 남자들이 모여 있는 곳에 나타나는 것만으로 사랑이 해결되는 것은 아니다.

무엇보다 중요한 것은 상대의 관심을 끄는 일이다. 이때 가장 효과적인 것은 말을 거는 방법이다.

"여기서 도서관으로 가는 가장 **빠른** 길은 어딘가요?"

"이 물건 좀 들어주시겠요?"

상대방이 응답하지 않으면 그것은 비우호적이라서가 아니

라 단지 대화의 내용이 보다 개인적이지 못하기 때문이다. 그럴 경우에는 화제를 돌려 다시 시도해 본다.

그렇게 해서 당신은 드디어 남자와 사귀게 된다. 한편 사랑은 꽃이 피는 것처럼 서서히 준비하고 진행해야 한다. 급한 것은 금물이다.

당신이 마음에 꼭 드는 아파트를 사려고 하면 그 아파트는 언제나 당신이 가진 돈보다 비싸다. 당신이 사랑하고 사랑 받고자 하는 남자들도 당신의 지불 능력보다는 대개 비싸다. 그러므로 당신은 그 지불 능력을 보강할 필요가 있다.

25 │ 왜 결혼 하는가?

　도대체 무엇 때문에 결혼해야 하는 것일까? 돈이 필요해서? 천만의 말씀이다. 남자를 돈이나 벌어오는 기계로 생각하고 있다면 그것은 마치 공룡을 애완동물로 키우려는 것만큼이나 어리석은 일이다.

　그렇다면 섹스를 해결하기 위해 결혼하는 것일까? 터무니없는 소리라고 펄펄 뛸 것이다. 단지 섹스 때문만이라면 남편이 아니라 애인을 구하면 될 일이다.

　먼 훗날 노년에 이르면 서로 의지하고 말동무라도 하기 위해서라는 말도 있다. 하지만 그것만도 아닌 것 같다. 누가 백년 해로를 보장해 줄 수 있다는 말인가. 늙을 때까지 서로 마음이 변하지 않는다는 확신도 없다. 더구나 통계학적으로 보아 여자는 남자보다 10년이나 더 평균 수명이 길다고 하지 않는가.

그렇다면 당신의 말동무는 이미 세상을 떠난 뒤의 일일 수도 있다는 말이 성립된다.

한편 자식이 있는 이혼녀들의 경우 자기의 어린 아이들에게 믿을 만한 새 아버지를 만들어준다는 이유를 앞세워 결혼하는 예도 있는 모양이다. 하지만 많은 이혼녀들, 남편과 사별한 여자들이 새 남편 없이도 혼자서 아이들을 잘 키우고 있는 것은 어찌된 일일까? 그러므로 결혼을 꼭 해야 만하는 이유가 될 수는 없다.

그런데도 왜 우리는 굳이 결혼을 해야 하는 것일까? 그것은 우리가 보통의 평범한 사람이기 때문이다. 보통의 경우 우리는 주변에 어떤 각별한 사람이 없으면 살아가지를 못한다. 남편이 바로 그런 위치에 있는 사람이다.

때로는 참기 어려운 독신 생활의 고독한 지루함을 느끼고 있을 때 결혼의 가능성을 가진 상대가 바로 당신의 곁에 있게 된다. 그래서 두 사람은 결합하게 되는 것이다.

한편으로 여자는 한 남자를 소유했다는 충족감을 공개적으로 승인 받고자 결혼이란 절차를 밟는다. 결혼이란 예식은 다름 아닌 한 남자의 소유에 대한 공적인 선언이며 과시이기도 하다.

그렇다면 이런 이유들로 한 남자와 한 여성이 선택한 최종의 목표가 결혼이란 것인가? 꼭 그런 것만은 아닐 것이다.

그렇지만 이런 이유들은 직간접으로 결혼을 하게 되는 중요한 계기의 일부인 것만은 분명하다.

그런가 하면 결혼을 부정하고 싶은 이유에는 어떤 것이 있을까. 즉, 남편이 벌어오는 돈이나 육체적으로 해결해야 하는 본능적인 섹스, 서로의 삶을 지탱하기 위해 필요한 상대의 조건 등등이 여전히 결혼의 중요한 관건으로 작용하고 있다는 사실이다. 다만 예전과 다른 점은 임신 때문에 결혼하게 되는 경우가 적어졌다는 사실이다.

그것은 의학의 발달이 가져다준 여성들을 위한 축복인지도 모른다. 또 상대 남자가 마지막 기회일지도 모른다는 강박관념 때문에 하는 수 없이 결혼하는 예도 현저히 줄어들고 있는 추세이다.

어쨌든 간에 우리가 결혼을 선택하는 이유란 사실상 그렇고 그런 것들이다.

문제는 왜 결혼을 하는가가 아니라 어떻게 할 것인가에 더 관심을 나타낸다. 즉 어떻게 하면 보다 행복한 결혼 생활을 누릴 수 있느냐에 깊은 집착을 갖는다.

그렇다면 어떻게 해야 당신은 결혼 생활을 보다 아름답고 충족한 것으로 만들 수 있을 것인가.

풍요로운 결혼 생활은 서로 신뢰하고 협조의 마음가짐으로부터 온다. 그것은 우리 몸 안의 자율신경에 비유해 볼 수 있다. 우리는 자율신경이 스스로 해야 할 일을 하고 있다는 것을 알고 있다. 그런데도 우리는 그것을 육안으로 확인할 수 없다. 다만 우리의 비뇨기관이 아무 이상이 없는 것으로 보아서 무의식 속에서 자율신경이 제 기능을 수행하고 있음을 판단하게 된다.

그와 같이 당신의 결혼 생활이 파탄에 직면하지 않았을 뿐만 아니라, 여전히 평온하게 계속되고 있다는 사실은 당신의 남편이나 또는 당신 자신이 그 자율신경과 같이 노력하고 있다는 증거이다.

다시 한번 강조하거니와 보이지는 않지만 변함없이 노력하는 두 사람의 부드러운 협조야말로 아름다운 결혼 생활을 위한 최선의 조건이다.

26 | 결혼은 위대한 모험이다

　결혼이란 일종의 모험이다. 그것도 일생일대의 모험인 것이다. 또한 결혼은 꼭 권해 볼 만한 모험이기도 하다. 삶의 전부는 아니더라도 인생의 많은 부분이 이 결혼과 함께 찾아오기도 하고 사라지기도 한다.

　결혼에 대한 많은 정의 중에서 내가 가장 좋아하는 것은 이렇다.

　"결혼이란 당신이 어느 곳에 있던지 간에 그 곳을 찾아내어 전화해 주는 남자를 갖는 일이다. 또한 결혼은 당신의 일을 자기의 일처럼 진지하게 생각해 주는 어떤 사람을 갖는 선택의 모험이다."

　그러나 위의 정의를 뒤집어 보라. 당신은 당신의 남자를 위해 보다 더 노력하지 않을 수 없을 것이다. 당신을 필요로 할 때는 늘 그 이의 곁에 있어 주고, 그렇지 않을 때는 보이지 않는 곳에서 노력하라.

결혼이란 협상이 아니다. 협상이란 너무 삭막한 말이다. 요구 조건을 내 걸고 서로 저울질한다는 것은 너무도 슬픈 일이다.

남자와 여자가 만나 남편과 아내로 자리매김한 모험은 서로 조건을 따지지 않는다. 얼마나 아름다운 선택인가? 그것은 서로 조화를 유지하는 일이다. 그의 주장에 대해 당신의 생각을 조화시켜 마침내 절충이나 협상이 아니라 두 사람이 함께 만족하는 방법을 모색하는 일이다.

이 조화라는 말을 잊지 않는 한 많은 부부들이 오래오래 행복을 유지할 것이라고 믿어 의심치 않는다.

많은 부부들의 결혼 생활은 살아가면서 점점 좋아진다.

"우리들의 결혼 생활은 5년이 지나고 나서야 비로소 원만해졌지요."

최근에 들은 말이다.

많은 독신 여성들이 한사코 내세우는 말은 자유로운 생활이다. 하지만 살펴보면 결혼할 상대 남자란 그렇게 엄청난 숫자가 아니다. 당신은 한 사람과 결혼한다.

한 사람 때문에 자유가 구속되어서는 너무 좁은 편협된 인간이다. 그래서 우리는 서로 조화를 이룰 수 있는 사람이 될 필요가 있다.

서른 아홉 살이 된 집안의 여자 친척은 딱하게도 일찌감치 남편과 사별했다. 그 뒤 그녀는 여자 친구들의 방문을 환영했다. 그 이유는 남자 손님들과 함께 있으면서 그들의 사고방식에 쓸데없이 신경쓰는 일이 싫다는 것이다. 그때 그녀의 모습은 남성 혐오 자와도 같았다.

그런 그녀가 혼자가 된지 2년만에 어떤 남자를 만났다. 그녀는 거의 정신없어 보였다. 그러더니 마침내 그녀는 이제 여자들과 함께 지내는 일에는 전혀 흥미가 없다며, 오직 그 남자와 함께 있고싶다는 것이다.

독신 여성이 혼자만을 고집하는 이유중의 하나는 가능성 때문이라는 것을 이해하면 된다. 즉 남편에게만 매달려서 미래의 가능성을 기다리기보다는 스스로의 가능성과 협상하는 일이다.

그렇지만 시간은 흐르고 당신은 자신의 미래가 그렇게 유망하지 만은 않다는 사실을 깨닫게 될지도 모른다. 내 친척 여자의 경우와 같이 가능성이 보이는 남자가 나타날 경우 당신은 결혼을 승낙하게 될 것이다.

때때로 여자들은 결혼을 앞두고 다음과 같은 생각을 하기도 한다. 많은 남성들이 관심을 보이는 20대와 30대 초반까지는 열정에 넘치는 사랑을 즐기다가 그 이후에 결혼하면 좋겠다는 식으로 말이다. 어쩌면 내가 그런 부류의 사람인지도 모르겠다. 그러나 나는 내가 그런 경우에 처했다고 해서 이 방법이 최선의 것이라고는 생각하지 않는다.

나이가 들어서 결혼 생활이 와해되지 않고 안전한 것이 되리라는 보장이 없다. 나이와 상관없이 남자는 당신 곁을 떠날 수 있다. 이때 어떤 방법이 최선의 것인지는 당신 자신이 판단해야 할 몫이다.

결혼이란 인생 최대의 모험이다. 어느 누구도 그 여정의 먼 길을 장담할 수 없는 비밀의 문을 통과해야 한다.

27 | 결혼의 빛깔

　꼭 마음에 드는 남자가 있어서 결혼하게 되는 것은 아니다. 남자가 그다지 썩 내키지 않는데도 불구하고 결혼을 하게 되는 경우를 우리는 자주 본다. 어쩌면 결혼에 골인하는 대부분의 경우가 그럴지도 모른다.

　그런 사실을 염두에 두고 다음 몇 가지를 생각해 본다.

　'나는 결혼하기를 원하고 있다.'고 하는 자기 암시가 필요하다. 실제로는 썩 내키지 않으면서도 겉으로 '결혼하고 싶다'고 말했다고 해서 큰 죄가 될 것은 없다. 왜냐하면 당신은 지금 열렬하게 결혼하기를 원하고 있기 때문이다.

　'배우자 선택에 있어서 양보할 마음의 준비를 갖추고 있어야 한다.'

모르긴 해도 그는 놀랄 만큼 탁월한 사람이 아닌지도 모른다. 한두 가지의 사소한 약점 정도가 아니라 당신이 생각하고 있는 최저 기준을 밑도는 결함을 가지고 있는 남자일 수도 있다.

예를 들면 그는 인색하거나 다소 모자라는 소외된 남자라면 결혼 대상에서 제외시킬 것인가. 그러나 완벽하게 흡족한 남자란 없다. 그러므로 늘 양보할 마음가짐을 갖는 것이 중요하다.

어느 한 남자만이 당신의 결혼 대상자가 아니라는 사실을 명심해 볼 일이다. 당신이 목숨을 바쳐 사랑하는 사람만이 유일한 결혼 대상은 아니라는 말이다. 또한 결혼을 하기 위해서는 서로 깊이 사랑해야 한다고 단정할 것도 아니다.

어느 면에서는 사랑에 들떠서 결혼하기보다는 결혼하기 위해서 사랑하는 쪽이 더 현명한 일인지도 모른다. 왜냐하면 사랑은 눈을 멀게 하기 때문에 상대방의 실상을 제대로 못 보게 되는 경우도 있다. 앞으로 일생을 함께 해야 할 남자를 잘못 판단한다는 것은 위험한 도박과 같은 선택이다.

독일의 작가 쿠르츠는 이 점에 대해서 분명하게 견해를 밝히고 있는데 좋은 귀감이 된다.

'현명한 사람들은 사랑과 결혼을 달리 생각한다. 사랑하는 이와는 침대로 가고 친구로 믿어지는 이성과는 결혼을 한다. 그러므로 친구와 같은 남자와 결혼하는 것이 이상적이다. 당신 또한 남자에게 친절한 여자로 보이도록 노력하라. 그러려

면 명랑하고 매사에 감사하는 마음씨가 필요할 것이다.'

단지 결혼 그 자체만을 위하여 결혼하게 된다면 어떤 죄의 식에 사로잡힐 가능성이 있다. 하지만 그것이 나쁘기 만한 것은 아니다. 그렇다면 일생 동안 단 한번의 결혼도 하지 말고 살아야 한다는 말인가?

결코 아니다. 기회를 잡으라. 그래서 결혼에 성공해야 한다. 단지 결혼 그 자체만을 위해서 결혼했다 하더라도 괜찮은 남자를 만날 가능성은 높다. 그런 남자를 선택하여 결혼생활에 정성을 기울인다면 당신은 반드시 성공할 것이다.

기대에 맞는 남자가 없다고 해서 쉽게 낙망해서는 안 된다. 자기의 빵은 언제나 작아 보이게 마련이다. 그렇지만 누가 과연 당신의 기대에 만족한 남자란 말인가? 이 세상의 그렇고 그런 여자들이 그렇고 그런 남자들과 결혼하였으며, 모두들 잘 살고 있다.

그들 또한 열 번 스무 번의 기회를 가졌던 것은 아니다. 단 한 번의 결혼 기회가 주어졌을 뿐이다. 그러므로 당신도 얼마든지 만족한 결혼생활을 할 수가 있는 것이다.

여기 한 남자가 있다. 당신은 그를 결혼 상대로 결정했다. 그렇다면 어떻게 할 것인가? 당신이 결혼하고 싶은 남자를 차지할 방법을 생각해 보자. 그런 당신을 위해서 몇 가지의 원칙을 제시하고자 한다.

첫째, 그는 미혼자이거나 아내가 없는 남자이어야 만한다. 상대 남자가 기혼자가 아닐 때 당신은 그와 만나서 좋아할 수도 있고 데이트를 하거나 잠자리를 함께 할 수도 있으며 동거생활도 예외는 아닐 것이다.

그러므로 기혼자와는 결혼하지 말아야 한다는 것은 너무도 당연하다. 그런 사람이라면 한 번쯤 즐기는 한이 있더라도 결혼 상대로서는 잊어야 한다. 결혼 규칙은 기혼자와는 관계가 없다.

둘째, 결혼에는 타이밍이라는 것이 중요하다. 내 생각 같아서는 보통 연애에서 결혼까지의 투자 기간을 일년 정도 잡으면 알맞다고 본다. 너무 오래 기다리게 하면 그에 대한 열정이 정상에 달했다가 식어서 다시 반대편으로 하강할 수 있기 때문이다.

그리하여 필요하다면 최후의 무기를 사용한다.

"나는 당신을 좋아하고 사랑해요. 나는 일생을 당신과 함께 보내고 싶어요. 우리 결혼해요. 그런데 당신은 원치 않는다구요? 그렇다면 좋아요! 당신과 헤어지겠어요."

그리고 당신은 후회없이 떠난다. 이것은 최후 통첩이다. 다만 남자가 속아 넘어가지 않아도 할 수 없다는 위험이 있다. 이것이 승부를 위한 첫걸음인 것이다. 때로는 이 방법이 효과를 볼 때도 있다.

수많은 여자들이 이런 식으로 결혼했다. 만일 남자가 당신과의 결혼을 원치 않을 경우 이와 같은 방법도 생각해 봐야 한다. 그렇지만 불행한 결과도 가져 올 수 있다는데 주의해야 한다.

즉 상대 남자가 당신의 최후 통첩에도 불구하고 떠나가 버리린다면 이것은 불행이다. 그렇지만 너무 집착할 필요는 없다. 억지로 밀고 나가지 말라. 그 이상의 것은 당신의 능력 밖의 일이다.

당신은 최선을 다했지만, 어쩔 수 없을 때는 미련없이 후퇴하라. 눈을 돌리는 것이다. 그리하여 다시 새로운 힘을 모아서 다른 상대를 찾아 나서는 현명한 여자가 되라.

28 | 누구와 결혼할 것인가?

어떤 상대와 결혼하느냐고? 어쩌면 이런 얘기는 불필요한 시간 낭비일지도 모르겠다. 왜냐하면 당신은 지금 연애 중인 그 사람과 결혼을 하게 될 터이니까.

그렇지만 세상만사 알 수 없는 것이 사람의 일이다. 누가 결혼 상대로 좋은 남자인지를 지금은 알 수 없다는 말이다. 대부분의 원만한 결혼은 행운에 의해서 이루어진다는 사실을 아는가? 다시 말해서 좋은 남자를 얻었느냐의 여부를 따져보려면 상당한 세월이 지나야만 알 수 있다는 말이다.

오랫동안 당신은 결혼을 잘 했다고 생각하면서 가정을 헌신적으로 돌보지만, 어느 날 갑자기 너무 뒤늦게 남편의 생활 방식이 당신이 원하던 것과는 전혀 다르다는 사실을 깨닫게 된다.

물론 생활 방식이 한 남자와의 결혼에 있어서 크게 중요한 것은 아니지만, 그밖에도 그와 유사한 많은 문제가 있을 수 있다. 돈의 문제만 하더라도 예외일 수는 없다. 사랑만이 문제일 뿐이며 남편의 경제 능력을 따진다는 것은 재미없고 치사한 문제라고 말하겠지만, 반드시 그렇지 만은 않다.

결혼은 우리가 알고 있는 남자라는 실체와 하는 것이 아니라 그의 잠재적 생활 양식과 관계를 맺는 일이다. 하지만 너무 젊은 나이에 결혼하면 그것을 쉽게 식별할 수가 없다. 그러므로 될 수 있으면 남자의 진정한 본 모습을 파악할 필요가 있다는 뜻이다.

결혼운이란 나쁜 것 못지 않게 좋을 수도 있다는 아주 흥미있는 역학적인 면이 있다. 여기에서 주목할 것은 다음과 같은 심오한 이치가 존재한다는 점이다. 즉 한 번의 결혼에 운이 따르지 않는다면 다음 번 결혼에서는 운이 따를 수 있다는 운명론이다.

그럼 살펴보자. 남편을 고르는 특별한 지침이 있다는 말인가? 분명히 있다. 나의 지침을 따르자면 첫째, 착한 남자와 결혼하라는 것이다.

인생이란 바로 당신에게 수없이 많은 공포를 강요하는 삶인데 그 중에서도 가장 큰 공포의 대상이 남편이라면 당신은 무슨 재주로 그것을 감당할 수 있겠는가?

무조건 남자가 착하다고 해서 당신이 끌리는 것은 아니지만, 그래도 당신의 운이 괜찮다면 그 사람 사이에 성적 교감 도 훌륭하게 발전할 수 있을 것이다.

둘째, 당신이 그를 사랑하는 만큼 당신을 사랑해 주는 사람과 결혼하라. 그 이상 더 아름다운 일이 어디에 있겠는가. 이 사실을 인정하든 하지 않든 간에 모든 인간 관계는 사랑하는 사람과 사랑 받는 사람이 있다는 것이다.

작가 스탕달은 이러한 역할을 희생자와 행운자로 설명하고 있는데, 말할 필요도 없이 사랑을 받는 행운아가 바로 당신이기를 바란다. 그렇지만 희생자라고 해도 나는 사랑에 관한한 아주 행복한 희생자라고 믿고 싶다. 그것이 사랑의 마술이다.

셋째, 당신이 사랑하는 쪽이라 하더라도 당신을 소중하게 생각하는 사람과 결혼하도록 하라.

아내를 소중히 여기지 않는다는 것처럼 최악의 문제는 달리 없다. 내가 아는 미모의 여자 중에 유명할 뿐만 아니라 아주 매력적인 남자와 이혼한 여자가 있다. 결혼한 후 몇 년이 지나도록 그는 아내에게 따뜻한 말 한마디, 자상한 사랑을 표시하지 않았기 때문에 그녀는 자기가 버림 받았다고 느끼게 되었다. 그녀 자신이 이 같은 상황을 초래했는지 어떠했는지 는 알 수 없는 일이다.

어쨌든 사랑이 없는 그녀의 일생은 견딜 수 없는 것이 되었고, 마침내 그녀가 선택한 길은 이혼이었다.

남편이 아내를 아낀다는 것처럼 여자에게 소중한 일은 없다. 그러한 경우 아내는 그 값진 선물에 보답하기 위해 남자의 웬만한 약점과 잘못은 인내하며 용서할 수 있다.

마지막으로 능력있는 남자와 결혼하라.

당신의 남편에 대한 채점표는 잘 모르겠지만 내 생각으로는 아이들에게는 좋은 아버지이며 당신에게는 훌륭한 애인이라는 정도로는 뭔가 부족하다. 자기 일을 성공적으로 수행하는 남편, 그러한 남자의 자질을 높이 평가한다. 왜냐하면 무슨 일이 되었든 간에 일이란 남자의 모든 것이기 때문이다.

29 | 단 한 사람을 찾아라

용모의 기준을 한 유형으로 잡는 것은 어떨까.

용모에 대한 여성들의 바램은 한결같이 날씬하게 팔등신으로 통일되어 있는 것을 보면 마치 하나의 표준형이 정해져 있는 것으로 생각되는데, 이러한 경향은 아무래도 남성을 오해하고 있는 데서 비롯된 듯싶다. 여자에 대해 느끼는 남자들의 생각은 천차만별이다.

옛날이나 지금이나 어떤 계층을 막론하고 남자들 만이 모이는 장소에서는 빠짐없이 여자에 대한 얘기가 나오게 마련이다.

이 여자는 재미있고, 또 저 여자는 매력적이라는 등 여자에 대한 비평으로부터 시작해서 온갖 요설이 난무하게 되는데,

이 또한 남자들의 습성이다.

실로 멋대로의 주장들이 무성하다. 잠깐만 들어봐도 다종다양하다는 것을 알 수가 있다.

실제로 내 친구들과 농담 삼아 얘기를 해 보면 십인십색, 한 사람 한 사람이 제각각이다. 제3자에게는 어디가 좋은 지 짐작도 할 수 없는 부분들이 하나의 기호로 작용하는 경우가 허다하다는 사실이다.

내 친구 가운데는 여자의 발이 작아야 사랑스럽다는 의견이 있는가 하면, 반대로 커야 좋다는 사람도 있었다. 이처럼 기호는 개성이나 환경, 또는 경험에 의해서 형성되는 것이다. 그러므로 제3자로서는 알 수 없는 것이고 이러쿵저러쿵 장담하듯이 말할 수도 없지 않은가.

이처럼 남자들의 기호가 각양각색인데 이상적인 이미지를 미리 획일적으로 정해 두고, 그보다 못한 자신의 용모에 대해 가슴 아파하거나 자신감을 상실한다는 것은 넌센스다.

살을 빼기 위해 식사까지 거르면서 병자처럼 우울한 나날을 보낸다거나 약물이나 기구 등을 사용해 필사적으로 노력해 보더라도 잘 될 턱이 없다. 고생만 실컷하고 나서야 깨우치느니보다 처음부터 하지 않는 것이 오히려 속 편한 일이다. 자신의 결점을 의식하고 그것을 곧바로 고치려고 하는 생각 자체가 너무나 어리석은 짓이다.

피부색이 검은 사람이 그것을 커버하려고 하얗게 분을 바르면 보는 사람마다 이상하게 생각할 것이다. 그보다는 본바

탕 그대로 장점을 찾아서 자신의 용모를 자연스럽게 보이는 것이 더 편안하다.

오히려 적극적으로 활달하게 이성과 접촉할 기회를 갖다 보면 자신에 맞는 상대를 만나게 마련이다.

연애의 첫걸음은 좋은 상대를 선택하는 것이니 만큼 그 범위를 넓히는 것 또한 중요하다.

다시 한 번 강조하거니와 행복하게 사는 것이 무엇보다 중요하다는 사실을 상기하기 바란다. 당신은 이 지구상에서 단 한 명의 남자를 선택하고 그로부터 사랑을 받기 만하면 된다.

그러므로 한 남자에게 당신의 매력이 최대로 발산되도록 하라.

이렇게 볼 때 획일적인 이미지에 묶여 자신감을 잃거나 용모 콤플렉스에 빠지는 것이 얼마나 어리석은 일인지 더욱 분명해진다.

그럼에도 불구하고 당신이 수많은 남성들로부터 인기를 얻고자 한다면 이야기는 백팔십도 달라진다. 역시 매력적이고 아름답게 보이기 위해서 기준치를 정해 두고 무리하게 다이어트를 해서라도 몸매를 가꾸지 않으면 안 된다.

여배우나 탤런트, 모델 등은 바로 이런 표준치에 가장 가까운 육체의 소유자들이다. 그러나 그들은 한 남자로부터 깊이 사랑을 받는다고 하더라도 언제나 부족함을 느낀다. 그래서는 인기 관리가 안 되니까 그들은 필사적이다. 만인의 사랑을 받지 않으면 안 되는 생존의 냉엄함에 고뇌한다.

사람들은 흔히 평균치를 제시하곤 한다. 사무직 여직원의 평균 월소득은 얼마이며, 결혼 적령기는 또 언제가 적당하다든가 해서 수치로 계산하기를 좋아한다.

하지만 그러한 수치로 나타내는 평균치는 현실적으로 존재하지 않는다. 그러므로 평균이란 허구인 것이다.

그렇다면 여배우나 탤런트, 모델의 매력이라든가 아름다움 역시 허구에 불과하다. 그들이 스크린이나 브라운관, 또는 인쇄된 표지에서 뛰쳐나와 현실적 존재로 행동하고 대화를 주고받는 상상의 세계에서 한 남자를 결정적으로 끌어당길 수 있을지 어떨지는 의문이다.

다시 말해서 그녀들의 매력이나 아름다움이 허구로 존재하기 때문에 현실적으로 팬들에게 결정적인 매력의 대상이 되지 못하더라도 이상하게 생각할 필요는 없다.

또한 그녀들은 개성마저도 허구로 표현한다. 예를 들어 모델의 경우 각자를 따로따로 떼어놓고 볼 때는 용모나 표정이 아주 개성적인 것처럼 보인다.

더구나 요즘처럼 자기만의 표현이 강조되는 시대에는 그러한 경향이 더욱 뚜렷해져서 개성적인 모델이 환영받고 있다는 것을 알 수 있다.

그러나 팔등신의 미녀들을 한 자리에 나란히 세워놓고 보면, 그녀들 대부분이 비슷하다는 것을 금방 알 수 있고, 몸매뿐만 아니라 얼굴 생김새까지 닮은꼴이다. 개성을 강조하고 있다는 화장도, 아이섀도의 농도나 볼의 연지 색상도 거의가 동일하다.

이러한 사실은 개성까지도 이미 평준화되고 허구화 되었다는 것을 증명해 준다.

당신이 만약 많은 남자들로부터 귀여움을 받고 대중의 우상으로 군림하고싶다면 그녀들의 모습을 흉내 내도 좋다. 나름대로 인기를 얻을 수 있기 때문이다.

그러나 단지 그것에만 만족할 것인가? 아양을 떨면서 귀여움을 받는 것에 당신의 일생을 맡길 것인가?

결코 그렇지는 않을 것이다. 당신은 오직 한 남자에 대해서 결정적인 존재가 되고싶을 것이다. 그것이 당신의 행복이라면 아름다운 삶의 출발점이 될 것이다.

30 상대를 사로잡는 확실한 방법

1)시간을 꼭 지켜라. 객관적으로 여자들은 시간을 잘 안 지키는 속성을 가지고 있다.

2)상대방에 대한 칭찬에 인색하지 말라. 그가 입고 있는 옷, 취미, 음식 솜씨, 가족 등등에 이르기까지 칭찬의 재료는 무궁무진하다.

3)상대방의 모든 것, 즉 그가 마시는 술, 입고 있는 옷의 상표, 심지어는 그의 모습에 이르기까지 세심한 주의를 집중하라. 특히 교제의 초기 단계에서는 말을 많이 하는 것은 금물이다.

4)남자가 "당신에 대해 알고 싶군요."하고 유인한다면 결코 그대로 응하지 말라. 당신이 누구인가는 교제하는 동안 차츰

알려지게 될 터이니까. 한 자리에 앉아서 자신의 과거를 모두 이야기한다면, 당신은 스스로를 다 들어내는 빈곤감을 느끼게 될 것이다.

5)상대방의 생활을 완전히 탐사하라. 그가 알고 있는 지식, 그의 가족, 친구 관계 등은 탐사의 대상이 된다. 남자들은 자기의 지내온 과정-학교생활-군대생활-추억 등에 관해 이야기하기를 좋아한다.

6)특히 남자와 교제하는 동안 그에게서 들은 이야기들을 기억해 두었다가 다시 물어보는 것도 퍽 중요한 대화의 내용이다. 그만큼 상대의 관심을 집중시킬 수 있는 좋은 방법이 될 것이다.

7)남자의 말을 끝까지 잘 듣는다. 이것이 남자를 끌어당기는 최상의 무기이다. 다소곳이 앉아서 맑은 눈빛으로 상대의 이야기에 빠져드는 듯한 모습은 당신을 가장 지적인 인물로 돋보이게 할 것이다. 한편 그런 태도는 섹시한 모습으로 비칠 수도 있다.

8) 당신이 어떤 남자와 사랑을 하고 있다면 그를 싫증나게 해서는 안 된다. 만약 함께 차를 타고 가는데, 그가 주식이나 펀드에 관해 다소 지루하게 이야기한다고 치자. 마침 차가 당신이 어렸을 때 살던 집 앞을 지나더라도 결코 그의 이야기를 중단시켜서는 안 된다. 남자들은 가끔 엉뚱하게도 일방적인 경우가 있기 때문이다.

9)상대와 불필요한 논쟁을 하지 말라. 당신은 사랑하는 남

자와 논쟁할 수도 없고, 결코 논쟁을 해서도 안 된다. 차라리 그가 기르고 있는 개가 있다면 동물을 논쟁의 상대로 삼는 편이 낫다. 불필요한 전화와 논쟁하는 것, 이 두 가지만 통제할 수 있다면 당신이 이긴 것이다.

10)상대방에게 어떤 내용의 이야기를 할 것인가에 신경을 써야 한다. 친밀해지고 싶은 바쁜 마음에서 무슨 일이든지 솔직하게 이야기하는 것이 과연 효과적인가는 좀 더 생각해 보아야 할 문제이다.

11)잡담하기 위해서 전화하지 말라. 당신이 계획한 주말여행을 전할 내용이라면, 그가 당신에게 전화하기를 요청했다면 별 문제가 없다. 그러나 당신이 외롭기 때문에 심심풀이 전화는 삼가라.

"지금 나는 당신을 생각하고 있어요." "당신이 뭘 하고 계시는 지 궁금해서 전화하는 거예요."라는 식의 전화는 백해무익하며 두 사람의 애정에 손실을 가져다주는 계기가 될 수 있다.

12)남자의 친구들에게 잘해 주도록 노력하라. 남자에게 있어 친구들이란 신성한 존재이다. 다소 싫은 사람이라 하더라도 공정하게 대하도록 노력하라.

13)그가 제의하는 일은 무엇이든지 해보려고 노력한다. 그가 당신에게 어울리겠다는 드레스를 입고 느낌을 물어보라. 그러면 즐거운 미소가 그의 얼굴을 감쌀 것이다.

31 | 남자를 비참하게 만들지 말라

여자들이 절대로 말해서는 안 될 두 가지 금기 상황이 있다. 남자의 생활 능력과 성적 능력에 대해서이다. 이 두 가지야말로 남자를 가장 비참하게 만드는 요소이다.

남자는 이 두 가지에 가장 깊은 관심을 가지고 있으므로 둘 다 우수하다면 문제 삼을 것도 없다. 그러나 열세하다면 절대로 말해서는 안 된다.

현대는 무한 경쟁시대이다. 아무리 남녀평등을 부르짖더라도 남성 위주의 사회임은 부인할 수 없는 사실이다. 남자는 여자보다 훨씬 치열한 경쟁 속에서 살지 않으면 안 되는 존재이며 이 현실 속에서 뒤떨어지면 낙오할 수밖에 없다.

남자는 자기의 생활 능력에 관해서는 어느 정도 판단을 하고 있다. 사회생활을 하면서 동료들, 혹은 주변 사람들과 비교해 보면 충분히 알 수 있다. 다만 그러한 것들과 정면 대결을 피하고 있을 뿐이다.

또 대결하지 않더라도 빠져나갈 길은 얼마든지 있다. 나아가 그런 경우가 아니더라도 생활 능력에 관한한 절망하지 않고도 살아갈 수 있는 것이 인간 사회다.

일에만 매달리는 이기주의자가 되어 인간성을 상실하면서까지 살고싶지 않다든가, 비겁한 짓을 해 가며 출세하면 또 뭣 하겠는가 하는 따위 등이 그러한 예들이다.

그렇지만 사실은 이기주의자가 되는 것도, 비겁한 짓을 하는 것도 생활 능력에 포함된다. 그런 일련의 것들이 인간생활에서는 다반사로 일어난다.

남보다 더 잘 살기 위해서는 무슨 짓이든 못할까 보냐는 식으로 사는 사람들이 점점 많아지는 현실이 현대 산업사회의 폐단이라고만 몰아붙일 일도 아니다. 우리들 또한 그들 가운데 하나일 수 있으므로 더욱 그렇다.

한편으로는 이런 사람들이 젊은층 사이에서 급격하게 늘어나고 있다. 일보다는 취미에 맞는 생활을 하고 싶다든가, 여가를 즐기면서 사는 것이야말로 진정한 삶이라고 주장하는 사람들이 그 부류이다.

그들의 사고방식에 이의를 달고 싶은 생각은 조금도 없다. 그러나 문제는 여기에 있지 않다.

처음부터 정면을 통과하지 않고 쉬운 것만을 생각할 수 있다는 점에서 우려하지 않을 수 없다는 말이다.

정당한 노력과 성취 뒤에 즐기는 여가는 그만큼 인간의 생활을 풍요롭게 할 것이다. 반대로 노력도 들이지 않고 취미와 여가만을 먼저 찾을 때는 결과적으로 풍요 뒤의 빈곤을 초래하지 않을 수 없다고 나는 생각한다.

차츰 변화되기는 하겠지만, 현대는 여전히 남성 중심의 사회다. 이런 사회에서 남자를 떠받쳐주는 기둥 가운데 생활 능력은 절대적으로 많은 비중을 차지한다.

가족의 생계를 책임지기 위해 무한 경쟁에 뛰어들지 않으면 안 되는 것이 남자들의 가혹한 현실 세계다.

차츰 여성의 권익이 신장되는 추세요, 맞벌이 부부가 늘어나고 있는 것 또한 부인할 수 없는 현실이지만, 그렇다고 해서 남성의 역할이 줄어든 것은 조금도 없다.

오히려 여성이 하던 일까지도 남성들이 대신하는 경우가 많아지는 현실이니 오히려 남성의 부담이 커졌다고 해도 과언은 아닐 것이다.

남자들은 과중되는 책임감을 벗어 던지지 못한다. 냉혹한 경쟁 사회에서 제대로 오금도 펴지 못하고 생활하는 경우가 많다. 그러한 삶의 극한 상태에서 생활 능력이 다른 사람들보다 떨어진다고 말해 보라. 남자는 더 이상 살맛이 안 난다.

남자의 생활 능력을 다른 사람들과 비교하지 말라. 더욱이 가까운 사람들과의 비교는 자칫 당신의 결혼 생활을 망칠 수도 있다. 사랑은 상호간의 비교가 아니다.

샐러리맨의 많지 않은 수입을 일류 스타나 정치가들의 수입과 비교한다면 남자는 별로 대수롭지 않게 생각할 수도 있지만, 수입이 많은 가까운 친구들이나 이웃과 비교하게 되면 그야말로 결정적인 역할을 한다.

그럴수록 남자에게는 여성의 사랑이 필요하다. 현명한 여성이라면 오히려 남자의 콧대와 자존심을 세워 줄 수 있는 방법을 생각하고 실행에 옮길 일이지 결코 천덕꾸러기로 만들지는 않을 것이다.

다음으로 성적 능력의 문제이다.

남자는 일반적으로 자신의 성적 능력에 대해서는 잘 알지 못한다. 가치 판단에 어두운 것이다. 그러면 남자는 무엇을 기준으로 해서 자신의 성적 능력을 판단하는가?

여자에 의해서다. 상대 여성을 성적으로 얼마나 만족시켰으며, 상대가 자신을 어떻게 평가하고 있는가 하는 것이 유일한 판단 기준이다.

섹스에 대해서는 이미 여러 가지 데이터가 나와 있다. 남자는 평균적으로 이렇다, 저렇다 하는 세간의 평들이 그것이다. 나이가 이만하면 성교 회수는 주 몇 회라든가, 전희는 어느 정도의 시간이며, 사정하기까지는 몇 분이 걸린다든가 하는 것들을 당신도 듣거나 책을 통해서 이미 여러 차례 읽어보았을 것이다.

또 섹스의 테크닉에 대해서도 주간지, 월간지, 인터넷이 주축이 되어 동시 다발적으로 쏟아내고 있는 형편이니 섹스 정보에 관해서는 알만한 사람은 누구나 다 알고 있다.

그러나 그러한 섹스 정보지들이 쏟아내는 데이터는 전혀 무의미하다고 생각하는 쪽이 좋다. 섹스는 남과 여, 단 두 사람의 것이요, 전적으로 상대적인 관계이다.

두 사람이 좋아하고 만족하면 그것으로 이미 끝이다. 일반적인 표준이나 평균 등의 데이터, 정보가 어떻든 간에 전혀 상관할 바 없다. 섹스란 그런 방식이 성립된다.

현대 사회의 가장 큰 폐단 가운데 하나로 정보 과다를 들수 있다. 현대의 불행인 것이다. 두 사람 사이에 느낄 수 있는 만족도가 기준이 되어야 하는데, 오히려 그것이 정보의 기준에 따라서 결정된다는 것을 참으로 안타깝기 그지없다.

당사자인 자신이 만족을 느꼈는지 어땠는지는 문제가 아니라 정보지의 표준에 의거해서 자신의 만족도를 평균 이상인가 이하인가로 판단하니 문제가 생기지 않을 수 없다.

이러한 정보의 범람에 밀려 남성들은 이 문제에 과민한 반응을 보이지 않을 수 없다. 여성의 지위가 상대적으로 높아져서 성교가 생산과는 전혀 관계없이 그저 즐기기 위한 행위요, 남성 중심의 사회에서 남녀 평등의 사회로 옮아가는 현실이니 성교 또한 과거의 수동적 입장에서 적극적 입장을 취해야 한다는 여성론자들의 입김이 점점 거세지고 있다.

그리하여 마침내는 남자들의 성적 능력에 대한 표현 또한 이제는 여성들이 누릴 수 있는 하나의 공격 무기가 되어버렸다.

그러나 당신이 남성에 대한 경험이 있는 여성이라면, 그리고 그 남자를 사랑하고 있다면 절대로 다른 남자와 비교해서 말하지 말라. 그 결과는 정말 무능한 남자로 만들어 버린다.

남자가 성교를 통해서 쾌감을 얻을 수는 있지만, 자체의 변화는 거의 없다. 그러나 여성은 다르다. 상대에 따라서 쾌감의 강도가 달라질 수 있다. 그럼에도 여성에게는 순응성이 있다. 그것이 또한 여성의 성적 특징이다.

남자와 달리 상대에 따라서 성의 희열을 경험할 수 있는 존재가 여성인 것이다.

성적 능력에 대해서 만은 상대방에게 거짓말을 해서라도 칭찬해 주고 같이 즐거워하면서 자신감을 갖게 하는 것이 당신을 위해서나 사랑을 위해서도 좋다.

32 | 제삼자의 입장이 가장 객관적이다

젊은 여성이 남성을 좋아하게 되는 경우는, 대체로 감정에 의존하는 경우가 많다. 뭔지 모르게 상대방에게 끌린다든가, 저 사람의 어떤 면이 좋다든가 하는 따위가 그런 감정의 발로인 것이다.

그리하여 자신이 좋아하므로 상대방도 자기를 사랑해 주었으면 하는 마음이 생기게 되고, 나아가 그러한 바램은 결국 상대방이 자신을 좋아하지 않음에도 좋아하고 있다는 착각에 빠지게 만들기도 한다.

이런 경우에는 착각이라고 단정하더라도 남자라면 누구나 다 동조할 것이다.

남자의 경우에는 '매력적이라든가' '좋아한다'고 하는 기분 따위와는 전혀 상관없이 여성에게 접근해서 사랑을 속삭이는 경우가 의외로 많다.

어느 특정 여성을 진실로 좋아하는 마음도 확실히 있겠지만, 그 어느 면에서는 여자의 육체를 정복하고 싶은 강렬한 욕망을 가지고 있다는 편이 훨씬 많다고 보아도 틀림이 없을 것이다.

여성의 경우에도 경험과 지식을 통해서 그런 남자들이 많다는 사실을 알고 있다. 그래서 정신을 차리지 않으면 안 된다는 것도 알고 있다. 그러나 현실적으로 그런 남자를 만나게 되면, 그 일말의 지식도 쓸모없게 된다.

지성과 교양인임을 자처하는 유명 여성들이 시시껄렁한 남자에게 속아 넘어가는 경우가 매스컴에 종종 오르내리는 것을 보면 그러한 경향을 잘 알 수 있다.

그렇기 때문에 잘 분별하지 않으면 안 된다. 그러나 순수하게 그저 좋아서 접근하는 남성과 성적 쾌락이나 다른 욕구를 충족시키기 위해서 접근하는 남성을 어떻게 구분할 것인가 하는 문제는 그리 만만치 않다. 확실히 구별이 되지 않기 때문에 세상살이가 어려운지도 모른다.

젊은 여성이 남성을 좋아하게 되는 과정을 보고 있으면, 참으로 그녀를 사랑한다고 하는 남자일수록 제삼자가 보기에는 전혀 그렇지 않은 경우가 많다는 예를 알게 된다. 정말 좋지 않은 불량 남자인 것이다.

진실로 좋은 남자라고 생각되는 사람은 고르지 않고 전혀 엉뚱한 사람을 선택하는 것을 보면 알다가도 모를 일이라는 생각이 든다. 쓸 만한 사람은 제쳐두고, 흔히 우리가 플레이보이라고 부르는 '보기 싫은 녀석' 쪽을 선호하는 경우가 많은 것은 예외적이다.

아주 똑똑하고 영리하다고 자부하는 여성일수록 그런 선택을 많이 한다는 것은 어쩌면 여성의 맹점이 그 부분이라는 것을 플레이보이들이 잘 알고 있기 때문인지도 모른다.

그러나 그렇다고 해서 어리석다고 평하는 것은 너무 심하다는 생각이 든다.

대체로 한 여성과 두 남성이 있을 경우, 그녀를 사랑하지 않는 남성 쪽이 그녀를 공략하기에 유리한 위치를 점하고 있는 편이다. 상대방을 공략하기 위한 전략을 수립하는데 훨씬 철저할 수 있기 때문이다.

진실로 그녀를 사랑하고 있는 남성이라면, 자기 자신의 애정에 푹 빠져서 감정을 통제하기 어렵다. 오직 연애 감정에 들떠서 멍청한 상태에서 손도 발도 쓸 수 없게 된다. 여자 쪽에서 보면 뭔가 우둔하고 꼴사나운 남자로 밖에 생각되지 않는다.

이와 반대로 부드럽고 은밀하게 접근하는 남자는 아주 성실하고 훌륭한 남성으로 보이게 마련이다. 착각도 큰 착각을 하게 되는데, 이것이 가장 큰 이유라고 생각된다.

따라서 몇 명의 남자를 두고 비교를 할 때는 제삼자의 의견을 들어볼 필요가 있다. 구태의연하고 낡은 사고방식 같지만, 당사자보다는 제삼자 쪽이 남녀를 불문하고 인간을 보는 눈이 정확하다. 상식이기는 하지만, 고금의 진리다.

한 좌담회에서 얘기를 나눈 적이 있다. 총리실에서 실시한 국민의식에 대한 내용이었는데, 젊은 여성들의 의식 조사에서는 처음으로 나온 대담한 결과라고 하면서 토론을 계속했다.

이전에는 성적 경험이 없는 미혼 여성들에게 '성적 욕구가 있는가?' 하는 질문을 하면, '있다'고 하는 대답이 거의 제로에 가까웠다고 한다. 물론 이 제로라는 숫자에는 어느 정도 의문이 있겠지만, 그만큼 낮았던 것이다.

그런데 몇 년 전부터는 대단한 확률로 수치가 올라간 것이다.

그만큼 현재의 여성들이 정직해졌다는 것인지, 아니면 젊은 여성들이 '있다'고 대답해도 결코 부끄럽지 않을 정도로 국민 수준이 높아졌다는 것인지. 물론 여러 가지 이유가 있겠지만, 그 가운데는 식생활의 변화도 상당한 영향을 미쳤을 것이라고 생각된다.

6.25 한국 전쟁 이후 경제 성장에 힘입어 식생활 변화로 인해서 젊은 여성들의 육체적 성장이 거의 서구 여성들의 성장 속도 만큼이나 빨라졌으며, 성적 욕구 또한 그와 비례해서 전보다 훨씬 어린 나이 때부터 경험하게 되었다고 해도 결코 틀리지는 않을 것이다. 그러므로 이 또한 자연스러운 현상의 결과이다.

여고생들로부터 다음과 같은 내용의 서신을 받는다. 자신에게는 이상하리만큼 돌발적으로 성적 욕구가 일어나곤 하는데, 친구들을 보면 전혀 그런 욕구가 없는 것처럼 보일 뿐만 아니라, 그들이 모두 철이 없고 순진하게 보인다는 점이다. 그러면서 자신의 체질이 비정상적이 아닐까 의문을 품게 된다는 것이다.

나는 이러한 상담 서신에 대해 쉽게 답신을 보내지 않는다. 만일 그렇다고 하면, 결코 이상하지 않으며, 오히려 지극히 정상적인 현상이라고 대답할 것이다.

일반적으로 두뇌나 지식 같은 것은 나이와 비례해서 발달해 가지만, 성적인 성숙도는 개인에 따라 차이가 아주 심한 경우도 있어서, 심지어 20세가 되도록 성적 욕구를 느껴 보지 못한 여성도 있다고 한다.

그렇다고 해서 이런 여성을 미성숙하다고 말할 수는 없다. 반대로 15세 소녀가 성적 욕구를 느꼈다고 하여 이상 체질이라고 할 수도 없는 일이다.

이처럼 개인에 따라 크게 다를 수도 있는 것이 성적 욕구다. 그러므로 어린 나이에 성적 욕구를 느꼈다고 하여 결혼하기 전에는 어떤 성적인 행위를 해서도 안 된다고 하는 고리타분한 윤리관, 도덕관을 현재에도 여전히 적용하는 것은 참으로 시대에 뒤떨어진 사고방식이다.

그리고 실제로도 그러한 도덕관으로 요즘의 젊은 사람들을 견제하거나 제어할 수 없는 것 또한 엄연한 현실이다.

그렇지만 기성세대의 의견을 전혀 무시할 수도 없는 입장이다. 아주 고루한 어른의 말을 뿌리치는 것 또한 예의에서 벗어난다고 생각된다.

　비록 터무니 없다는 생각이라고 할지라도 일단 참고 들어주는 척이라도 하면 마찰을 예방할 수 있다. 그러면 부모님들도 안심할 것이고, 그것이 어른을 존중하는 최소한의 예의가 아니겠는가.

33 | 여자의 용모와 남자의 호감

　많은 여성들은 자기의 키가 작다든가, 몸이 뚱뚱하다든가, 얼굴이 밉다든가 하여 용모에 자신감을 가지지 못하고 고민을 한다.

　또한 대다수의 여성들은 날씬해지고 싶다는 생각을 가지고 있는데, 미리 하나의 이상적 이미지를 정해 놓고, 그 이미지에서 벗어난 부분에 대해 자신감을 잃고 있는 듯하다.

　즉 여배우라던가 탤런트, 혹은 잡지 표지 모델 등 무의식적인 기준에 따라 자신과 비교함으로써 용모의 잣대로 삼는 경향이 짙다.

　그런 대중 매체에 등장하는 눈에 잘 띄는 여성과 자신을 무의식적으로 비교해서 더 아름다운 몸매를 가꾸어야겠다는 생각을 갖는다. 확실히 남자들은 여배우나 탤런트의 이름을 대며, '누가 더 좋다'는 식으로 말하는 버릇이 있는데, 이보다는 여성들의 경우가 남자 배우나 탤런트에 반해 버리는 경향이 더 짙은 듯싶다.

당신에게도 좋아하는 배우나 이상적인 인물이 있을 것이다. 그러면 당신은 무엇을 기준으로 해서 그 인물의 팬이 되었는가 한 번 생각해 보라.

그것은 무엇보다도 용모 때문일 것이다. 하지만 그 이상적 인물이 어떤 인격의 소유자인지는 알 도리가 없다.

당신이 좋아하는 유형의 용모를 지닌 사람에게 정신적 이미지까지 좋게 덧씌워서 우상으로 만들어 버리는 것이다. 그러나 이러한 이미지는 대상의 실체와는 전혀 관계가 없다. 탤런트나 배우 자신도 이러한 사실을 잘 알고 있어서 오히려 그 점을 강조하여 팬들로부터 인기를 얻는 수단으로 이용한다.

자신의 이미지가 탤런트라는 실체와 전혀 다르다고 하여도 상관없다. 다만 하나의 상품 가치를 지니고 있기만 하면 그만이다. 연예잡지도 마찬가지다.

중요한 것은 진실이 아니라, 인기 스타가 많아야 한다는 현실 감각이다. 그래야 잡지가 잘 팔릴 것은 불문가지다.

다시 말해서 스타와 팬을 연결시켜 주는 이미지라는 가공의 픽션인 것이다. 한편 이러한 이미지가 훼손될 때 세간의 화제거리로 등장한다.

순정파 탤런트가 사생활에서는 아주 문란한 이성 관계를 가지고 있다는 것 따위 등이 좋은 예다.

이때 팬들은 배신당했다고 화를 내면서 스타로부터 눈을 돌리지만, 이러한 배신감을 느끼는 것 자체가 이미 어리석은 짓이라는 점은 알지 못한다. 우상의 이미지가 본래 허구였다는 것, 그 사실을 자각하지 못하기 때문이다.

남자들이 여배우나 탤런트에 대해서 예쁘다든가, 좋아한다고 하는 것은 그러한 허구를 이미 알고 있으면서도 그저 유희의 대상으로 삼는 것에 불과하다. 즉 많은 남성들은 탤런트의 가식과 현실을 구별하고, 또 그 벽을 철저히 인식하면서 즐기는 것이다.

그러므로 당신의 애인이 탤런트 누구 누구가 좋다고 하더라도 당신이 그녀처럼 되려고 애쓸 필요는 없다.

탤런트 누가 좋다고 하는 남자의 애인이나 아내가 과연 그 탤런트와 같은 용모를 하고 있는지를 보면 더욱 분명해진다. 아마 남자들 가운데도 허구와 현실을 구별할 줄 모르는 사람은 없을 것이다.

그러나 그런 남자는 유희의 즐거움을 모르는 낮은 수준의 남자가 분명할 것이므로 그냥 내버려 두는게 좋다.

그러므로 무작정 날씬해지고 싶다든가, 키를 키우고 싶다든가 고민하는 것은 어리석은 환상이다.

34 현명한 여성은 남자의 마음을 본다

앞에서 관심의 폭을 넓히고, 시야를 넓게 가지라고 했다. 참된 행복에 이를 수 있는 유일한 길은 그러한 계산법 밖에 없다.

시야를 넓게 가지면 사물을 입체적으로 볼 수 있는 눈이 생긴다. 어떤 사물은 시점에 따라 전혀 다른 물건으로 보일 수도 있음을 가르쳐 준다.

그러한 눈을 치료의 방편으로 할 때 비로소 정확한 계산이 가능해진다. 남자를 보는 눈도 마찬가지다.

젊은 여자로서는 보기 드물게 똑똑하다고 자부하는 여성이 있었는데 그녀에게 사랑하는 사람이 생겼다. 남자의 상냥하면서도 자상한 성격에 반했다며 자랑을 늘어놓았다.

어깨를 맞대고 걸어가는 경우, 그녀가 추워서 몸을 웅크리면 얼른 코트를 벗어 입혀 준다. 차에서 내릴 때는 언제나 문을 열어주고, 거리에서는 반드시 차도 쪽에서 그녀를 보호하면서 걷는다.

이밖에도 여러 가지가 더 있지만 생략한다. 그러나 이렇듯이 외형적인 것만으로 남자가 참으로 상냥한 사람이라고 단정할 수 있을까? 또 외형을 보고 그 사람의 성격을 정확하게 읽을 수 있을까?

그렇지 않다. 겉으로 드러나는 행위와 속마음은 전혀 다를 수도 있기 때문이다.

그녀의 경우에도 그러한 남자의 행위가 반드시 자상하다는 것을 증명해 줄 만한 근거가 되지 못한다. 단지 그가 세속적인 예의에 대해 잘 알고 있다는 것에 불과하다.

그리고 실제로도 무뚝뚝한 체 하는 남자 쪽이 오히려 상냥하고 자상하다는 통계가 나와 있다. 여자에게 큰 소리로 꾸짖는 남자가 더 상냥한 사람일지도 모르는 것이다.

이 남자의 경우에도 그녀가 생각하고 있는 것과는 전혀 다른 인간일 수도 있다.

가령 그처럼 상냥한 남자일지라도 직장에서는 동료 여성들에게 무자비하게 대할지도 모른다. 그러므로 베풀기를 좋아하는 남자를 만나면 일단 의심부터 먼저 해보라. 지나친 친절은 가식일 경우가 많기 때문이다.

또 업무에 대해서는 유능하다는 인정을 받고 있지만 동료들 사이에서, 기타 인간관계 전반에서는 좋지 못한 평판을 받고 있는 사람들도 우리 주변에는 많다.

그런 사람들은 협조와 조화를 기반으로 하는 회사에서는 그 유능함마저도 발휘할 수 없는 존재로 전락될 것이다.

조금 각도를 바꿔서 생각해 보면 여러 가지 계산이 가능하지만, 그 계산 여하에 따라서 행복해질 수도, 그렇지 않을 수도 있다.

최근에는 집과 차가 있어야 하고 부양할 노인이 없어야 한다는 것을 결혼 조건으로 내세우는 여성들이 많다고 한다.

즉 아파트 열쇠, 차 열쇠 등 몇 개의 열쇠가 갖추어져 있어야 한다는 뜻이다. 어떤 식자가 이러한 여성들의 결혼관을 높은 어조로 비난했다.

그는 결혼에서 가장 중요한 것은 애정이지 무슨 조건을 붙이는 것은 타산적인 현대 여성들의 정신적 황폐에서 비롯된 것이라고 주장했다.

애정과는 전혀 상관없이 그런 조건들에만 중점을 두는 것이야말로 산업사회의 병폐 가운데 하나라고 역설했다.

이 말은 나에게 다소 충격적으로 들렸다. 결혼이 현실적인 생활의 시작이라면 집이란 없는 것보다 있는 편이 좋고, 차도 있는 것이 더 좋다.

고부간의 갈등 문제도 요즘에는 텔레비전 드라마나 문학 작품에서 보듯이 아주 빈번하게 오르내리는 주제 가운데 하나이기는 하지만, 대단히 해결하기 어려운 문제이므로 시부모가 없는 편이 좋다는 것은 뻔한 일이다.

여자가 결혼하는데 이런 조건을 요구하는 것도 현실적인 면에서 보면 그릇된 생각이라고만 볼 수 없는 현상이다.

다시 말해서 경영이 불안정한 중소기업보다 대기업이 좋고, 임금은 적은 것보다 많은 편이 좋으며, 만년 평사원보다는 엘리트 코스를 밟고 있는 편이 좋다.

그것은 당연히 삶에 대한 바램이다. 결혼도 마찬가지로 많은 조건을 음미해 보는 편이 좋고, 또 그렇게 해야 한다고 나는 생각한다.

그러나 이런 조건들을 모두 갖추고 있는 남자는 그리 흔치 않을 것이다. 집과 차가 있고 시부모 없는 남자를 고르기란 참으로 어렵다. 그런 남자를 만날 기회를 잡으려고 한다면 가능성은 점점 더 희박해지기 만할 뿐이다.

설혹 그런 남자가 당신 앞에 나타났다고 해도 그가 과연 당신을 선택할 것인지 아닌지의 여부도 만만치 않다. 아니 가능성이 거의 없다고 보는 편이 옳을 것이다.

문제는 결혼 조건 가운데 어디에 중점을 둘 것인가 하는 점이다. 인격적인 면일 수도 있고 애정일 수도 있다. 혹은 돈이나 지위, 가문 가운데 어디에 초점을 두는 것이 당신의 결혼생활을 가장 행복하게 해 줄 수 있을 것인가?

어디에 중점을 둘 것인가. 당신의 선택이 기다리고 있다.

35 | 자신을 인정하는 여성은 남자를 매료시킨다

미스 홍이 사랑스러운 여성으로 보이는 것은 단지 그녀의 강한 개성과 지성, 혹은 마음가짐과 같은 단순한 요건들에 의해서만 이루어진 것이 아니라, 오랜 동안의 자기 수련과 단련 과정을 통해서 습득한 결과이기 때문이다.

자기 자신의 부족한 점을 그대로 시인하고 솔직히 인정함으로써 오히려 그것이 그녀를 더욱 매력적인 여성으로 성장시킬 수 있는 토대가 되었던 것이다.

생각해 보면 인간은 누구에게나 다른 사람에 비해 부족하거나 모자라는 측면이 하나쯤은 있게 마련이다. 완벽한 인간이란 거의 존재하지도 않았고, 또 앞으로도 없을 것이라고 나는 단언한다.

그것은 용모에만 국한되지 않는다. 어떤 신체적 능력, 또는 정신 작용이나 두뇌 활동 등 실로 다양한 분야에 걸쳐서 일어나는 모든 신체적 정신적 차이점을 포괄하고 있다.

그러나 이들 하나 하나의 차이점에 대한 지나친 비교와 평가가 행해지면서 인간은 허울의 굴레를 뒤집어쓰기 시작하였다. 이것이 점차 진행되어 병적일 정도로 집착하게 되는 경우에 우리는 콤플렉스라는 용어를 사용하는데, 특히 청소년기에 심하다.

친구들이나 안면있는 사람들을 되새겨 보면 모두가 콤플렉스를 가지고 있다는 생각을 지울 수 없게 한다. 그들 모두가 많든 적든 나름대로의 콤플렉스에서 벗어나기 위해 안간힘을 쓰는 것을 나는 여러 차례 느끼고 보아왔다.

그를 가운데 음치 친구가 있었는데, 이런 말을 했다.

"음악적 재능은 인간 각자의 본원적인 것으로 원초적인 능력, 즉 선천적 재능이라고 할 수 있지. 인간은 여러 가지 능력을 갖출 수는 있지만 결코, 완전할 수는 없으며, 그것은 대체로 상대적인 경향을 띠게 마련이야. 그렇기 때문에 이지적이고 합리적인 능력이 발달하면 음악적 재능과 같이 감성적인 능력은 떨어지는 것이 당연하지. 따라서 내가 음치인 것은 이지적이고 합리적인 면이 발달했기 때문이거든."

어찌보면 억지 변명 같기도 하다. 그러나 그는 음치라고 하는 자신의 단점을 역으로 받아들여 자기 합리화를 꾀하고 있다. 자기 암시를 통해 자신의 부족한 점을 상쇄시키고 있는 것이다.

실제로 그는 학교 성적이 아주 우수했던 친구였다.

이런 경우는 콤플렉스라고 할 수도 있다. 그나마 어느 정도 자기 합리화에 성공하고 있는 경우로 평가할 수 있을 것이다. 자기를 긍정한다는 것은 그만큼 중요하기 때문이다.

여기서 내가 강조하고 싶은 것이 역시 미스 홍처럼 자신에 대해서 당당해지라는 것이다. 누구에게나 단점과 장점은 있을 수 있으며, 사람마다 타고난 성격, 능력이 각기 다를 수 있다. 바로 이 다른 점을 인정하는 것이 무엇보다 중요하다.

자신을 받아들여라. 그리고 당당하라. 자신 없음에 대해 자신감을 가지고 이제부터 삶을 향해 굳게 나아가라.

36 │ 정신적 사랑의 한계

왜 여자가 용모에 많은 구속을 당하는지는 구구하게 설명할 필요가 없을 것이다. 그것은 항상 남자를 염두에 두고 있기 때문이다.

연애 감정은 일반적으로 남자는 여자를, 여자는 남자를 대상으로 해서 시작된다는 점에서 상대성을 가진다. 그렇다고 해서 이성은 아무라도 좋다고 하는 따위는 그저 성충동에 불과할뿐 진정한 연애 감정이라고 말할 수 없다.

단지 성적 욕구를 충족시키기 위한 수단으로서 뿐만 아니라, 정신적으로도 완벽한 합일을 이루고자 할 때 비로소 연애는 성립된다. 그런 의미에서 연애는 육체와 정신이 상호 조화를 이룬 남녀간의 관계로 보는 것이 타당하다고 하겠다.

따라서 수많은 이성 가운데서 자기에게 맞는 상대를 선택하는 것이 연애의 첫걸음임은 말할 필요도 없이 명백하다. 물론 선택의 기준에 올바른 정신과 마찬가지로 용모 또한 어느 정도 무게를 가지고 있음도 당연하다.

그러므로 정신적인 면을 무시할 수 없으나 그것만으로 연애가 성립되지 않는다. 하지만 정신 세계는 우리 눈으로 가늠하기가 어렵다.

한편 육체적인 면은 겉으로 보아도 알 수 있으니, 용모가 차지하는 비중이 어느 정도인가는 짐작하고도 남음이 있다.

그러나 현대 산업사회에 있어서 남자에게는 사업상의 능력이나 사회적 지위, 재산, 수입 등에 비교적 많은 무게가 실리므로 용모의 중요성이 그만큼 줄어든다.

반면에 여자의 경우는 여전히 용모에 많은 관심과 시선을 집중시키게 되는데, 이는 대개 여성들이 직감적으로 알고 있는 내용들이다.

그러므로 용모에 구애되는 것은 당연하다고 하겠다. 용모에 콤플렉스를 가지고 있는 여성이 많은 데는 그 나름대로의 이유가 있기 때문이다. 그런 여성을 향해 하찮은 일에 전전긍긍하거나 걱정하지 말라고 하는 것은 어쩌면 지나치게 독단적인 해법일 수도 있다.

여성이 용모에 많은 관심을 기울이는 가장 중요한 이유 가운데 하나는 남자에게 호감을 사기 위해서다. 남자에게 호감을 주고, 그리하여 서로 사랑하게 되어 그 댓가로 결혼해서 행복하게 사는 것, 그것이 용모에 관심을 가지는 큰 이유다.
그러므로 여자의 용모는 재산과 같은 의미를 갖고 있다.

37 불필요한 의심은 남자를 떠나게 한다

박양에게 애인이 있었다.

대학시절부터 교제를 해 왔다고 한다. 어느 잡지사의 편집 일을 관계하고 있어서 몇 번 그녀와 대화를 나눌 기회가 있어, 그때 자기 애인에 대한 얘기를 들려주었다.

그는 기능공으로 근무하고 있는데, 생활이 안정되면 결혼할 계획이라고 했다. 최근에는 직장 생활이 자리잡히면 서둘러서 결혼식을 올리는 커플이 많아지는 경향이 있는 것 같다.

그 가운데는 아주 신중하고 건실한 사고방식을 가진 젊은 이들도 많다는 점에서 수긍이 가지 않는 것은 아니다.

어느 날 거리에서 우연히 만난 박양은 스스럼없이 그에 대한 얘기를 들려주었다.

그러나 최근 몇 달 사이에 커플 관계가 원만하게 진행되지 않는다는 것이다.

"어때, 그와는 잘 되어가는가?"

농담조로 이렇게 물으니 대답이 시원치가 않았다. 자주 만나지 않는 모양이었다.

그래 이러니 저러니 캐물을 수도 없는 노릇이고 해서 그저 원만하지 못한가 보다는 느낌만 가지고 그럭저럭 얼마 동안을 보냈다.

그렇게 지내는 원고 일로 그녀가 나를 찾아올 기회가 생겼다.

"그는 여전히 건재한가?"

내가 묻자, 그녀가 더듬더듬 대답을 했다.

"그와 결혼을 하지 않을지도 몰라요. 지금 생각 중이에요."

요컨대 그가 다른 여자와 사귀고 있다는 것이다. 같은 회사에 근무하는 여성인데, 어쩐지 둘의 관계가 수상하다는 이야기였다.

"단지 회사 동료로 알고 지내는 사이에 불과해. 너라고 해서 편집국 남자들과 차 한 잔 술 한 잔 안 마셔 봤겠어? 내 경우도 그것과 똑같아."

그녀가 캐묻자, 그는 이렇게 대답하더라는 것이다. 그리고는 계속해서 말했다.

"지난 토요일에 내가 만날 약속을 해놓고 다른 일 때문에 나가지 못하게 되었지 뭐예요. 그랬는데 글쎄, 나 대신에 그 여자와 극장엘 가지 않았겠어요?"

그러면서 이미 둘의 관계가 직장 동료나 친구 사이를 넘어선 것 같다는 말을 덧붙였다.

더 다그치던지, 좋지 않은 기분을 그대로 표출하던지 하면 좋을 것인데, 그녀는 그렇게 하지도 못하는 것 같았다.

그와 만나기 만하면 비비꼬면서 끈덕지게 물고 늘어져 계속해서 비방하는 모양이었다. 그러면 그는 예외없이 화가 난 표정으로 심술과 고집을 부리며, 좀처럼 분명한 태도를 보이지 않는다는 것이다.

따라서 그와 만나게 되면 하찮은 일로도 말다툼을 벌이고, 결국 살얼음판 같은 분위기로 몰고 가게 된다는 사정이다. 그렇다고 똑 부러지게 헤어지자는 것도 아니란다.

서로에게 비방을 거듭하면서 어색한 관계를 지속시키고 있는 중이다. 그렇게 질질 끌어가서야 될 일 하나 없다.

"한 번쯤 있는 감정을 그대로 폭발시켜 버리면 어떨까?"

듣다 못해 내가 한마디 하자,

"그렇게까지 할 수야……"

하며 말꼬리를 흐린다.

그녀도 한 번 상대의 손양을 만난 적이 있다고 했다. 고졸 여성으로 비교적 앳띤 얼굴이기는 하지만, 그다지 미인은 아니었다고 한다.

그런 손양을 상대로 질투하고 화를 낸다는 것이 어쩐지 자기 자신을 격하시키는 일이라고 그녀는 생각하고 있는 모양이었다.

게다가 정면으로 그 문제를 들고 나왔다가 진짜로 헤어지게 되지 않을까 하는 생각에 두려워하는 것 같았다. 그래서 나는 그저 가만히 있을 수밖에.

38 │ 사랑의 과거, 그 현명한 선택

남자의 유형도 실로 각양각색이다. 최근에는 차츰 감소되는 듯하지만, 상대방 여자에 대해서 처녀가 아니면 절대로 안 된다고 하는 남자들이 있는데, 이들에게 과거의 남성 경험을 고백한다는 것은 장작을 들고 불길 속으로 뛰어드는 격이다.

또 처녀 숭배론 따위는 아무런 가치도 없으며, 이미 지난 세기의 산물일 뿐이라고 말하는 사람들도 있는데, 실제로는 그렇지도 않다.

그런 사람들 마음 속에서도 자신이 사랑하는 여성만은 처녀이기를 바라는 마음이 간절할 수도 있기 때문이다. 시대적 추세로 보면 갈수록 그런 남자들이 줄어들기는 하겠지만, 그렇다고 완전히 없어지지도 않을 것이다.

처녀니 비처녀니 하는 것은 자신과는 전혀 상관 없는 일이라고 말하는 사람들도 있다. 그러나 구애 받지 않는다고는 하더라도, 이 또한 제각각이다. 즉 여성의 성경험이나 태도에 따라 남자가 받아들이는 방법과 반응이 다르다는 점이다.

강간 혹은 불의의 사고로 본의 아니게 처녀성을 빼앗긴 경우도 있을 것이고, 호기심이나 치기로 인해 처녀성을 잃는 수도 있다. 무방비할 정도로 성 정보가 범람하고 있는 요즘에는 후자의 경우가 차츰 많아지고 있는 것으로 분석된다.

반면에 진실로 상대방을 사랑해서 교제가 이루어지는 경우도 있는데, 이런 여러 가지 상황에 따라 남자의 반응도 각기 달라지는 것은 분명하다.

호기심이나 장난삼아 한 일을 이해한다는 남자도 있는가 하면, 그런 이유 때문에 오히려 도저히 용서할 수 없다는 남자도 있다. 진정한 애정의 결합이었다면 괜찮다고 생각하는 남자도 있을 수 있고, 그런 경우라면 더욱더 용서할 수 없다는 남자도 있을 수 있다.

그렇다면 과연 과거를 고백할 것인가, 고백하지 않을 것인가. 상대방의 성격이나 사고방식에 따라 달라져야 할 것임은 분명하지만, 일률적으로 이것이라고 단언할 수는 없다. 하지만, 단 이것만은 분명하게 말해 두고 싶다.

어떤 성격이나 사고방식을 가진 남자일지라도 의혹을 품게 된다는 사실이다. 이것이 가장 괴로운 일이다. 남자가 여자에게 의심을 품고 있다는 것은 참으로 고통스런 불행이다.

사랑하고 있다면 물론 의심을 품을 까닭이 없다. 상대방의 모든 것을 받아들이는 것이 바로 사랑이다. 누구나 당연히 그렇다고 생각할 것이다. 이상적인 사랑이라면 그런 유형이 아닐까?

그렇지만 실제는 다르다. 자신의 생각과는 상관없이 전개되는 것이 사람의 마음이요, 사랑의 감정이다. 사랑의 알레고리는 그처럼 불투명하기도 하다.

단지 놀이 상대에 불과하니까 상대의 과거 따위에 연연해하지 않고, 따라서 의심할 필요도 없다고 여기는 사람들이 의외로 많은 것 같지만, 사랑하니까 상대의 과거가 마음에 걸리는 것은 당연하며, 그러므로 의심하게 되는 것이 일반적인 견해라고 생각된다.

그런 의미에서 보면 의혹이야말로 사랑의 척도라고 할 수 있을 것이다. 상대방이 의심을 품고 있다면, 그 사실만으로도 당신을 사랑하고 있다는 증거가 된다. 적어도 상대는 당신을 진정으로 생각하고 있다는 믿음을 가져도 좋을 것이다.

그럼에도 남자는 괴롭다. 정신 건강에도 아주 치명적이다. 상대방을 진실로 사랑하고 있다면, 그리하여 행복한 삶을 계속하기를 바란다면 한시 바삐 그 의혹에서 벗어나거나 풀어줄 필요가 있다.

그때 당신은 거짓말로 밀고나갈 것인가. 아니면 사실대로 고백할 것인가를 선택하지 않으면 안 된다. 그것이 당면 과제이다. 그렇다면 어느 쪽을 택하는 것이 현명한가? 과연 어떤 선택을 내릴 것인가?

앞에서 처녀성에 대한 남자들의 생각과 느낌은 각양각색이라고 이미 말했다. 선택 또한 이와 같은 상대성의 문제라고 생각한다.

다소 추상적이기는 하지만 거짓말을 할 것인가, 하지 않을 것인가에 대한 하나의 지표는 된다고 믿는다. 다른 한 가지는 자신에 대한 문제이다.

확실히 해 두고 싶은 점은 거짓말은 옳지 못하지만, 그렇다고 정직하지 못한 것이 반드시 어리석은 짓이라고 볼 수 없다는 사실이다. 도리어 정직하다고 할 수는 없더라도 현명하다고 할 수 있는 경우가 많은 것 또한 현실이다.

올바른 삶의 방식을 취할 것인가, 현명한 방법을 취할 것인가 하는 것은 자신의 마음에 달려 있다. 이 두 가지 기준에 의해서 당신이 거짓말을 해야 할 것인지 아닌지의 여부가 결정된다고 하겠다. 냉정한 해법이라고 할지는 모르겠으나, 나에게는 그 이상의 방법은 말하고 싶지도 말할 능력도 없다.

사랑에 관한한 거짓말에 대한 문제는 인생의 중요한 고비를 형성한다. 아주 미묘한 문제인지라 어느 쪽이 좋다고 감히 단언할 수 없는 것이다. 그야말로 개별적인 것이며 자신의 가치 판단에 의해서 결정하지 않으면 안 될 문제이다.

당신이라면 어떤 판단을 내릴 것인가?

39 | 겸허하라, 그러면 사랑을 얻는다

흔히 경제력이 있는 여성들을 일컬어 캐리어 우먼이라고 부른다. 경제력을 몸에 지니고 왕성한 생활력을 발휘함으로써 떠받들거나 칭찬을 받기 일쑤다. 그것은 그것 나름대로 좋은 현상이다.

그러나 한편으로는 걱정도 생긴다. 경제력이 풍부해지고 여성의 독립 생활이 가능해지면서 반대로 깊은 외로움에 빠지는 여성도 늘고 있다는 추측이 든다. 이는 생활인으로서의 행복이 여자로서의 행복과 직결되지 않기 때문이라고 생각된다.

하나를 얻으면 다른 하나는 잃는다는 말이 있는데, 이 경우에 아주 적합한 표현으로 여겨지는 것은 나만의 우려일까. 여성이기를 포기하지 않고서는 강해질 수 없다는 것은 한 번쯤 생각해 볼 문제다. 아울러 경제력의 향상이 진실로 여성을 강하게 만든다는 것을 뜻하는지에 대해서도 말이다.

내가 보기에 여성이 진실로 강하다는 것을 느끼는 경우는 사랑을 하는 여성, 그리고 아이를 낳아 엄마가 된 여성을 볼 때이다.

사랑하는 사람을 얻으면 여자는 강해진다. 그것은 진리다. 물론 경제력이나 생활력을 가지고 있더라도 누군가를 사랑할 수 있고 사랑 받는 여자도 될 수 있을 것이다.

그렇지만 나는, 그러한 사랑을 가능케 하는 것은 물질이 아니라 겸허한 마음이라고 믿는다. 스스로 겸허하면 사랑을 잃을 리 없다. 사랑하는 사람을 솔직하고 헌신적으로 사랑할 수 있고 자신의 몸을 자연스럽게 상대방에게 맡길 수 있다.

진실로 강하다는 것은 이를 두고 하는 말이다. 아무리 강하다고 자부하더라도 겸허함이 없으면 무용지물이다. 물질적인 풍요로움 역시 마찬가지다. 경제력이 있으면서 겸허하다면 금상첨화이겠지만, 대개의 경우 그렇지 못하기 때문에 안타까운 것이다.

겸허한 마음이야말로 가장 강한 자기 주장이요, 자기 표현이다. 다시 한 번 강조하거니와 독자들 여러분은 '나'라는 자기 주장에 대해 지나치게 집착했던 것은 아닌지 자문해 보기 바란다.

40 ┃ 경제력과 여자의 행복

최근 들어 여성의 지위가 높아지고 동시에 사회적 진출이 활발해지고 있다는 것은 참으로 고무적인 현상이라고 하겠다.

실제로 인간은 여성과 남성으로 양분되어 있다. 그러나 얼마 전까지만 해도 여성은 남성 위주의 사회 구조 속에서 수동적인 삶을 살지 않으면 안될 정도로 상대적인 위축감 속에서 달려온 것이 사실이다.

따라서 아직도 여전히 그렇기는 하지만, 지금이라도 정당한 사회적 지위와 역할을 찾아서 활발한 활동을 전개하고 있다는 것은 그나마 다행스런 일이라고 할 수 있을 것이다.

이와 더불어 여성의 경제력도 향상되었다. 이 또한 고무적인 일이다. 최근까지 경제력이 없다는 이유만으로 불행을 참고 견디며 살지 않으면 안 되었던 여성들이 우리 주위에 얼마나 많았던가.

그런 비극을 일소하기 위해서라도 여성들의 경제적인 능력이 더 강해져야 한다는 것도 해결해야 할 과제로 보인다.

기업 경영에서와 마찬가지로 가정에서도 경제력의 집중은 많은 문제를 발생시킬 수 있다. 그러나 여성의 경제력 향상으로 하여 좀더 강해졌느냐 하면 그렇지도 않다. 오히려 그와는 관련이 없는 문제로 보인다.

또 경제력이 강해졌다고 해서 어떤 좋은 점이 생겨나게 되었는지 그에 대해서도 한 번쯤 생각해 볼 문제이다. 왜냐하면 그러한 경제력 향상이 자신의 행복과 연결되지 않으면 아무 의미가 없기 때문이다.

한 예로 이 승만 정권시대에 최00 장관의 아내로 박여사라는 당대의 수전노 여성이 있었다. 금전욕이 대단히 강해서 거두어 들인 돈으로 치부를 하고도 모자라 가솔들이나 장관의 부서 직원들을 상대로 고리대금업을 했다고 한다. 장관의 부인이 사금융업을 했다니 걸작이다.

그녀는 막대한 재력을 배경으로 정치에도 큰손 영향력을 행사했다. 반면 그녀의 남편은 아내의 막강함에 압도되어 집에 틀어박혀서는 취미 생활로 나날을 보내다가 나중에는 아내와 함께 사는 것이 숨이 막혀 그만 가출까지 해서는 끝내 별거하게 되었다.

남편을 추방할 정도로 힘을 발휘하였으니, 그녀는 확실히 강한 여자였는가 보다. 그러나 그 강함이 과연 그녀를 행복하게 해줄 수 있었을까는 의문이다.

권세는 실로 대단한 것이었지만, 여자로서는 남편에게 거의 사랑을 받지 못하였다. 아마 그녀도 남편을 사랑하지 못했을 것이다. 물력이 강하다고 해서 행복해질 수 없는 것이 인생살이의 단면이다. 물론 삶의 조건은 될 수 있을지 모른다.

그러므로 여성들의 경제적 지위가 향상되었다고 해도 그것은 하나의 부차적인 것일뿐 그것을 가지고 여성이 강해졌다는 의미로, 그러한 목적으로 경제력을 키우는 것은 오히려 가정의 행복을 뒤흔드는 시발점이라고 생각한다.

41 여자가 아름다울 때

김군의 화장실 엿보기 사건에 관한 이야기다.

우리 친구들 사이에서는 전설적인 사건으로 와전되어 자주 심심풀이 이야기로 등장하고는 하지만, 사실 별 신기할 것도 없는 내용이다. 화장실 엿보기라고 하니까 무슨 추잡한 이야기라도 될 듯싶지만 결코 그렇지 않다.

어느 날 김군은 몇몇 회원과 함께 스키장에 갔다. 회사 동료, 학교 동창 등 남녀 혼성부대였다. 남녀 비율이 거의 비슷했는데, 하루 종일 스키를 타며 뒹굴고 마시고 춤을 추면서 밤늦도록 즐겁게 보냈다.

다음날 아침이 되었다. 눈썰매를 타기 위해 호텔 앞에서 모이기로 했는데, 박양의 모습이 보이지 않았다.

"뭘 그리 꾸물거려?"

김군이 드디어 찾아 나섰다.

박양은 김군과 같은 회사 동료로 여가를 틈타 스키장에 간다고 하자 함께 따라 나섰던 것이다.

방에 가 보니 문이 잠겨 있었다. 혹시나 해서 여자 화장실을 엿보게 되었던 것인데, 과연 박양이 그 곳에 있었다. 누군가 틈으로 엿보는 줄도 모르고 거울을 보면서 열심히 얼굴 화장을 하고 있었다. 얼굴을 이리저리 돌려가며 화장 상태를 확인하는 중이었다.

그리고는 중얼거렸다.

"뭐, 이 정도면 되겠지."

그때 그가 소리를 지르자, 그녀가 웃으며 달려왔다.

"미안해요."

이것이 그 엄청난 화장실 사건의 전말이다.

그러나 이때부터 김군은 그녀에게 마음이 끌리기 시작했다. 그리고 지금은 두 사람이 결혼해서 행복하게 잘 살고 있다.

나는 박양을 알지는 못하지만, 김군이 하는 말을 들어보면 이렇다.

"국무총리를 닮았어요."

자기 아내에 대한 말이라 다소의 겸손한 표현이라는 생각도 없지 않으나 국무총리를 닮은 여자 얼굴이라면 미인이라고 할 수는 없을 것이다.

"아마 얼굴 생김새로 본다면 회사에서도 한참 처지는 측에

들겁니다.”

이런 말까지 서슴지 않는다.

반면에 그는 아주 남자답고 체격 또한 늠름하다. 남성미가 넘치는 호남으로 여자들에게도 꽤 인기가 있었다고 한다.

“내가 프로포즈를 하면 즉석에서 따라 나올 여자만 해도 수두룩했지요.”

반 농담이기는 하지만 수긍이 가는 말이었다.

결국은 그런 그가 끌리게 된 것은 다름이 아니라, 스키장에서 화장실을 엿보았을 때, “뭐, 이 정도면 되겠지.” 하는 박양의 중얼거림 때문이었다고 한다.

그때 그녀가 더없이 매력적인 여성으로 보이더라는 것이다.

“어째서 그랬을까?”

지금도 그는 고개를 갸웃거린다.

내가 보기에는 이렇다. 박양도 자신이 미인이 아니라는 것은 알고 있다. 용모에 대해서는 자신이 없는 편이었으니까.

그러나 뚱뚱한 몸매에 싫증을 느끼고 신경과민이 되어 결국은 콤플렉스에 빠져 오히려 더욱 비만이 된 여성이나 성형수술을 한 여성의 경우에 비한다면 박양은 자신의 용모를 정면에서 받아들이고 솔직 담백한 태도를 취하고 있다는 점에서 전혀 다르다.

그녀는 타인과의 비교를 통해서 자기 자신을 확인하는 것이 아니라 있는 그대로의 자신을 들여다보고, 그것을 통해서 자신의 모습을 확인하는 긍정적인 여자다.

"뭐, 이 정도면……"

이 중얼거림에서 느껴지는 유머와 귀염성이야말로 박양의 인간적인 면을 고스란히 엿볼 수 있게 해주는 대목이다.

그녀 자신도 미모가 뒷받침되지 못한다는 사실에 대해 때로는 고민도 하고 많은 생각도 했을 것이다. 그렇다고 해서 그런 감성에 빠져 허우적거리지도 않는다. 또 자신의 현재 모습에서 벗어나 전혀 다른 여성으로 변화시키려고도 하지 않는다.

오직 주어진 여건과 상황에서 자신을 가꿀뿐 더 이하도 이상도 아닌 그대로의 자기 모습을 사랑하는 것, 그것이 그녀의 매력이다.

나는 이런 여성을 보면 진실로 강하다는 인상을 받게 된다. 그것이야말로 지적인 아름다움이요, 현명한 여성의 지혜로운 자기 선택이다.

성형 인물은 타인과 비교해 본다고 해도 더 나아질 희망이 없는 허상이다. 단지 남을 흉내 내거나 닮아보겠다는 열망에 지나지 않는다. 그들의 의식구조는 갈수록 무의미해지고 콤플렉스만 증대된다. 수렁은 깊고 헤어날 길은 자꾸만 멀어진다. 허울의 굴레는 아주 화려하지만, 그 끝은 언제나 초라하고 보잘 것 없다.

정형외과 의사의 말을 들어보면 수술을 받으러 오는 여성 가운데는 수술을 하지 않아도 충분히 아름다운 사람이 많다고 하니 참으로 안타깝기 그지없는 일이다.

눈이 샛별처럼 반짝이는 여성, 코가 오똑하고 매끈한 여성에 비해 자신은 아직 멀었다는 생각으로 가득차서 자꾸만 '조금 더' 하면서 용모를 뜯어 고치지만, 결과는 단지 겉치레 모습만 바꿀 뿐이다. 인간성은 메마르고 갈수록 사람다운 모습을 잃어버리니 실로 아이러니하다고밖에 말할 수 없다.

하지만 박양은 미인이 아니다. 그러나 개성을 가지고 있다. 따라서 진실로 자신을 가꿀 줄 안다. 자신을 그대로 받아들이고 그것을 오히려 장점으로 변화시킬 수 있는 현명함을 가지고 있는 지혜로운 여성이다.

그 점이 더 그녀를 유머러스하고 귀엽게 보이도록 한다. 매력이란 바로 이런 것이요, 가꾼다는 것 또한 이런 진실된 모습이다.

길거리에서 스치고 지나가는 남자들은 그녀를 쳐다보지 않을지도 모른다. 그래서 치근거리는 남자도 없다.

그렇지만 상관없다. 단 한 사람의 남자가 그녀를 향해서 따뜻한 손을 내밀고 있기 때문이다. 언제나 그 손을 어루만질 수 있으며, 그의 가슴을 느낄 수 있다. 그의 체온과 그의 숨소리 하나하나 그 모든 것 가운데 내것 아닌 것 없으니 그녀의 삶이야말로 참으로 행복하다고 하겠다.

김군은 입으로야 어쩌구저쩌구 하지만, 그에게는 박양이야말로 세계 제일의 미녀인 것이다.

42 | 발가벗은 여성이 더 아름답다

생각해 볼 것도 없이 인간의 본성은 솔직하다. 다만 그 솔직함이 여러 차용물에 의해서 덮이고 가리워져 드러나지 않을 뿐이다. 그러니 약함 만을 탓할 수도 없는 일이다.

우리는 타인들과 여러 가지 관계를 맺으면서 살아가지 않으면 안 되는 사회적 동물이다. 싫든 좋든 남을 의식하게 되고 비교하게 된다.

그러므로 때로는 솔직하지 않으면 삶에서 이탈되기도 한다. 솔직한 것이 진정한 미덕이기 때문에 그런 이유도 있지만, 실생활에서도 우리는 자신의 직감과 틀린다는 사실을 잘 알고 있으면서도 자기 느낌인양 말하는 경우가 있는데, 이러한 사고방식은 버려야 한다.

그러기 위해서는 무엇보다도 결연한 각오가 필요하다. 자기가 느끼고 있는 감정 그대로를 인정하고 표현하는 것, 그것이 솔직함이다. 하지만 인간관계에서 이러한 행동이 어렵다는 것쯤은 알고 있을 것이다. 말처럼 쉬운 일이 어디 있겠는가.

권위에 의지하고 자만심에 얽매이며 차용물로 위장하지 않으면 복잡다난한 사회에서 살아나가기 힘든 현실이라는 것은 우리 모두가 인정하는 바이다. 그렇다고 해서 나약한 모습으로 안주할 수도 없다.

특히 남녀 관계에서는 솔직함이 때에 따라서는 매우 중요한 위치를 차지한다. 솔직하다는 것은 자신을 발가벗긴다는 의미이다. 그러므로 발가벗는 여성은 언제나 아름답다. 자신을 있는 그대로 솔직 담백하게 표현할 줄 아는 여성이야말로 현명한 여성이다.

자기 자신의 감정을 그대로 내비쳐 보라. 당신을 사랑하고 있는 남성을 향해서 용기를 가지고 자신을 표현한다는 것, 그것만큼 아름다운 고백, 아름다운 사랑도 없다.

그러나 대개의 경우 좋아하는 사람이 생기면, 단점은 숨긴 채 자신의 장점만 드러내려고 한다. 무엇보다도 연애가 막 시작되었을 무렵에는 자신을 아름답게 꾸미고 치장해서 상대에게 잘 보일 수 있는 온갖 수단을 동원한다.

일시적으로는 그것이 효력을 볼 때도 있을 것이다. 그러나 장기적인 안목에서 보면, 결국은 불행의 씨앗이 되고마는 경우가 더 많다.

꾸미기보다는 차라리 자신을 발가벗겨라. 있는 그대로의 당신 모습으로 마음의 문을 활짝 열고 직감대로 움직여라. 그러는 편이 훨씬 유익하다.

이것은 온전히 정신적인 것이다. 마음과 마음으로 통하는 관계의 아름다움을 신뢰할 수 있다면, 그것으로 이미 당신은 아름다운 여성이다.

타올 회사의 디자이너 말대로 남자는 본질적으로 여성에게 약한 존재이다. 그러니 진심에서 우러나는 여성의 아름다움 앞에서야 말할 것도 없지 않겠는가.

문제는 그 솔직함을 어떻게 표현하는가에 있다. 상대에게 제대로 전달하지 않으면 아무런 의미도 없다. 테크닉, 즉 기교가 필요한 것이다.

그렇지만 여기서 말하는 테크닉이 의식적인 기교를 뜻하지 않음은 여러분도 알고 있을 것이다. 솔직함에 기교를 부린다는 것 자체가 모순이기 때문이다.

평상시의 당신은 어떤 차용물에 둘러싸여 있을지 모른다. 뒤틀려 있을지도 모르며, 혹은 쾌활하다거나 명랑하다는 것으로 당신을 위장하고 있는지도 모른다.

그것이 마치 자신의 본성이자 바탕인 것처럼 여김으로써 자신조차도 진위를 모르게 되는 경우가 있다. 그것이 진실로 나쁘다거나 좋다고 말할 수도 없다.

어쨌든 그것은 당신의 평상시 모습이다.

어느 순간이라도 좋으니 한 번쯤 과감히 벗어 던져보라. 의지 할 것은 당신의 직감뿐이다.

자신을 신뢰할 수 있으면 당신의 직감도 신뢰할 수 있다. 상대가 어떻게 생각하고 행동할 것인가 하는 계산은 아예 하지도 말라. 부끄러워하지도 말라. 당신의 사랑이 달아나기 때문이다.

용기를 가지고 가슴을 펴고 몸을 꼿꼿이 세우고 직감에 날개를 달아보아라. 그러면 당신의 사랑이 다가 온다.

응석을 부리고 싶으면 응석을 부리고, 부탁하고 싶으면 부탁을 하라. 오히려 불의의 솔직함이 신선한 사랑의 불꽃으로 타오른다.

여자일 수 있을 때 여자답고, 아름다울 수 있을 때 더욱 아름답다. 이때 비로소 당신의 매력이 충만해진다.

43 아름다운 용모보다 연약한 모습의 여성이 인기가 있다

어떤 술집에 앳되어 보이는 마담이 있었다.

이미 서른이 넘었지만, 나이에 비해 훨씬 젊어 보였다. 그리 대단한 미인은 아니고, 그저 수수하다는 편이 옳을 것이다.

반면에 함께 일하는 여종업원들은 하나같이 팔등신이요, 무엇보다 젊은 데다 성적인 매력까지 두루 갖추었으니 외면상으로는 마담과 비교가 되지 않았다.

그러나 술집 안에서의 마담은 재빠르고 요령이 많아 매사를 손쉽게 처리하는 재주가 있었다. 그다지 요염한 타입도 아니요, 손님들 앞에서 성적 매력을 풍기는 일도 하지 않고, 그런 일이야 종업원들에게 맡긴다는 태도로 대담하게 장사에

전념해 손님들로부터 깨끗한 물장사를 한다는 평을 듣는 쪽
이다.

수완이 좋고 이재에도 밝아서 몇 채의 맨션 아파트를 가지
고 있다는 소문도 있었지만 확인되지 않은 일이고, 단지 업소
에서 일하고 있는 마담의 모습만 가지고 본다면 그저 깨끗하
고 평범한 여성에 지나지 않았다.

그런데도 이 업소는 대단히 번창하고 있으며 많은 단골들
이 거의 마담에게 끌려서 찾아오는 손님들이라고 하니 도대
체 어찌된 일인가?

겉보기로는 젊은 여종업원 쪽이 훨씬 더 매력적이고 여성
적으로 보이는데, 그들은 하나같이 마담을 가장 여자다운 여
자이며 매력적인 여자라고 극구 칭찬을 하니 세상이 요지경
이라서 그런가.

그러나 바로 여기에 비결이 있었다.

우선 마담은 고객과 일대 일 분위기를 조성한 다음 갑자기
한없이 연약한 여인이 되어 남성에게 의지하지 않으면 결코
자신을 지탱하지 못하고 금방이라도 무너져 내릴 듯한 암시
를 반짝 내비친다.

업소에서는 능란한 솜씨로 척척 일을 처리하고 탄탄한 재
력까지 갖춘 수완가로서 이해 타산이 분명하다는 평판을 받
고 있는 그녀가 문득 솔직한 여인으로 변해 한없이 나약하고
연약한 모습을 드러내는 것이다.

남성에게는 묘한 감정이 있어서 이런 순간에 못 견딜 정도

로 아름다운 여성스러움을 느끼게 되는 것이니, 마담의 나약
한 연민의 요소가 남성들에게 숱한 매력을 뿜어내는 것 또한
당연하다고도 하겠다.

44 | 거짓말도 귀여울 때가 있다

"거짓이라도 좋으니 사랑한다는 말이라도 들었으면 좋겠다. 거짓인 줄 알면서도 연애를 했다."

이런 말은 우리가 일상생활에서 흔히 듣는 얘기들이다. 대중가요나 사랑의 수기 등을 살펴보면 하나같이 이런 주제 일색이다.

일반적으로 여자에게는 자신의 혐오스런 부분이나 형편이 좋지 않은데 대해 숨기려는 본능이 강한 듯하다. 그래서 여성의 어떤 단점을 꼬집어서 얘기하면 아주 질색을 한다. 여성에게는 단점을 말하는 것이 욕이 되는 모양이다.

반대로 그것이 혹 거짓일지라도 좋다고 하면 진실 여부와는 관계없이 금방 화색이 돈다.

그러나 이것을 사랑이라는 굴레에 한정해서 정의해 보면 문제는 달라진다. 듣기에 따라 거짓말을 해야 할 때와 하지 않아야 할 경우가 있기 때문이다.

남녀 관계에서는 사랑이 근간을 이룬다. 그 사랑에 거짓이 있으면 오래 지속되지 못할 것이다. 사랑은 속임수를 통해서는 결코 이루어지지 않는다. 혹 이루어졌다 해도 이미 그것은 사랑이라고 할 수 없다.

따라서 근본적이고 본질적인 면에서 거짓말을 한다는 것은 속임수이며 사기다. 여자의 마음이 어떠한지를 몇 마디로 정의할 수는 없다.

그러나 남녀 관계의 가장 중요한 부분, 즉 사랑을 이루는 근본적인 요소들에 대해 거짓말을 한다는 것은 용서할 수 없는 일이며, 또 행복해질 수도 없다.

하지만, 그밖의 경우에는 거짓말을 함으로써 오히려 귀엽게 보이는 경우도 있다. 거짓말을 교묘히 적용함으로써 행복해질 수 있다는 것은, 흔히 쓰는 수법이기도 하거니와 배워두면 유익한 경우도 많다.

거짓말을 하는 방법에는 단계가 있다. 때에 따라서는 가볍게 해야 할 경우가 있고, 어느 때는 상대방이 도저히 알아차릴 수 없게 해야 하는, 즉 경우에 따라서 거짓말의 강도와 방법을 바꾸지 않으면 안 된다.

과거의 남성 관계를 고백할 것인가 하는 문제는 두 사람의 결합에 결정적인 영향을 미친다. 따라서 이런 경우 만일 거짓말을 하려면 철두철미 탄로나지 않게 거짓말을 해야 한다. 탄로가 나면 끝내는 파국을 초래할 수 있을 만큼 중대한 문제이기 때문이다.

반면에 일상 속에서의 지적인 거짓말은 잘만 하면 두 사람의 사랑을 더욱 견고하게 할 수도 있고 소원해졌던 관계에 활력을 불어넣을 수도 있다.

예를 들어 남자와 만날 약속을 했다고 차자. 약속 시간보다 훨씬 먼저 당신이 그 장소에 도착했다. 늦게 도착한 그가 묻는다.

"오래 기다렸어?"

"아니, 나도 방금 도착했어요."

당신의 말 한마디에 따라서 상대방이 느끼는 감정은 아주 달라진다. 금방 도착했다는 당신의 말을 듣고, 그는 가만히 당신 앞에 놓인 커피잔을 내려다 본다.

문득 식은 커피가 조금밖에 남아 있지 않은 것을 알고 그는 당신의 거짓말을 눈치채게 되지만, 오히려 당신을 더 귀엽게 생각하게 될 것이다.

그러면 침대에서 사랑을 나눌 때 당신은 남편의 애무에 대해서 어떤 반응을 보이는가. 그 표현 여하에 따라 남편의 만족도와 자신감도 달라질 것이다.

문제는 어떤 거짓말이건 누구 때문에, 그리고 무엇 때문에 하게 되는가가 중요하다. 그 뒤에 상황에 따라 어떤 거짓말을 해야 할 것인지는 당신이 선택하라. 이것이 거짓말의 포인트다.

남자의 기쁨이나 만족에 응하려고 하는 거짓말은 애교이자 하나의 능수다. 그것은 오히려 거짓말이라기보다는 상대방을 배려하는 따뜻한 마음의 산물이다. 상대방을 생각하지 않고서는 그런 상냥한 마음을 가질 수 없다. 그것이야말로 사랑의 활력소이자 두 사람의 유대를 강화시키는 지름길이다.

사랑이 듬뿍 담긴 거짓말을 능수능란하게 하는 것은 여성의 매력을 한층 돋보이게 하는 묘약이다.

45 | 사랑이 황무지와 같다는
여자의 허무한 사랑

미스 한은 상품 포장지 디자이너로 몇 년 전 이탈리아에서 디자인 공부를 했다.

그렇다고 디자인 전문 학교에서 수업을 받은 것은 아니고, 로마에 있는 어떤 포장지 회사에서 일을 하며 실무를 통해 디자인을 배웠다.

여기에 소개하는 내용은 그 당시에 쓴 그녀의 견문록에서 요약한 것이다.

그녀가 근무하던 회사는 포장지 디자인 뿐만 아니라, 인쇄· 재단 설비도 갖추고 있어서 제작까지 가능한 중견업체였다.

공장 안에는 이미 만들어진 포장지를 검사하고 포장해서 내보내는 발송계가 있었는데, 스물 세 살의 이탈리아 여성이

이 일을 맡고 있었다. 비교적 풍만한 글래머형의 여성으로서 균형있는 몸매에 얼굴도 미인이었다.

그녀가 볼 때는 마치 모델처럼 보였다.

여자는 뒤쪽의 큰 작업대에서 일을 하고 있었는데, 물량이 적을 때는 혼자서도 충분했지만, 한창 바쁠 때는 감당할 수 없을 정도였다.

그럴 때면 으레 임시 직원을 보충해야 했는데, 언젠가 물량이 밀려 몇 명의 남녀 아르바이트를 고용하게 되었다.

그들 중에 조 트래볼타라는 청년이 있었는데 약간 키가 작은 것이 흠이지만 귀밑털이 길게 뻗어 남자다운 인상을 강하게 풍기는 훌륭한 청년이었다.

발송계의 글래머 여성이 이 청년과 연애를 시작했다. 두 사람은 만나자마자 무서운 사랑에 돌입했다.

마치 찰떡 궁합이 만난 것처럼 아주 열렬한 사랑에 빠져들었다. 도대체가 한시라도 떨어질 줄을 모를 만큼 서로를 탐익했다. 작업대 앞에서 일을 하면서도 몸을 맞대고 비벼댄다.

잠깐이라도 틈이 나기만 하면, 그 사이를 못 참을세라 상대의 몸에 달라붙어서 쓰다듬고 쪽쪽 빨아댄다. 그들에게는 휴식 시간도 없는 듯했다.

그때 아니면 누가 잡아가기라도 할 것처럼 뜨거운 포옹을 해대니 그녀는 오히려 민망하여 다른 곳을 쳐다보느라 애를 먹었다고 한다. 그러면서도 이 곳은 남의 나라 땅이요, 또 여기서는 으레 그러는가 싶어 말도 못하고 그저 지켜보는 수밖에 없었다.

청년이 아르바이트를 하는 10일 동안 그런 열애가 하루도 쉬지 않고 계속되었다. 그러다 아르바이트 기간이 끝난 뒤에는 회사로 찾아와서 쉬는 시간을 기다렸다가 또 맞붙어서 비비고 빨고 했다.

그렇게 연애를 하다가 회사일이 또 바빠지면 다시 아르바이트 하기를 몇 번이고 거듭했다.

그러나 어찌된 일인지 두 달이 지나면서 청년의 모습이 보이지 않았다.

발송계의 글래머 아가씨는 시무룩한 얼굴을 하고 있었다.

"왜 그렇게 심각한 얼굴을 하고 있어요?"

미스 한이 물으니, 그녀의 대답이 가관이었다.

"사랑이란 무엇인지, 도무지 알 수가 없단 말야!"

"그 사람과 무슨 일이 있었어요?"

"특별히 무슨 일이 있었던 것은 아니예요. 그냥 헤어졌어요. 사랑하고는 있었지만, 왠지 공허해지더라구요. 만날수록 그 공허감이 점점 커져서 이제는 그와 함께 있어도 전혀 감각이 없어요. 그저 무의미한 일의 반복만 계속될 뿐이에요."

그러더니 이렇게 중얼거리더란다.

"사랑은 황무지와도 같은 거야. 결국에 허무만 남게 되지."

이렇게 말하더니, 그러다가 얼마 후에는 신입 아르바이트 청년과 다시 사랑에 빠져서 먼저 만났던 청년과 마찬가지로 열렬한 사랑을 하다가 또 헤어졌다.

미스 한이 외국 포장지 디자인 회사에 2년간 근무하는 동안, 그 글래머 여성의 열렬한 사랑을 직접 목격한 것만도 네 차례나 되었는데, 모두 비슷한 이유로 만나고 헤어지는 것이 마치 일정한 계절의 순환처럼 일률적으로 보이더라는 것이다.

　"사랑이란 황무지와 같은 거야."

46 │ 이럴 때 여자는 강하다

어느 항공회사의 인사 담당자와 대화를 나눈 적이 있다. 스튜어디스의 면모가 많이 변해 가고 있다는 이야기였다.

예전에는 여성들에게 스튜어디스 만큼 인기 있는 직업도 거의 없었다. 아니 지금도 그럴지 모른다. 해마다 채용 시험에는 적정 인원의 몇 십 배가 넘는 응모자가 운집한다고 하니 그 인기를 알고도 남음이 있다.

이 스튜어디스의 임무는 간단히 말하면, 커피점의 웨이트리스가 하는 일과 거의 비슷하다. 단조롭고 어려운 육체노동을 한다는 점에서도 그렇고, 접객 위주의 직업이라는 점에서도 그렇다.

그런데도 커피점의 웨이트리스는 아르바이트 정도로 끝나

는 단순 직업이거나 좋지 못한 시선으로 보는데 반해, 스튜어디스라는 직업은 동경의 대상이자 인기 직업으로 각광 받는다. 이는 어떠한 이유에서인가?

우선 무대 장치가 다르기 때문이다. 뭐니뭐니 해도 스튜어디스의 업무 공간은 현대의 최첨단 메커니즘에 의해 탄생한 비행기 안이라는 점이다.

여기저기 해외 각국을 날아다닌다는 것만으로도 매력적이다. 게다가 풍부한 외국어를 구사하는 능력 또한 갖추지 않으면 안될 요소다. 뿐만 아니라 접대해야 할 승객들의 대부분이 어느 정도 교양을 지닌 사람들이라는 점에서 누구나 할 수 있는 직업이 아니다.

따라서 보수 또한 타 직업에 비해 많다는 점 등으로 인해 동경의 대상이 된다.

그러나 무대장치가 어떻든 작업 내용은 단조로우면서도 고된 육체 노동에 의존한다.

"전에는 신장이나 체중에 제한이 있었고, 특히 용모 단정한 미인이 스튜어디스 선발의 제일 요건이었습니다. 그런데 용모가 출중한 여성들은 하나같이 몸이 약하고, 아무 것도 아닌 일에 금방 나가 떨어져 죽는다는 소리만 연발하니 이래서야 되겠습니까? 그래서 지금은 건강 상태에 무게를 두고 있습니다."

이렇게 말하더니, 잠시 후에 걱정스럽다는 듯이 얘기를 계속 이어 나갔다.

"스튜어디스의 본질은 어디까지나 접객을 위주로 하는 것입니다. 접객업에서 중요한 것은 자기를 희생하고서라도 손님이 무엇을 원하는지 감지하고, 거기에 대응해서 적절하게 행동하는 몸가짐입니다. 이것이야말로 스튜어디스의 참다운 정신 작용입니다. 상대방을 깊이 생각해 주지 않고는 안 됩니다. 그러나 미인이라는 것들은 대부분 응석 부리기를 좋아하고 자기 위주로 살아가려는 부류들이 많습니다. 오히려 남을 배려해 주는 능력이 없다고 보는 편이 나을 겁니다. 그렇지만 요즘에는 그렇지도 않습니다. 미인이건 아니건을 막론하고 상대를 배려하는 마음이 점점 없어지고 있는 것이 아닌가 하는 생각이 듭니다. 도대체가 손해를 볼 줄 모릅니다. 남을 위해서 자신을 희생하는 마음이 없습니다. 그래서 요즘은 스튜어디스를 채용할 때, 어떻게 하면 자기 희생 정신이 강한 여성을 찾아낼 것인가 하는 문제로 담당자들이 많은 고민을 하고 있습니다. 동시에 그런 정신을 발견하고 교육 과정을 통해 희생 정신을 함양할 수 있는 방법을 찾기 위해 다각도로 연구하고 있는 중입니다.”

그 인사 담당자는 상대가 무엇을 어떻게 해 주기를 바라고 있는가를 감지하고, 그에 맞게 행동하는 능력을 ‘정신 작용’이라는 말로 표현했다.

나는 스튜어디스에 대한 교육 과정이나 채용 방법 따위는 아무래도 좋았지만, 정신 작용이 희박해지고 있다는 말에는 공감하지 않을 수 없었다.

예전에는 우리 나라 여성이 자기를 희생하는 정신과 상대방을 생각하는 마음에 한해서는 세계 제일이라는 평가를 받았다. 그러나 점차 쇠퇴해서 최근에 이르러서는 그 항공회사 인사 담당자의 말대로 우려할 만한 지경에까지 이른 것이다.

실제로도 그런 센스 있는 여성은 거의 만나기 어렵다. 오히려 구태의연한 여성이라고 놀리지 않으면 다행이다. 상대방을 먼저 생각하고 자기를 낮추는 사람을 보면 숨이 막힐 지경이라고 하는 여성들이 오히려 많은 현실이다.

누가 뭐래도 현대는 개인주의의 전성기다. 자기와 직접적인 관련이 없으면 무엇 하나 돌아볼 틈이 없다. 너도 나도, '나는, 나는' 하면서 자기 주장을 내세운다.

그렇지만 사람 사는 사회에서 이 '나'라는 위주의 주장은 여전히 설득력을 발휘하지 못한다.

몇 번 만난 적이 있는 어느 종합상사 여사원과 차를 한 잔 마실 기회가 있어 대화를 나누게 되었다. 농담 정도는 스스럼 없이 나눌 수 있는 사이였는데, 전에 만났을 때보다 더 말이 많아져 있었다.

직장 1년 후배가 같은 부서에 근무하는 남자 직원과 결혼을 해서 충격을 받았다는 것이다.

그녀는 이런 말을 했다.

"그녀는 소극적이고 양보 밖에 몰라요. 그래서 다른 사람들을 생각한다는 점에서는 아주 센스가 있다고나 할까요. 과장 보조 일을 맡고 있었는데, 말하지 않아도 필요한 서류를 갖춰 놓는다든지, 회의가 끝나고 돌아오면 차를 준비했다가 때 맞취 내놓는다든지, 메모를 보지 않아도 스케줄을 줄줄 왼다든지, 확실히 요령 하나만은 좋은 여자였지요. 그러나 자기 자신에 대해서는 내세울게 아무 것도 없었어요. 그저 희생적인 여자예요. 예전 같으면 완전히 현모양처로 대접을 받았겠지만, 지금의 개성 중시 사회에서는 낡은 사상의 소유자로 밖에는 보이지 않는데도 남자들은 역시 그런 고루한 여성이 좋은가 보죠. 나처럼 자신을 내세우는 여자는 싫은가 봐요. 나는 결혼 따위에는 그다지 무게를 두고 있지 않지만, 역시 후배에게 선제권을 빼앗겼다는 생각을 하니 어쩐지 초조한 느낌마저 들어요."

뒷날 그녀와 같은 팀에 근무하는 청년을 만났다. 그 젊은이와는 학생 때부터 알고 있는 사이였는데, 그녀를 만난 것도 그를 통해서였다.

그녀에 관한 얘기를 했더니 어쩔 수 없다는 듯이 고개를 내젓는다.

"결혼한 그녀는 내 후배로 정말 좋은 여잡니다. 저 자신도 그녀 정도라면 눈 감고 결혼해도 좋다고 생각할 만큼 마음에 두고 있었는데, 다른 사람에게 빼앗겨서 얼마나 유감스러웠는데요. 그녀의 장점은 뭐니뭐니 해도 다른 사람을 배려할 줄 아는 데 있습니다. 그렇다고 그녀가 바보스러운 것도 아니고요 한 마디로 현모양처이죠."

"그녀가 좀 고루하지는 않았나?"

농담조로 내가 물었다.

"그렇지 만도 않아요. 혹 그렇게 생각한다고 해도, 그래도 저는 고루한 쪽을 택하겠습니다. 그녀는 상대의 기분이나 마음을 헤아릴 줄 알아요. 그것이 아주 자연스러워서 조금도 가식이 없어요. 그것이 그녀의 장점입니다. 그녀가 그렇게 한다고 해서 이쪽에서 그녀를 무시하거나 쉽게 대할 수도 없어요. 그녀의 그런 분위기가 상대를 압도하는 듯한 느낌마저 듭니다. 어떤 때는 그것이야말로 가장 숭고한 정신이 아닐까 하는 생각도 들게 하지요. 그녀의 그런 마음 씀씀이 속에는 상대방으로 하여금 자신도 모르게 그녀를 존중하게 만드는 알지 못할 힘이 있습니다. 비록 소극적이긴 하지만, 그 점이야말로 남자들의 선망 대상이죠."

이렇게 장황하게 늘어놓더니 이제는 얘기를 돌려 내가 알고 있는 그 여사원 얘기를 하기 시작했다.

"그녀도 잘 하고 있어요. 나쁜 여자는 아니지요. 그러나 뭐라고 할까, 자기를 지나치게 내세우는 경향이 있어요. 직접적으로 표현하지는 않더라도 그녀를 보면, '나는 당신이 하는 일을 좀더 쉽고 원활하게 처리할 수 있다'든가 '서류 정리는 왜 그 모양으로 했느냐'는 등 그런 도전적인 태도와 자기 주장의 느낌이 강하게 들어요. 그렇게 되면 이쪽은 참으로 귀찮아지지요. 그 결과 자신도 모르게 슬그머니 그녀를 무시하게 됩니다. 자기 자신의 주장을 지나치게 고집함으로써 오히려 손해를 보고 있지 않나 생각돼요. 대부분의 직원들이 그런 여자와 결혼하면 피곤해질 것이라고 말하곤 하지요."

물론 그의 말만을 가지고 단정하기는 어렵다. 직장에서의 인간 관계에 대한 내막은, 현장에서 직접 겪어보지 않고서는 정확히 알 수 없는 부분이 많기 때문이다.

그러나 청년의 말을 들어보면, 결혼한 여성의 경우 언뜻 보면 비록 소극적인 면이 강한 듯하지만, 그녀야말로 이른바 센스 있는 여성일 것이라는 생각이 든다.

그러면서 다시 곰곰이 생각해 본다. 두 사람 중에 어느 쪽이 진실로 자기 주장에 충실한 여성일까 하고.

자신을 주장하는 것은 무슨 이유에서인가. 결국은 자신의 생각이나 믿음, 입장 등을 상대로부터 존중 받기 위해서가 아닐까.

인간은 누구나 타인과의 관계 속에서 매일매일의 삶을 영위하고 있다. 절해 고도의 무인도에서 혼자 살고 있다면, 자신의 주장도 필요 없어진다. 자기 마음대로 해도 누가 탓할 사람이 없기 때문이다.

그러나 그럴 수 없는 것이 인간의 삶이다. 타인과의 관계 속에서 자신을 확인하지 않으면 안 되는 것이 삶의 과정이다.

그러므로 인간 관계는 동의를 필요로 한다. 일방적으로 자기 주장을 밀고 나간다고 해서 상대방이 그 의견이나 주장을 그대로 받아들일 까닭이 없다. 아니 오히려 배척할 것이 틀림없다.

상대방도 나름대로의 고유한 가치와 믿음과 주장이 있는 법인데, 하물며 남의 말은 들을 생각도 하지 않고 자기 주장만을 내세운다면 뻔한 일이 아니겠는가.

가는 정이 고와야 오는 정도 고운 법이다. 그런데도 어떤 얼빠진 작자들은 오는 정이 고와야 가는 정도 곱다고 자의적으로 덜된 말을 떠벌려대서는 자신의 칠칠치 못함을 갑절로 드러내기를 꺼리지 않는다.

거듭 말하거니와 타인을 존중함으로써 자신도 타인들로부터 존중을 받을 수 있는 것이다. 그것이 참다운 인간 관계다.

타인의 기분이나 마음을 헤아릴 수 있다는 것은 마음의 넉넉함을 말해 준다. 그런 따뜻한 마음을 지닌 사람의 마음은 항상 모든 것에 대한 사랑으로 충만해 있다.

동시에 그 마음의 그릇 속에는 무한정 담을 수 있는 보이지 않는 공간이 자리잡고 있다. 어떤 사람도 그 넉넉한 품으로부터 사랑을 느끼지 않을 수 없다.

반면에 타인의 기분 따위와는 상관없이 오직 자기 주장만을 고집하는 사람에게서는 인간다운 면을 발견하기가 어렵다. 지나치게 냉정하고 딱딱해서 비집고 들어갈 틈이 없다. 이미 스스로의 주장으로 가득차 있으므로 다른 공간이 용납되지 않는다. 그러므로 고립의 길을 걸을 수밖에 없다. 하나같이 '나는', '나는' 일색이니 누가 감히 가까이 할 것인가. 그 외로운 고행의 길에 축복 있으라! 그저 이 한마디 밖에 해줄 수 없음을 용서하시라. 젊은 여성들이여, 현명해지려거든 겸허할지어다. 겸허해지려거든 양보하라.

그러면 매일 매일 사랑의 꽃이 향기롭게 피어날 것이다.

47 융통성 없는 여자의 진실과 거짓

명품 브랜드나 유명 이름 같은 권위에 의지하려는 경향과 마찬가지로 대부분의 여성들은 대세에 처지지 않으려는 편견을 가지고 있다.

그 좋은 예가 패션일 것이다. 나는 패션 감각은 없지만, 최근처럼 자기 표현이 다양하게 연출되는 경우는 보지 못했다.

물론, 인간의 체형이나 기호가 각기 다르기 때문에 패션의 다양화가 자연스런 욕구의 산물일지 모른다. 다만 이러한 다양화 현상이 너무 두드러지기 때문에 약간의 우려를 갖지 않을 수 없다.

'빅 패션'이 유행하면 모두가 빅 패션이요. '아메리칸 캐주얼'하면 너도 나도 아메리칸 캐주얼 일색이니 어찌 유행의 범람을 염려하지 않을 수 있겠는가.

요즘에는 남자들까지도 지나치게 사치스러워져서 패션에 많은 관심을 가지게 되었지만, 그럼에도 여전히 여성들의 유행병에는 훨씬 못 미치니 그나마 다행스런 일이라고 자위를 해 보기도 한다.

이러한 유행병은 곧 '대세에 처지고 싶지 않다'고 하는 여성 특유의 성향에서 비롯된다고 보는 것이 좀더 타당하다고 하겠다.

여성은 유행에 빠져들기 쉽다. 유행이란 한마디로 대중을 지배하는 거센 물결과도 같아서, 일단 이러한 유행병에 걸리기만 하면 마치 자신은 최첨단 물결의 안전권 안에 있기라도 한 듯이 그 속에 안주하면서 결코 굴레에서 벗어나려고 하지 않는다.

최근의 여러 잡지들, 특히 여성 잡지는 독자들의 호기심과 판매 부수를 늘리기 위한 방편으로 여론 조사에 열심이다.

텔레비전 시청률을 높이기 위한 방편의 하나로 옴부즈맨 제도를 도입하여 각종 기획 프로그램에 대한 시청자의 참여 기회를 확대하는 것과 마찬가지로 잡지의 내용에 있어 어떤 기획이 좋고, 어떤 기획이 나빴는지를 끈질기게 조사한다.

그러나 잡지사 측에서는 여러 기획 기사에 대해 이렇게 열심히 조사를 하면서도 한 가지 점에서는 전혀 독자를 신용하지 않는다. 섹스 기사가 바로 그것이다.

요즘의 여성 잡지에 게재되는 섹스 기사는 참으로 대단하다. 이렇게 노골적으로 써도 되는 지 의심이 갈 정도다. 그런데도 독자 조사에서는 어느 여성 잡지를 막론하고 섹스에 관한 기사는 평을 하지 않는 것이 불문율처럼 되어 있다. 하지만 독자의 반응은 별로 신통치 않다.

반면에 독자 여론 조사에서 가장 평판이 좋은 것은 언제나 유명인사의 품격 높은 인생론적 에세이로 나타난다.

그러나 천만의 말씀이다. 고지식하게 그 평을 믿고 인생론적 에세이로 지면을 늘리고 섹스 기사를 줄이면 판매 부수는 금방 떨어지고 만다. 잡지사 측에서도 이러한 사정을 누구보다 잘 알고 있다.

따라서 섹스 기사에 대해서는 조사 결과를 무시하고 편집한다. 품격 높은 에세이는 식후 디저트 정도로 생각해서 섹스 기사 사이에 약간 필요한 만큼 끼워 넣는 정도로 충분하다고 여긴다.

섹스 기사가 추잡하다는 고정 관념은 현재와 같이 성에 대한 개방이 진전된 사회에서도 여전히 무너지지 않고 있다. 섹스 기사에는 모두가 큰 관심을 가지고 있지만, 나 자신은 그러한 섹스 기사에 무관심하다는 의미에서 진심과는 달리 겉으로는 전혀 관심을 드러내지 않는다는 점이다.

그렇지만, 여성 잡지의 경우에는 독자의 관심이나 무관심과는 상관없이 섹스 기사를 실어야만 판매 부수가 올라간다.

그렇다면 이러한 고정 관념이 남녀 교제 사이에 끼어들면 어떻게 될까. 참으로 귀찮은 문제에 놓인다. 안면이 있는 어떤 청년이 불평을 토로하는데, 그 내용인즉 이렇다.

선을 봤는데 상대 여성은 대단한 미인이었다. 결혼이야 어찌되든 우선 교제를 하고싶은 마음에 몇 번 만나다 보니 뜻밖에도 이상한 방향으로 꼬여들어가더라고 진저리를 쳐가며 말하는 것이었다.

두 사람이 어디서 만나기로 약속하고, 그가 그 곳에 도착하면 언제나 그로부터 5분 뒤에 그녀가 나타난다는 것이다. 물론 그녀가 먼저 와 있을 때도 있었다.

그런데도 그녀는 청년이 도착하는 것을 숨어서 지켜보고 나서는 마치 이제 막 도착한 것처럼 모습을 드러낸다는 것이었다. 이미 그도 그러한 사실을 알고 있었다.

"처음에는 그렇게 하는 행동이 귀엽다고 생각했어요. 아무튼 미인이었으니까요. 그러나 번번이 그러는 데는 화가 나지 않을 수 없더군요. 그래 충고를 해주고 싶어졌지요. 하나를 보면 열을 알 수 있다고 그녀가 그렇게 하는 것이 무슨 당연한 일처럼 여겨지는 듯해서 한 번 그녀에게 물어봤습니다. 그랬더니 글쎄, '어머, 남녀가 서로 만날 때는 으레 여자가 뒤에 오는 거예요. 남자보다 먼저 와 있으면 참으로 이상하지 않겠어요?' 하는 것 아니겠습니까? 저는 정말 아연했습니다. 제가 불쾌하게 여겨도, 그녀는 여전히 '당신이 이해하지 못하니 어쩔 수 없다'는 투로 대하니 점점 그녀가 싫어질 수밖에요. 그녀에게는 그런 생각이 이미 고정 관념화되어 있었던 겁니다. 그래도 그것은 저리 가라예요. 그녀의 행동 하나하나에

고스란히 그런 고정관념이 담겨 있는 겁니다. 솔직함이란 눈을 씻고 들여다봐도 찾을 수가 없더군요. 만약 이런 여자와 결혼하게 되면 참으로 암담해지지 않겠어요?"

청년은 내게 이렇게 고백했다.

내가 보기에 그녀는 어떤 면에서 자존심이 남달리 강한 여자로 보인다. 그럼에도 우려하지 않을 수 없는 것은 고정관념이란 대체로 자존심이란 너울을 쓰고, 마치 견고한 자기 정체성이라도 되는 듯이 확고한 형태로 나타나기 때문이다.

어떤 사안에 대해서 자기 나름의 확고한 신념을 가진다는 것은 격려할 만한 일이다. 이렇듯 확고한 자기 신념을 가진다는 것은 대단히 어렵다.

대다수의 사람들은 자신의 고정 관념을 확신인 것처럼 생각하는 경우가 있는데, 이러한 오류야말로 우리가 조심하지 않으면 안될 내면의 적이라는 사실을 깨달아야 한다.

여성의 경우, 특히 젊은 여성들에게는 이러한 경향이 강하기는 하지만, 여전히 그들은 꿈을 가지고 살면서 내면의 공간을 무한히 넓혀 갈 수 있는 존재들이다.

부드럽고 넉넉한 가슴으로 타인의 존재를 받아들이면서 잘못된 고정 관념을 타파해 갈 때 진정한 자기 확신과 자존의 영역을 확보할 수 있다. 솔직한 자기 표현과 타인에 대한 긍정적 개방이야말로 여성다움의 상징이 아니겠는가.

48 │ 올바른 직감이 여자를 성장시킨다

이제 솔직하다는 말의 정체가 어느 정도 분명해지는 듯하다. 인간은 누구나 '자신'을 가지고 있다.

자신의 눈으로 보고, 자신의 귀로 듣고, 자신의 혀로 맛보고, 자신의 코로 맡으며, 자신의 몸으로 느낄 수 있다.

이것을 오감이라 하는데 직감과 통한다. 사물의 진상을 순간적으로 포착해 내는 능력, 이것이 바로 직감이다.

생각해 보면 솔직하다는 것 만큼 간단한 것도 없다. 이 직감을 그대로 표현하기만 하면 되는 것이다. 그런데 이것이 뜻밖에 어렵다.

세상의 권위에 의지해서, 혹은 유행이나 풍조에 따라서 하찮은 일에도 구속당하고 느낀대로 받아들이려 하지 않는다.

누군가 다른 사람의 느낀 것을 마치 자신이 느끼고 경험한 것처럼 이야기하고, 심지어는 스스로에게도 그것을 강요하여 결국은 자신의 주체성을 상실하고 타인의 노예로 전락하는 어처구니 없는 경우도 생긴다.

특히 여성에게 이러한 경향이 강하다는 것은 앞에서도 지적한 바 있다. 그러면 당신의 경우는 어떠한가?

"아닙니다. 나는 내가 느끼고 생각한대로 말하고 행동합니다."

많은 사람들은 이렇게 대답한다.

특히 요즘의 젊은이들은 자기 자신을 강조하는데 익숙해져서 그렇게들 말한다. 하지만 실제로 그럴까? 한 번 깊이 생각해 볼 일이다.

의외로 어떤 책에서 읽은 것, 텔레비전에서 누가 이미 말했던 것, 친구가 했던 얘기 등을 마치 자기가 느끼고 생각했던 것으로 단정해 버리는 경우가 많기 때문이다.

그런 것들에 현혹되지 말고, 무엇보다도 먼저 자신의 직감을 소중하게 여길 줄 아는 지혜가 필요하다. 이것이 솔직해지는 지름길이다.

이렇게 말하면 너무 간단해서 싱겁기까지 하다. 실제는 좀처럼 그렇게 되지 못한다. 말은 쉽고 행하기는 어려운 법이다. 그것이 문제다.

역시 단단히 결심하지 않으면 안 된다. 직감에도 높고 낮음, 무겁고 가벼움이 있다. 즉 느낌의 정도, 강약이 있다는 말이다. 바로 여기에 함정이 있다.

자신의 느낌이 너무 가볍다고 여길 때 스스로에 대한 혐오감 내지는 자괴감에 빠지기도 하고, 자신의 직감을 무시한 채 이것저것 다른 데서 빌려 와서 마치 자신의 것처럼 생각해 버리는 경향이 있는데, 이것을 경계하지 않으면 안 된다.

온통 타인의 생각으로 자신을 도배하고 채색하고 나면, 있어야 할 나는 없고, 타인들 만이 나의 껍데기 안에서 서로의 향연을 즐기는 꼴이 되고 만다. 이때 나란 존재는 껍데기요, 허수아비일 뿐이다.

그러니 이미 빌려 온 것이 있다면 과감히 돌려 줘라. 빌린 물건으로 자기를 꾸민들 진정한 자기의 모습일 수는 없을 것이 아닌가.

자신을 직시하라. 다시 한 번 결심을 굳히고 스스로를 응시하라. 그리고 둘러보라. 어느 것이 진짜이고 가짜인지 당신의 직감은 알아낼 것이다. 진실로 당신의 감각이 자극을 받을 때 당신은 솔직해지고, 어느 새 자유로워진 자신의 모습을 발견할 수 있을 것이다.

그때 비로소 당신은 차츰 변화하는 자신을 발견하게 된다. 그것은 당신이 이미 성장하고 있다는 증거이다.

자신의 눈으로 보고, 귀로 듣고, 입으로 맛보고, 코로 맡고, 몸으로 느끼면서 당신의 내면 속을 자유로이 넘나들 수 있는 단계로 나아가고 있는 중이다.

49 | 피해만 본다고 생각하는
여성들의 마음가짐

사실은 겸허하다는 것 만큼 용기 있는 것도 없다. 진짜 강하지 않으면 용기도 있을 수 없으며 겸허해질 수도 없다.

나는 독자들로부터 인생 상담에 관한 전화나 서신을 받는다. 앞에서 언급한 잡지사 편집 아르바이트 여성의 경우는 좀 다르지만, 겸허하다는 면에서 보면 결과적으로는 아주 잘못된 만남이었다.

전해 들은 소식에 의하면 최근에 애인과 헤어졌다고 한다. 약혼식까지는 하지 않았으나 결혼을 염두에 두고 있었으므로 육체 관계까지 맺었다고 한다.

속된 말로 그녀가 딱지를 맞았다. 몸도 주고 마음도 주었는데 버림을 받았으니 분하고 억울해서 도저히 참을 수가 없다는 것이다. 그래서 꼭 복수를 해야 하겠는데 어떻게 하면 좋겠느냐고 묻는다.

"나는 몸까지 바쳐가며 정성을 다했는데, 결국은 배신을 당하고 말았어요."

나는 놀라지 않을 수 없었다. 또 자기 주장만 열심히 고집하고 있는 것이다. 자기가 정성을 다 했다든가 상대를 어떻게 받아들였는가의 문제는 얘깃거리도 되지 않는다. 이것은 상호 이해의 차이에서 비롯된 문제이기 때문이다.

그런데도 그녀는 계속해서 떠나버린 애인의 결점을 차례차례 열거하면서 강한 적의를 드러내는 것이다. 미움과 증오로 가득차서 이미 제정신이 아닌 줄 알면서도 제동을 걸지 않으면 안 된다는 생각에 한마디 했다.

"그가 잘못했다는 점에 대해 수긍이 가지 않는 것은 아니오. 그러나 당신 쪽도 한 번 깊이 생각해 볼 필요가 있다고 생각합니다. 그가 당신을 저버린 이유가 과연 당신이 생각한 대로, 백 퍼센트 그 사람만의 잘못이라고 인정할 수는 없기 때문이오."

"나 말인가요? 나도 인간이니까 결점이야 있겠죠. 그렇지만, 그 사람은……"

또 험담 일색이다.

"그렇지 만으로 일관하지 말고, 내 말은 당신의 결점에 대해서 한 번 진심으로 생각해 본 적이 있느냐 이거요. 당신은 결점이 적은데 그만이 잘못했다고 하면 누가 믿겠소."

"그럼 제가 나쁘다는 건가요?"

"아니, 그렇지는 않아요. 그러나 상대방의 결점만 이것저것 끝도 없이 늘어놓으니 어찌 불공평하지 않겠소. 그에게도 나쁜 점이 있겠지만, 내가 보기에는 당신 쪽도 잘 하지 만은 않았으리라는 점이오. 그에게 들어보면 또 나름대로 이유가 있을 것이라 생각됩니다. 한 번 입장을 바꾸어서 자세히 생각해 본 뒤에 복수할 방법을 생각해도 늦지는 않을 것이오."

"알겠어요. 선생님도 역시 남자라 같은 편을 드는군요."

그것으로 대화는 막을 내리고 말았는데, 내가 상담해 본 바로는 연애 싸움에 관한 경우는 대체로 이 범주에서 크게 벗어나지 않는다. 상대방의 결점을 낱낱이 지적하며 헐뜯기 일쑤다.

그렇지만 자기의 소행에 이르게 되면 하나같이 '나에게도 결점이 있겠지만, 그러나'로 일관하면서 계속 상대방을 꾸짖어대니 참으로 알 수 없는 일이다.

지금껏 자신은 열성을 다한다고 했는데 상대방은 그렇지도 않으면서 배신까지 하니 원통해 못 살겠다는 것이다.

사실 정성을 다했다고 해서 모든 점에서 면죄부가 되는 것은 아니다. 상대방도 똑같이 열성을 다했다고 하는 핑계가 성립될 수 있다. 물론 결점을 인정한다고 하더라도 그 나름대로 온힘을 다했는지도 모르는 것이니까.

대체로 남녀의 사이가 소원해지거나 갈라지는 원인은 쌍방 모두에게 책임이 있는 경우가 많다. 그럼에도 불구하고 여성들은 일방적으로 피해자의 입장에 서려고 하는 경향이 강하다.

자신은 피해자이니 선인이요. 가해자는 악인이니 그를 비난하고 공격하지 않을 수 없다. 마치 그것이 당연하다는 듯이 자신의 결점은 생각지도 않은 체 남자 쪽의 결점만을 들추어 내어 찢고 까부르는 것이다.

때로는 그것이 여성이 내세울 수 있는 강점이라고 여기는 듯도 하다. 만일 그런 여자가 강한 여자라고 한다면, 조금은 한심스런 여자라고 생각된다.

참으로 강한 여자란 적어도 50퍼센트 정도의 책임은 자신에게 있다고 받아들일 수 있는 각오가 되어 있어야 한다.

여자가 피해자의 입장에 서려고 하는 궁극적인 이유는 자신의 결점을 들어다보려는 용기가 없기 때문이다. 말하자면 겸허라고는 눈꼽만큼도 없으면서 남만 헐뜯고 업신여기는 격이다.

그러면서도 아주 겸손해 하며 남을 배려하는 척한다. 자신의 규정이 마치 지상명제인 듯이 여기면서 상대방의 결점을 눈으로 보듯 선명하게 떠벌린다.

모두가 이런 식이다. 물론 인간은 누구라도 자신의 결점을 다른 사람이 지적하거나 꼬집는 것을 유쾌하게 여기지 않는다. 문제는 그 유쾌하지 않음을 피해서 갈 것인가, 아니면 불쾌하더라도 과감히 받아들여 맞부딪쳐 해결해 갈 것인가 하는데 있다.

이 문제는 아주 중요하다. 이 문제에 익숙해지면 남녀 관계의 성격을 정의할 수 있고, 두 사람 사이의 만남이 어떻게 전개될지도 예측할 수 있다.

플레이보이가 여자를 유혹하는 테크닉의 제일보는 절대로 상대방의 결점을 말하지 않는다는 점이다. 무조건 철저하게 칭찬하는 것이다.

이렇듯이 빤하게 보이는 테크닉의 초보가 플레이보이에게는 변함없는 금과옥조로서 여전히 위력을 발휘하고 있다는 것은, 여자가 자기의 결점과 정면으로 마주칠 용기가 없거나 싫어한다는 것을 입증하는 좋은 실례이다.

특히 요즘의 젊은 남자들은 자상하고 상냥한 세대니 어쩌니 하면서 부드러움에 대한 염가 대매출을 시도하고 있다. 여성에 대한 엄격함이 점차 줄어들고 있는 것이다.

여자도 마찬가지로 이러한 남자들의 부드러움에 익숙해져서, 이제는 있는 그대로를 솔직하게 표현하거나 조금이라도 경직되어 있으면 시대에 뒤떨어진 남자라고 치부해 버리기 일쑤다. 심지어는 뭐 이런 고리타분한 남자가 다 있느냐고 화를 내기도 한다고 하니 알만한 일이다.

그러나 여자의 기분에 따라서 그럴듯하게 해주는 남자치고 진정으로 여자를 위하는 남자는 거의 없다.

대체로 여자를 칭찬하거나 치켜세우는 남자는 겉과 속이 다른 인물이다. 겉으로는 위해 주는 척하면서 속으로는 얕잡아 보는 것이 상례다. 이러한 사실을 알아야 한다.

반대로 엄격하고 공정하게 상대의 결점과 장점을 말할 수 있는 남자야말로 겉으로는 비록 경직된 사고와 고정관념의 틀 속에 단단히 갇혀 있는 것처럼 보일지라도 속으로는 진실로 상냥하고 자상한 사람인 경우가 많다.

이는 우리가 일상생활에서 흔히 접할 수 있는 예이기도 하다. 다만 우리가 그저 스쳐 지나가는 일로 받아들이거나 주의를 기울이지 않기 때문에, 또 혹은 자신이 이러한 경우를 직접 체험했을 때조차도 현실로 받아들이고 싶지 않은 그 쓸데없는 자존심 때문에 쉽게 잊혀지고 마는 것이다.

만일 당신 주위에 그런 남자가 있다면 결코 경원시하지 말고 그 말에 귀 기울여 주기 바란다. 좋은 약은 입에 쓰고 충성스런 말은 귀에 거슬리는 법이다.

그런 남자를 가까이 하라. 그러면 당신의 귀가 열리게 된다. 당신은 비로소 겸허의 제일보를 딛고 용기의 영역으로 나아간다. 이제 당신은 강한 여성으로 다시 태어날 것이다.

그럼에도 여전히 남자에게 당신의 아름다움과 허영의 무기를 과시하고 싶다면 그대로 해도 좋다.

당신의 모습은 그럴듯하나 이미 당신의 남자는 헤어질 준비를 서두르고 있음을 구태여 부연하고 싶지는 않다.

50 자신의 주장에서 벗어나지 못하는 여성은 편협하다

'나는 이런 사람'이라고 자신을 진단하는 사람들을 보면, 대체로 그러한 진단과 틀린 점이 의외로 많다는 사실을 발견하게 된다.

특히 젊은 사람들의 경우에는 너무 성급하게 자신을 진단하고 규정하기 때문에 이러한 차이점이 더욱 두드러진다. 자기 자신을 객관적으로 바라본다는 것은 말처럼 그리 쉽지는 않다. 오히려 아주 어렵다고 보는 쪽이 옳을 것이다.

얼마 전에 이런 여성을 만난 적이 있다.

나는 그다지 아이들을 좋아하는 편은 아니지만, 그들을 바라보는 것만으로도 행복감을 얻는다. 순진하고 티없이 맑아서 가만히 바라보고만 있어도 저절로 얼굴에 미소가 감도는 것이다.

아이들은 변덕도 기교도 없다. 그저 직선적이고 단순하다. 그러니 만큼 성격이나 감정의 움직임도 쉽게 알 수 있다. 그들을 바라보고 있노라면 재미있는 장면도 우스운 장면도 아주 자연스럽게 발견하게 된다.

공원에서 아이들이 놀고 있었다.

아직 초등학교에도 들어가지 않은 예닐곱 살의 또래들로 보였는데, 그 가운데 한 여자아이가 무리와 떨어져서 혼자 귀퉁이에 앉아 있었는데, 그 이유는 아이가 아무 때나 잘 울어대기 때문이다.

같이 놀다가도 갑자기 울음을 터뜨리면 놀이가 중단되거나 깨질 수밖에 없다. 이런 일이 되풀이되다보니 외톨이가 되지 않을 수 없었다.

한마디로 여럿이 같이 노는데 방해가 되기 때문이다. 다른 아이들이 그것을 모를 리 없다. 놀이에 끼워 주지 않으려는 것은 당연하다. 그래서 그 아이를 보면 기피하고 싫어한다.

그런 점에서는 아이들이 어른들보다 포용력이 적다고 하겠다. 즉흥적이고 직선적이기 때문이다. 아직 사유의 범위가 좁다는 것은 말할 필요도 없다.

그런데도 그 여자아이의 어머니는 이런 말을 한다.

"우리 아이는 마음이 약하고 상냥해서 거친 놀이에는 맞지 않아요. 금방 쓸쓸해 하거든요."

그렇지만, 과연 그럴까.

내가 보기에 그 아이는 전혀 기질이 약하지 않았다. 오히려 이기려는 마음이 남보다 강한 것처럼 보인다. 응석을 부리면서 제멋대로만 하려고 한다.

그러니 자기 마음에 들지 않으면 참지 못하고, 그렇다고 어떻게 해볼 도리가 없으니 그만 울어버리는 수밖에 없다. 내 눈에는 그렇게 보였던 것이다.

부질없는 짓인 줄 알면서도 넌지시 이런 말을 해보았지만, 역시나 쓸데없는 짓이었다.

"아니예요, 절대로 제멋대로가 아니예요! 우리는 아이에게 철저한 예절과 엄한 가정교육을 해 왔기 때문에 절대로 그럴 리가 없어요."

젊은 어머니는 이렇게 단언하면서 결코 받아들이려 하지 않았다. 확실히 내 견해가 맞는지 어떤지는 모르겠다. 그렇지만 이것만은 분명하다.

아무 때나 울음을 터뜨리는 그 아이에게도 자신의 견해가 있다는 점이다. 그것이 바로 견해라고는 할 수 없더라도 어쨌든 자신의 의지와 생각을 분명히 가지고 있다는 점이다.

어머니는 엄격한 가정교육을 하고 있다고 자부하지만, 자신이 느끼고 있는 것과 사실 사이에는 많은 차이점이 있음을 놓쳐서는 안 된다.

그러나 젊은 어머니는 이에 관해서는 전혀 생각하지 못하고 있다. 자신이 그렇게 단정하고 있으면 그것으로 이미 끝이다. 누가 뭐라든 자신의 관점만을 고집하게 된다.

물론 여기에는 자기 자식만을 중하게 여기는 어머니의 본능도 한 몫하고 있을 것이다.

자기 자식이 다른 아이들보다 월등하기를 바라고, 동시에 자식에 대한 지나친 보호 본능으로 아이의 단점은 제대로 보지 못하며, 별것 아닌 행동을 가지고도 마치 남이 하지 못하는 훌륭한 행동이라도 한 것처럼 얼르고 추켜세워서 장차 훌륭하게 될 것이라는 얼토당토 않은 환상을 품는 일 따위가 좋은 실례이다.

이에 대한 좀더 상세한 논의는 다음 기회로 미루기도 하고 이야기를 계속하기로 한다.

그 젊은 어머니는 그런 면에서 시야가 너무 제한적이다. 이는 앞에서 언급한 '나는' 어쩌구 하는 여사원들의 경우에도 마찬가지다. 비록 관점이 다르기는 하지만 시야가 제한적이라는 점에서는 공통점을 가지고 있다.

자신이 굳게 믿고 있는 것이 사실은 잘못된 믿음일 수 있으며, 다른 사람들이 볼 때는 전혀 어처구니 없는 일로까지 받아들여질 수 있다는 점을 모르고 있는 것이다.

자기 자신에 대한 확신이 무엇보다 중요하기는 하지만, 그것이 독단일 경우에는 많은 문제를 일으킬 수도 있다.

만일 자기 자신만 관련된 문제라면 모르겠으나, 인간이란 다른 사람들과 교통하면서 살아가지 않으면 안 되는 사회적 존재다. 그러므로 자신의 관점을 두루 살펴보지 않으면 안 된다.

자신의 믿음이 남편이나 아이들에게 심각한 영향을 줄 수도 있는 것이다. 자신의 관점으로 인해 남에게 해를 끼칠 수도, 이득을 줄 수도 있으니 어찌 헤아려 살피지 않을 수 있겠는가.

그러니 겸손해져라. 생각하고 또 생각하라. 타인의 의견에 귀를 기울이고 다시 한 번 자신을 점검하라. 참된 인식에 이르는 길이 그 속에 있으니, 이제부터 당신은 진실로 강해질 것이다.

그러므로 결코 태만하지 말라. 오만하지 말라. 이것이 사랑의 계율이다.

51 현명한 여성은
스스로 사랑의 울타리를 걷는다

지방의 어느 여자대학에서 실시한 앙케트 결과를 본 적이 있다.

질문은 친구들과 만나서 주로 화제에 올리는 내용이 무엇인가를 묻는 조사였는데, 참으로 한심하여 놀라지 않을 수 없었다.

그 답은 사치, 남자 친구, 연예인 등 주요 관심사가 이 세 가지로 요약되는데는 기성세대의 한 사람으로서 착잡한 마음을 금할 수 없었다. 그래프로 그려 보니 이 세 가지가 대부분을 차지하고 있었다.

나는 이 조사 결과를 보면서 문득 좌우 시야를 가린 채 질주하는 경마장의 말이 연상되었다. 시계를 좁혀서 달리는 데만 집중시키기 위해 좌우로 눈을 가린 말, 그 수동적이고 기계적인 말이 연상되었던 것도 무리는 아니라고 생각한다.

이 거대하면서도 한없이 복잡한 세상에서 여대생들의 지적 호기심이 그토록 낮은 수준이라는데 도저히 믿어지지 않았다.

주된 화제가 고작 그 셋으로 압축된다는 사실이야말로 눈 가리개를 씌워 달리게 하는 경마장의 말과 조금도 다르지 않다는 것을, 오히려 그보다 더 심하다고 해도 과언이 아닐 것이다.

적어도 여성이 학교 교육을 받거나 지적 호기심의 자극을 받을 기회는 옛날과는 비교도 안될 만큼 확대되어 있다.

또한 교육에 관한한 남녀의 차가 거의 없다고 보는 것이 타당하다. 그만큼 여성들의 자기 계발에 대한 기회도 만만치 않은 것이 현실이다.

그럼에도 불구하고 아직도 편협한 세계에 스스로를 가둬둔 채 더 넓은 세계로 나가지 못하는 이유는 무엇일까? 아직까지도 사회 구조가 여성에게 불리하게 작용하기 때문에 인생역경도 좁은 범위 안에서 이루어질 수밖에 없다고 말한다면 큰 오산이다.

여성을 좁은 울 안에 가두어 두고 있는 것은 자신들 스스로이기 때문에 그런 화제에 집중한다면 비방을 받아도 할 말이 없을 것이라고 나는 생각한다.

배우 아무개가 멋이 있다, 최신 유행하는 옷은 무엇이다, 화장품은 무엇이 좋다 등등 한심한 이야기들도 나름대로는 필요할 것이다. 관심을 가져서 나쁠 것은 없다.

그러나 중요한 점은 그런 외형적인 것에만 흥미를 느낀다는 데 있다. 참으로 딱한 현상이 아닐 수 없다.

어느 한정된 것 외에는 전혀 관심을 기울이지 않는 여성들에게서 남자들이 느끼는 반응은 그저 천박하다고 매도하여도 틀리지 않을 것이다.

적어도 결혼이라는 전제를 내 걸고 있는 남성들에게 시야가 좁고 편협한 여성은 부족하게 보이는 것은 당연하다.

이처럼 협소한 시야를 넓혀 볼 생각도 하지 않으면서 매력적으로 보이려는 여성이 있다면, 이제 좋은 남자를 만날 생각은 버리는 것이 좋다. 찾아보면 그 수준에 맞는 남자도 있기는 있을 것이다. 남자든 여자든 자기 자신의 존재부터 자각하는 것이 급선무다.

폭넓은 관심을 가지는 것은 남자의 마음을 헤아리고 계산해서 매력을 연출시킬 수 있는 바탕이 된다.

52 여자가 지나치게 강하면
오히려 해롭다

이제부터 기술하는 글은 중단되었던 편집자와 나눈 대화 내용이다.

20년 전만 해도 여자는 자기에 대해서는 애매한 표현 밖에 하지 않았다. 좋고 나쁘고는 문제가 아니라고는 해도, 어떤 면에서는 참으로 현명한 방법이었다고 생각한다.

그 무렵의 여성들은 학교를 졸업하면 가사일을 배워 결혼이란 관문을 통해 가정 생활로 들어가는 것이 일반적인 현상이었다. 결혼하기 전까지의 모든 시간은, 학교 교육까지도 결혼을 준비하기 위한 과정에 불과했다.

일단 가정을 꾸리게 되면 현실적으로 가장 중요한 일은 협조하고 양보하는 일이다. 협조와 양보를 통해 원만한 가정 생활을 영위하고, 그리하여 가정의 평화와 행복을 지키는 일이야말로 여성들이 마땅히 해야 할 의무로 생각했던 것이다.

가정 안에서의 불화를 조절하고 아이들을 정성껏 양육하면서 원만하게 가정을 가꾸는 것이 여성의 미덕이었다.

가정 안에서 식구들 한 사람 한 사람이 자신의 주장을 지나치게 고집하면 그 가정은 금방 파탄에 이르게 된다. 서로의 주장이 강하면 결국 진퇴양난에 빠져 절충하기 어려운 입장에 놓인다.

따라서 자신을 애매한 위치에 두는 것은 절충의 여지를 마련하는데 중요한 단서가 된다. 양극의 중간 지점에 서서 둘을 다 포괄할 수 있는 위치에 자기의 자리를 마련해 두는 것이 일반적인 여성들의 경향이다.

그러나 요즘은 학교를 졸업한 후에 가사를 돕다가 곧바로 결혼으로 이어지는 경우는 아주 적은 것처럼 보인다. 거의가 직장을 갖거나 결혼 뒤에도 계속해서 직장 생활을 하는 여성들이 많다.

지금은 보통명사처럼 되어버린 '맞벌이 부부'가 좋은 예이다. 나아가 일생 동안 직업을 가지겠다는 여성들도 갈수록 늘고 있는 추세이다.

일단 가정에 충실하던 주부들도 파트 타임이다, 아르바이트다 해서 밖으로 뛰쳐 나간다.

이전에는 가정생활밖에 모르던 여성들에게 새로운 길이 열린 것이다. 여성들도 능력만 있으면 남자 못지 않은 사회 생활을 할 수 있으며, 이제까지 울 안에 갇혀 지냈으니 뛰쳐 나올 때도 되었다고 생각한다.

남성 중심의 사회를 박차고 나아가 여성도 동등한 위치에서 자신의 능력을 발휘해야 만한다고 여성운동가들은 열변을 토한다. 심지어는 이제까지 남성 위주의 사회였으니 당연히 여성 위주의 사회가 되어야 한다는 일각의 소리도 들린다.

이른바 여성 상위시대니 하는 말들이 그런 사고방식을 대변한다. 사회학자들이나 시사평론가들의 말대로 여성의 사회화가 이루어졌다고 할 수 있을 것이다.

확실히 사회생활을 하다보면 이도저도 아닌 애매한 태도로 인해 손해를 보는 경우가 많이 있다. 자기의 주관을 확실하게 표출시키는 것도 사회생활의 한 방편이다.

따라서 여성들이 적극적으로 자신을 표현하게 된 것도 어쩌면 당연한 결과라고 할 수 있을 것이다. 자기 표현을 하기 위해서는 강해지지 않으면 안 된다. 강해지는 것이 당연하다.

그러나 무엇보다도 어떻게 강해지느냐가 중요하다. 무조건 강하다고 해서 다 좋은 것은 아니다. 지나치게 강하면 부러지기 쉽다.

요즘 젊은 여성들이 열심히 주장하는 '나'라는 표현법은 그런 점에서 아주 부적절하게 보인다.

왜 그런가, 이래서는 결코 행복해질 수 없기 때문이다. 일시적으로는 자기 만족으로 하여 어느 정도의 충족감을 느낄 수도 있겠지만, 꽃피는 시절도 한철이라고 곧 기울고 마는 것이 삶의 순리다.

특히 지나치게 자신만을 강조하다 보면 나를 제대로 살피지 못하는 경우가 허다한 것이 우리들의 삶이다. 그러니 좀더 자세히 이 문제를 살펴보기로 하자.

지하철 안에서 내가 목격한 젊은 여자들의 대화를 살펴보면, 그들의 말 속에는 어쩐지 '나라는 사람은 좋건 나쁘건 이런 성격의 여성이므로 가만히 내버려둬. 나는 나대로 살면 그만이야. 누가 나서서 감 나와라 밤 나와라 할 문제가 아니지.' 라고 하는 의미가 강하게 숨어 있는 듯하다.

이는 태만 위에 방석을 깔고 앉아 있는 형국이다. 아주 오만하여 불손하기까지 하다. 남자에게도 바보는 있지만, 그러나 보통 남자라면 여성의 이런 오만불손한 태도를 목격하게 되면 대부분 혀를 끌끌 차게 될 것이다.

이러한 오만과 불손으로 치장하고 있는 여성을 강하다고 할 사람은 결코 없다. 그런데도 요즘의 젊은 여성들은 오히려 이것이 자신들의 강한 면을 드러내는 좋은 수단이라도 되는 듯이 자랑스럽게 떠벌린다.

오해를 해도 대단한 오해를 하고 있는 것이다. 과연 여러분도 그럴 것인가?

53 | 여자는 복스럽다는 말을 싫어한다

평생을 독신으로 살겠다고 주장하는 회사원이 있었다. 신입 여사원이 그의 부서에 배속되었는데, 아주 명랑하고 솔직했다. 흰 피부와 통통하고 복스러운 몸매로 낯선 직장에서 빨리 업무에 익숙해지려고 아주 열심이었다.

그가 그녀에게 호감을 보여 친절하게도 '토실이'라는 별명을 붙여 주었다. 그러나 이것이 화근이 될 줄은 꿈에도 몰랐다.

이 별명을 전해 들은 그녀는 기분이 단단히 상하고 말았는데, 이유인즉 '토실이'라는 말이 뚱뚱해서 놀리느라고 붙인 것처럼 오해되어 자존심이 상했던 모양이다.

그녀는 그를 미워하기 시작했다. 지나치게 원망을 하고 집요하게 파고들자 그는 뭔가 마음이 캥기는 듯해 그녀와 얼굴을 맞대는 것조차 고통스러워졌다.

그녀의 원망은 오래도록 풀리지 않았다.

"그녀가 날씬하다고 말할 수는 없지만, 그렇다고 뚱뚱하다고 할 수도 없습니다. 보기 좋을 정도로 토실토실해서 그것이 오히려 매력적으로 보이기까지 했습니다. 나라고 해서 바보가 아닌 이상 진짜로 뚱보라면 토실이라는 애칭을 붙이지 않았을 겁니다. 또 뚱뚱한 사람에게 뚱뚱하다고 말하는 것은 유머가 아니라는 것쯤은 나 자신도 알고 있기 때문입니다. 토실토실한 모습이 그녀의 매력이라고 생각되었기 때문에 그런 닉네임을 붙였던 것인데, 그것이 그녀의 자존심을 상하게 한 모양인지 계속 고집불통이니 어떻게 해야 할지 모르겠습니다."

그는 술을 마시며 나에게 이렇게 실토를 했다.

"그것은 남자와 여자의 감성 차이 때문이겠지."

내가 이렇게 말하자, 그는 중얼거렸다.

"속담에 입은 재앙의 근원이라더니 이제야 그 말을 실감하겠습니다."

일반적으로 말해서 여자에게는 자기 자신이 주위 사람들로부터 유머나 웃음거리의 대상이 되는 것을 극단적으로 싫어하는 경향이 있다. 이는 아주 적극적인 우먼 리브들에게 느끼게 되는 여유없어 보이는 모습과도 일맥 상통하는 것이라고 나는 생각한다.

이름난 희극 배우들은 거의가 남자들이다. 어쩌다가 여성

명배우들이 나타나기도 하지만 장수한 예는 별로 없다.

따라서 웃음을 제공하는 직업은 남자가 압도적으로 다수라고 해도 틀리지는 않을 것이다. 이는 여성의 감성과 많은 관계가 있는 듯하다.

희극 배우이든 개그맨이든 간에 자기를 어리석은 사람으로 변화시켜 교묘하게 그 어리석음을 표출함으로써 관객들에게 웃음을 불러일으킨다는 점에서는 같다. 그것이 그들의 역할이요, 본질이니까.

바로 이와 같은 자기 창조의 희극이야말로 여성들이 빠지기 싫어하는 아킬레스건임은 두말 할 나위가 없다. 자기 자신을 희극화하여 관객들의 웃음거리가 되는 일이 그들에게는 하나의 혐오감이자 수치로 여겨지기 때문이다. 그렇다면 그것이 어째서 그렇게 혐오의 대상이 되는 것일까.

나에게는 그런 감정이나 태도가 아주 이상하게 보인다. 아마 자신을 스스로 한 단계 낮은 존재로 하락시키고 있다는 생각이 들기 때문에 그럴 것도 같지만, 사실은 그와 정반대이다.

완벽한 인간이란 있을 수 없다. 있다고 한다면 이미 인간의 범위를 초월한 신이거나 다른 특별한 존재일 것이다. 인간이라면 누구든지 어리석은 부분을 가지고 있게 마련이다.

그 어리석은 부분을 끄집어 내기 위해서는 자기를 객관적으로 바라보고 분석할 수 있는 안목이 절대적으로 필요하다. 그것은 대단히 우수하고도 높은 수준의 안목이지만, 실제로 이런 안목을 갖추기란 말처럼 쉽지 않다.

높은 곳에 서서 객관적인 시선으로 자기 자신에게는 어리석은 점이 있다고 생각할 수 있는 여유가 있는 사람이라면, 남에게 웃음거리가 되더라도 아무렇지 않게 받아 넘길 수 있다. 그런 사람은 이미 지적인 관점을 내면에 간직하고 있는 사람이기 때문이다.

'토실이'라는 애칭을 선사 받고 원망으로 일관한 그녀도, 바로 이 지적인 관점과 여유가 결여되어 있어서 상대의 진심을 오히려 희롱으로 받아들였던 것이다.

그러므로 이 관점의 진폭의 협소, 여유의 결여가 긴장된 감정과 귀염성 없는 여성의 심성과도 긴밀하게 연결되어 있다는 사실을 알지 않으면 안 된다.

54 웃어 넘길 수 없는 용모에 대한 콤플렉스

젊은이들을 많이 만난 탓인지, 젊은 여성들로부터 편지나 전화로 상담 신청을 받는다.

그러나 나는 상담자이지 글 쓰는 일을 직업으로 하는 사람도 아니다. 고민을 풀어줄 수 있는 능력도 없고 여유있게 일일이 응대할 시간도 없다. 그렇기 때문에 서신에 대한 답장은 하지 않는 것을 원칙으로 하고 전화도 바쁠 때는 빨리 끊도록 유도한다. 상담을 신청하는 분들이야 불만이겠지만 어쩔 수 없는 일이다.

그럼에도 시간적 여유가 있을 때는 되도록 그들의 상담에 차분히 응하기도 한다.

상담 가운데 대부분은 용모에 대한 고민이다. 키가 작다든가, 반대로 너무 크다든가, 뚱뚱하다든가 말랐다든가, 혹은 얼굴이 못 생겼다든가 하는 신체에 관한 문제들이다. 참으로 대답하기 곤란한 질문들이다.

얼마 전에 전화로 상담을 신청해 온 여성은 작은 키에 대해서 심각하게 고민을 하고 있었다. 키가 얼마나 되기에 그러느냐고 물었더니 150센티미터란다.

요즘 젊은이들은 경제적 풍요로 체위가 괄목할 정도로 향상되었다. 그 가운데서도 신장의 증대가 가장 눈에 띄는데, 150센티미터라고 하면 작은 편에 속할 것이다.

그렇다고는 해도 그 작은 키 때문에 세상이 암담하다든가 죽고 싶을 정도로까지 발전될 만큼 심각한 문제라고는 생각되지 않는다. 또 고민을 해 보았자 작은 키가 커지는 것도 아니고, 달리 별 뾰족한 수가 생기지도 않는다.

그러니 신경을 쓸 필요가 없다고 충고를 한들, 당사자에게는 아무런 도움이 되지 않을 것이다. 당사자에게는 세계대전의 위기가 임박했다고 해도, 우주인이 공격해 온다고 해도 아랑곳 없는 일이다.

오직 신장에 관한 것만이 유일한 문제요, 해결해야 할 지상 과제이기 때문이다.

이러한 신체와 용모에 대한 고민이나 콤플렉스는 정도의 차이는 있지만 많은 여성들이 대체로 가지고 있는 증세라고 생각된다.

어떤 회사에서 여사원들에 대한 의식조사를 했더니 68퍼센트가 자기는 뚱뚱하다, 날씬해지고 싶다는 결과가 나왔다고 한다.

용모에 대한 콤플렉스는 그것이 크건 작건 여성에게는 일반적으로 따라 다니는 현상이라고 보아도 좋을 것이다.

그렇다면 당신의 경우는 어떠한가.

콤플렉스를 의식하지는 않았더라도 날씬해지고 싶다는 생각은 항상 가지고 있을 것이다. 그러면서도 문득 맛있는 음식이 눈 앞에 있으면 자신도 모르게 손을 내밀게 된다.

"어머, 또 먹고 말았군!"

하고 후회를 하면서 혀를 내두르지만 이미 지나간 뒤다.

이런 행동이 나쁘다는 것은 아니다. 다만 자기 제어에 너무 방심하지 말라는 뜻이다. 잘못 체념해 버리면 앞에서 본 예와 같이 심각해질 수도 있기 때문이다.

그래서 이러한 용모 콤플렉스에 대해 컨설팅 전문가들은 어떤 해결책을 내리는가 싶어 텔레비전 프로그램이나 잡지의 상담란을 눈여겨 본 적이 있을 것이다.

대답의 유형은 대체로 두 가지로 분류된다.

하나는, 자신감을 가지라고 격려하는 일이다.

인간에게는 누구에게나 자신만의 아름다운 부분이 있는 법이므로, 그것을 찾아내서 연마하면 오히려 단점을 장점으로 변화시킬 수 있다고 권고하고 있다.

그러나 이러한 해결책은 익살스러운 궤변에 지나지 않는다. 자신이 없으니까 고민 끝에 찾아 온 것인데, 자신감을 가지라고 하니 이 무슨 아이러니인가. 자신감을 가질 수 있다면 처음부터 고민할 필요도 없었을 것이다.

다른 하나는 너무 용모에 구애 받지 말라는 것이다.

내면의 아름다움이 무엇보다 중요하니 정신적으로 갈고 닦으라는 얘기다. 정신 강조형이라고나 할까.

이 대답도 신통치 않다. 서로 상처되고 엇갈리는 방법을 제시하는 것인데, 용모에 자신이 없어서 찾아 온 사람을 가지고 질문에는 대답하지 않고 전혀 엉뚱한 정신 문제를 들고 나오니 어불성설에 불과하다.

더욱이 인간의 아름다움이 정신에만 국한되어 있다고 하는 발상 자체부터가 잘못되었다고 여겨진다.

내가 알고 있는 여성 가운데 비만에 대한 콤플렉스를 가진 여성이 있는데, 아주 심각했다.

처음에는 그녀를 명랑하고 쾌활한 여성으로 생각하고 있었다. 만날 때마다 밝고 명랑한 목소리로 얼굴에 미소를 가득 띠곤 했는데, 그 모습이 참으로 귀여웠다.

대화를 나눌 때도 전혀 구김살이 없어서 그렇게 생각했던 것인데 뜻밖에도 자기만의 심각한 고민거리를 안고 있었던 것이다.

물론, 잠깐 만나서 인사나 하고 한두 마디 대화를 나눌 정도여서 그녀의 가슴 속 깊은 고민까지 헤아릴 수는 없었다.

그저 밝은 모습을 볼 때마다 청춘의 발랄함으로 가득찬 그녀의 인생을 축복해 주고싶은 마음에 미소를 머금고 바라보는 정도였기 때문에 심각한 고민을 가지고 있다는 말을 듣고는 놀라지 않을 수 없었다.

그녀의 고민은 다름 아니라, 자신의 몸이 뚱뚱하다는 생각 때문이었다. 확실히 날씬하다고는 할 수 없어도 그렇다고 보기 싫을 정도로 뚱뚱한 편은 아니었다.

오히려 내가 보기에는 그 정도가 딱 알맞다는 생각까지 들었다. 약간 살이 찐 모습이 더 매력적으로 보였다.

밝은 성격과 상응해서 너그러운 인상을 가진 여자였다. 순진하면서도 미소 띤 얼굴, 풍만한 가슴과 허리의 곡선이 묘하게 어울려 오히려 매력적인 인상을 주었다.

그러나 그녀는 자기 자신을 뚱보라고 생각하면서, 그것을 자신의 최대 결점으로 여겼다. 찬찬히 생각해 보니 그 원인은 단순하게도 남자 친구도 애인도 생기지 않는 데서 비롯된 것 같았다. 스스로 단정하기를 뚱뚱해서 남자들에게 인기가 없다고 생각했던 것이다.

그녀의 지난날을 자세히 살펴보면 여중·여고·여대를 졸업했기 때문에 남자들과 접촉할 기회가 거의 없었다.

더욱이 졸업 후에는 관변 단체에 취업했는데, 그 곳 남자 직원들마저도 공직에서 정년을 맞고 책상이나 차지하고 있는 나이로 따지면 대다수가 아버지뻘이 되는 사람들 뿐이었다.

이런 환경이라면 젊은 남자들과 접촉할 기회는 거의 없게 마련이다. 그러니 남자 친구가 좀처럼 생기지 않는 것도 당연하다. 오직 그녀 자신이 적극적으로 기회와 장소를 찾아야 했던 것이다.

그렇게 했다면 반드시 남자 친구를 만났을 것이라고 나는 생각한다. 내가 보기에 그녀는 아주 매력적인 여성이었기 때문이다.

그럼에도 불구하고 그녀는 자신의 뚱뚱한 몸매 때문에 남자 친구가 생기지 않는다고 단정해 버리고는 상실감에 빠져 있었다. 몸매에 자신이 없어 남자와 접촉할 기회가 있어도 꺼리고 먼저 피해 버리니 알만한 일이다.

천성이 밝은 탓으로 겉으로는 명랑했지만 시간이 흐를수록 차츰 자신에 대한 콤플렉스가 더해져서 이상한 방향으로 왜곡되고 굴절되어 갔다.

자신에 대한 혐오감으로 인해 안절부절 못하면서 불안 초조한 마음을 떨쳐 버릴 수 없었다. 그러다가 먹는 동안만이라도 불안한 심정을 잊어보자는 마음으로 무엇이든지 닥치는 대로 먹어 치우기 시작했다. 먹고 있을 때 만은 한결 마음이 놓이는 것이다.

그러다가도 문득,

"어머, 또 먹어버렸네. 살이 더 쪘어."

하면서 후회에 후회를 거듭하는 생활이 반복되었다.

그러니 서두르는 마음만 생기고 계속 무엇인가에 쫓기는 듯해 다시 불안해지고, 그래 마음을 가라앉힌다는 생각으로 또 먹는데 탐익하니 악순환의 연속이었다. 끝내는 쉴새없이 먹고 있지 않으면 도저히 어찌할 수 없게 되었다.

이렇게 되면 정상인이라고 해도 해결 방법이 없다. 병도 이미 중증이다. 몸은 부쩍부쩍 늘어만 간다. 이젠 정말 비만이다. 걷는 데도 숨이 찰 지경이다.

결국 입원해서 정신과 치료를 받고 회복이 되기는 했지만, 오랫동안 고통을 감내해야 만했다.

생각해 보면, 그녀의 고민은 차라리 해학적이기까지 하다. 그러나 그것은 제3자의 생각이고, 당사자에게는 지옥에 떨어진 듯한 기분이었을 것이다. 안달하면 할수록 자꾸만 몸이 불어나니 어찌 그렇지 않겠는가.

한 번 자신을 잃어버리면 일은 끝간 데 없는 나락으로 떨어지고 만다. 생각한 것과는 정반대로 일은 전개되고 확대되어 나가는 것이다.

55 | 스커트를 안 입은 여자의 귀여움

내가 잘 아는 잡지사의 편집자가 결혼을 했다. 상대는 동료 여직원으로 사내 결혼이었다.

그가 그녀에게 끌린 이유는 아주 단순하고도 사소한 일에서 비롯되었던 것이다.

어느 추운 겨울날 아침이었다. 날씨가 추웠으므로 모두들 코트를 입고 출근을 했는데, 편집실 안은 난방 시설이 잘 갖추어져 있어서 코트를 옷걸이에 걸어두고 일을 시작하는 것이 순서였다.

그녀도 마침 코트를 벗으려고 하다가,

"어머!"

하며 놀라더니, 그대로 코트를 입은 채 자리에 앉아 일을 하면서 끝내 벗지를 않았다.

"어찌된 일이오? 어디 아프기라도 합니까?"

오히려 동료 직원들이 더 놀라서 묻자,

"감기 기운이 좀 있어서……"

하며 우물쭈물 얼버무리는 것이 아닌가.

"그러면 무리하지 말고 조퇴하는 것이 어떻겠소?"

동료들이 권유하자, 다시 얼굴을 붉히며 작은 소리로 그에게만 들릴듯 말듯 말했다.

"다른 사람들에게는 비밀이에요. 사실은 스커트를 입고 오지 않았거든요."

이 말을 듣자, 순간 그는 그녀가 너무 귀여워 보이더라는 것이다.

좀 이상한 이야기 같지만, 그녀가 주책 없다는 것만은 확실하다. 그런데도 이후 그녀가 주책 없는 짓을 할 때마다 그는 이상하게도 더욱 귀엽게 느껴지더라는 것이다.

사실 주책 없다는 것은 결코 장점이라고는 할 수 없다. 그러나 그녀의 경우에는 자신이 주책 없다는 사실조차도 스스로 잘 알고 있으며, 그것을 극복하려고 꾸준히 노력하고 있다는 점 하나만으로도 충분히 귀여울 수 있는 모습이다.

주책을 부리게 되면,

"어머, 주책이야."

하며 스스로 웃어 넘길 수 있는 여유가 그녀에게는 있었다.

자기를 객관적으로 바라볼 수 있는 여유가 있으므로 자신의 실수나 오류를 솔직 담백하게 받아들일 수 있으며, 그 솔직한 반응이 다른 사람들에게는 귀여운 모습으로 비칠 수 있는 분위기를 자아내는 것이다.

솔직한 자연 그대로의 심정이 아차! 하는 순간의 표정이나 말씨 등에서 표출될 때, 남자는 그 여자를 귀엽다고 생각하게 된다고 나는 말해 주었다.

누구든지 갓 태어났을 때는 솔직하고 순진무구하다. 아니 오히려 그것이 진보라고 하는 말이 옳다.

인간은 성장해 가는 과정에서 그 순결한 백지 위에 여러 가지 색깔을 덧씌우거나 갖가지 채색으로 물들인다.

때로는 그것이 몸동작이나 허례허식 또는 고집으로 변해 하나의 완고한 자기 정체성으로 굳어버려 마침내는 단점인지 장점인지도 분간하지 못한 채 평생을 그렇게 자신의 틀 속에 갇혀 지내는 경우가 허다하다.

그러나 일단 이러한 틀 속에서 벗어나 자신을 전혀 다른 관점에서 바라보면 자신의 어리석은 부분, 얼빠진 부분, 미덥지 못한 일면 등이 실로 여러 면에서 자기 모습을 들여다 볼 수 있고 직시할 수 있다.

동시에 그런 부분에 대해 그저 눈살을 찌푸리거나 부정적인 생각만을 해서는 안 된다는 것도 알게 된다. 바로 이 어리석은 부분에 대한 직시야말로 솔직하고 귀여운 웃음의 출발점이요, 순진무구한 동심으로의 회귀이다.

솔직한 마음으로 웃어 넘길 수 있는 그 무한 공간으로 당신의 눈을 한 번 돌려보라. 당신의 눈은 고양되고, 가슴은 다시금 불타올라 넉넉한 여유의 숲으로 인도할 것이다.

사람들에게 웃음거리가 되더라도 그것은 하나의 단순한 순간에 지나지 않고, 오로지 자신의 위치에서 있는 그대로의 당신만 바라보면 되는 것이다.

그 자체로 있는 것을 즐길 줄 아는 지혜야말로 참다운 삶의 가치이며, 더할 수 없는 지복이라고 나는 생각하고 또 믿는다.

허식을 취할 필요는 전혀 없다. 무엇을 두려워하고 고집할 것인가 몸을 도사리지 말라. 있는 그대로의 자신을 인정하고 받아들이되, 자신의 어리석음을 과장하지도 말라.

솔직하고 자연스럽게 자신을 받아들이면 그뿐이다. 달리 취할 것도 버릴 것도 없다. 이미 당신은 귀엽고 사랑스런 여자가 되는 길로 들어선 것이다.

첫머리에서 말한 박양도, 체홉의 [귀여운 여인]의 주인공도 자기의 솔직한 심정을 있는 그대로 한결같은 모습을 드러내 놓고 싶다는 점에서 귀여운 여인임에 틀림이 없다. 그러나 동시에 어리석다는 느낌도 들지 않는 것은 아니다.

현대의 여성들은, 그러나 단순한 어리석음만 가지고는 어림도 없다. 자기의 어리석음을 직시하는 것 외에 객관적 지성미까지 갖추고 싶어 하는 공격적이다.

지적인 여성이라고 하면 으레 차갑다는 이미지가 붙어 다닌다. 그러나 그것은 잘못된 관념이다. 차가운 이미지로 굳어

버린 지성은 이미 진정한 지성이라고 할 수 없다.

자신을 웃어 넘길 수 있는 관점으로부터 시작해서 솔직한 자기 감정, 표정, 말씨 등을 자유롭게 표현하고 나아가 이러한 자기 직시를 통해 꾸준히 계발해 나가는 것이야말로 최고의 지성이며 아름다움일 것이다.

동시에 그것은 남자들에게도 귀엽고 사랑스럽다는 느낌을 갖게 하고 그들의 심금을 올려주게 된다는 사실을 잊지 말기 바란다.

56 여자의 아름다운 모습이 사랑의 모든 것은 아니다

아주 사소한 몸짓이나 말 한마디로 마음의 움직임을 표출시킴으로써 남자로 하여금 귀엽게 느낄 수 있도록 하는 것이 감정의 포인트가 될 수도 있다는 점을 기술해 보았다.

그렇다면, 사랑스럽거나 귀엽다고 생각하는 마음을 이끌어내는 것은 단지 내면적인 것에만 의존하는 것일까. 용모는 어떠하며 자태는 또 어떤 의미를 주는 것일까.

연예인 가운데는 이른바 '이쁜이 탤런트'로 불리우는 특정인이 있다. 천진난만한 용모는 물론, 귀여운 모습을 하고 약간 혀 짧은 말투로 텔레비전에서 연기도 하고 노래도 부르고 춤도 춘다.

여자의 귀여움에 대한 연구에 덜할 수 없이 좋은 대상이 된다. 확실히 그녀들은 예쁘고 아름답다. 그러나 이 귀여움의 연출자인 본인은 그러한 모습에 대해 자신이 느끼는 것과 시청자들이 느끼는 것이 서로 다르다고 해서 문제로 삼지 않는다. 시청자들의 반응과는 전혀 다른 문제로 생각하고 이었기 때문이다.

귀엽다고 느껴지는 탤런트를 표본으로 삼아 조견표라도 만들어보면 어떨까. 그렇다면, '이쁜이 탤런트'의 뒤에 있는 연출가는 관객을 사로잡는 여성의 용모에 대해 잘 알고 있을 것이다. 귀염성의 패턴을 총동원하여 표정이나 행동, 말씨 등을 연출해 내니 마법사와 다를 바가 없다.

그러므로 '이쁜이 탤런트'의 매력은 유형화된 귀염성에 있다. 하지만 현실적으로 어떤 행동과 표정이 귀엽다고 느끼는가를 물어보면 사람에 따라 각인각색이다.

그만큼 이러한 추상적인 사안은 아주 개별적일 수밖에 없다. 그러나 그 개별적인 귀염성만으로는 대중의 시선을 끌어들일 수 없다. 즉 상품이 될 수 없다는 말이다.

텔레비전 화면에 나타난 귀염성, 즉 상품화된 귀염성은 유형적이라야 그 가치를 인정 받을 수 있다. 유형적일수록 관중들의 마음을 매료시킬 수 있는 것이다.

그렇다면, '이쁜이 탤런트'가 화면을 통하지 않고 현실로 눈앞에 나타나면 남자는 어떤 느낌을 가지게 될까. 틀림없이 귀엽다는 생각에는 이의가 없을 것이다.

그저 예쁘다는 막연한 느낌만들 뿐이지 연애의 첫걸음이라고 할 수 있는 마음의 짜릿한 흔들림 같은 감동은 전혀 맛볼 수 없을 것이라고 나는 생각한다.

오히려 싫증이 날 것이다. 마치 인형을 대하듯 감정의 표현이 없고 훈련을 받은 듯한 똑같은 행동에 하나같이 세련된 표정만을 지으니 그 완벽함에서 오히려 황폐함을 느끼게 될 것이다. 그러니 어찌 실망하지 않겠는가?

이런 느낌은 결국 그녀의 모든 것, 즉 용모, 치장, 행동이나 말씨에 이르기까지 인위적이 아닌 것이 전혀 없으므로 심지어는 혐오감마저 느끼게 된다. 따라서 아름다움을 표출시키기 위해 인위적으로 출연시키는 연출자의 꾸밈에 식상해 보이는 것은 당연한 결과이다.

다소 뛰어나고 요즘 말로 튄다고 해서 모두 귀여워야 할 필요는 없다. 도리어 도식적으로 꾸민 귀염성은 단세포적이어서 매력적이라고 할 수도 없다.

비록 어느 한 점, 한 부분일지라도 순간적으로 반짝하고 강렬하게 표현되는 귀염성이야말로 남자에게 깊은 감동을 불러일으키게 되는 것이다.

그러나 이러한 순간적인 귀염성의 감동을 이용해 그것을 무기 삼아 메시지를 보내면서 억지로 아양을 떨며 다가 오는 여자도 있을 것이다. 이러한 상대라면 한때의 위안이나 즐거움을 가질 수는 있겠지만 진정한 사랑의 표상은 되지 못한다. 어쩌면 당신도 주변에서 이런 부류의 여자를 한두 명쯤은 경험해 보았으리라.

만일 당신이 그저 심심풀이 노리개 상대로 만족하려 한다면 인위적으로 텔레비전 화면에 나타나는 '이쁜이 탤런트' 흉내를 내더라도 할 말이 없다. 그 나름대로 가치는 있을 것이다.

그러나 화면에 등장한 탤런트가 연출하는 귀여운 행동의 이모저모에는 한 가지 공통적인 특징이 있다는 사실을 염두에 두기 바란다. 즉 바보스러울 정도로 진지하고 유치하다는 느낌이 든다는 점이다.

어원적으로 살펴볼 때, '귀엽다'는 말은 어린애처럼 작고 유치하다는 뜻으로 쓰여왔지만, 최근에는 사랑스럽다는 칭찬의 뜻으로 쓰이게 되었으니 시대가 변했음을 알 수 있다.

어쨌든 철없고 유치한 짓이 매력의 조건은 될 수 없다. 그런 행동만으로 상대의 환심을 사려고 한다면 실망과 좌절감만 주게 된다. 때로 순진하고 유치한 행동은 일시적으로 즐거움을 줄 수는 있겠지만, 결국은 싫증과 권태감을 느끼게 할 것이다.

한편, 어리석고 유치함 속에서도 반짝이는 빛처럼 강렬한 인상을 받게 되는 경우가 있는데, 이는 솔직함과 꾸밈 없는 순수함에 대한 인간 본연의 내재적인 감정의 발로이기 때문이다. 바로 이것이 귀엽다는 감정을 낳게 하는 근원이다.

57 | 성형수술로 인생이 바뀐 여성

어느 의류판매 회사 여직원의 이야기이다.

그녀의 나이가 26세였는데, 그 회사 여사원들은 대개가 고졸자로, 22, 23세에 퇴직하는 것이 불문율처럼 되어 있었다.

그 무렵까지 상대를 찾아서 결혼하는 것을 끝으로 회사를 그만둔다. 그것이 관례화되어 있어서 그 나이가 되면, 혹 결혼은 못하더라도 퇴직하는 경우가 꽤 많다는 것이다.

생각해 보면 묘한 이야기이기도 하다. 그 나이가 될 때까지도 결혼 상대를 찾지 못하고 근무를 계속하는 것은 어딘가 결함이 있는 여성으로 인식되어 심지어는 창피하다는 생각까지 가지게 된다고 한다. 퇴직시 제출하는 퇴직 사유에도 거의가 '결혼 때문에'라고 기록한다고 하니 이 얼마나 우스운 얘기인가.

내가 생각하기에도 결혼도 하지 않았으면서 하는 것처럼 가장하고 모처럼 얻은 직장마저 그만둔다는 것은 참으로 꼴불견이다.

이것은 물질적 손해보다도 자신의 능력을 발휘할 수 있는 기회까지 박찬다는 것 자체가 삶에 대한 모독처럼 느껴지기 때문이다. 게다가 그 회사는 규모도 크고 경영도 안정되어 있어 임금 또한 만만치 않다고 하니 참으로 아이러니한 경우다.

그런데 의외로 회사측에서도 여성 사원들이 그 정도에서 퇴직하는 것은 바람직하다고 여기는 모양이다. 인건비도 절약되고 직장도 신선해지는 까닭에 환영하는지 모르겠지만, 어쨌든 그런 회사 분위기 속에서 26세가 되도록까지 근무한다는 것은 그녀로서는 대단히 거북했을 것이다.

본래 내성적인 성격이었는지 그다지 눈에 띄는 여성은 아니었다. 그러던 것이 차츰 회사 분위기에 휩싸여 소극적이고 자신감이 없는 여성으로 변하더니 급기야는 어느 날 갑자기 성형 수술을 해서는 완전히 다른 여성으로 변해 버렸다.

변신을 시도한 것이다. 깜짝 놀랄 정도로 얼굴이 예뻐졌다. 그녀는 단지 얼굴을 고쳤다고 해서 모든 것이 이렇게 변할 줄은 미처 생각지 못했다. 인생이 확 달라진 것이다.

길을 걸어갈 때 전과는 다르게 남자들이 힐끗힐끗 쳐다보게 되었다.

"저 여자 참 멋있군."

이런 소리까지도 들려온다.

지하철이나 버스를 타면 뜨거운 시선 세례를 받게 된다. 지금까지는 전혀 없었던 일이다. 차츰 그녀는 자신감을 가지기 시작했다.

애인도 없고, 결혼 상대도 나타나지 않고, 견디기 힘들었던 직장에서 26세가 되도록 근무해 온 것도 따지고 보면 용모 때문이었다. 그러던 것이 성형 수술을 함으로써 전세가 완전히 역전된 것이다. 콤플렉스도 문제될 것이 없었다. 이제는 전혀 새로운 인생을 시작하기 만하면 되었다.

그러나 이런 그녀의 생각과는 달리 직장에서는 묘한 방향으로 돌아가기 시작했다. 그도 그럴 것이 헤어 스타일이나 화장법을 바꿨다든가, 새 옷을 입고 왔다든가 하는 정도의 변신이 아니라 전혀 다른 사람의 얼굴을 하고 나타났기 때문이다.

얼굴은 그 사람의 상징이다. 그것이 전혀 다른 얼굴로 변해 버리면 그 전의 모습을 알고 있는 만큼 주위 사람들을 어리둥절하게 만들 것임은 불을 보듯 뻔하다. 다른 사람이 아닌가 착각하기도 하고, 또 어떤 때는 몹시 곤혹스러워한다.

누구라도 아는 사람이 갑자기 다른 얼굴로 바뀌면 당혹해 할 것은 물론 회사뿐이 아니라 친구들과의 만남도 어색해질 것이다.

그러나 그녀는 얼굴뿐만 아니라 성격도 밝고 명랑하게 변했다. 어쨌든 자신감이 생긴 것이다. 그리하여 결국은 기쁜 마음으로 퇴사를 하고 다른 회사로 옮겼다. 동시에 친구들과의 관계도 끊은 채 밝고 명랑한 기분을 잃지 않았다.

남자들에게도 인기가 있었다. 남자 친구도 많이 생기고 야심을 가지고 접근하는 사람도 있었다. 결혼 상대로서는 부족했지만, 그런 남자들과의 교제는 짜릿할 정도로 즐거운 경험을 주었다.

새로 열린 세계, 그러나 옮긴 회사에도 한 가지 부족한 점이 있었다. 급료가 먼저 회사보다 훨씬 낮았다. 중소기업인데다 그녀가 8년 동안 근무했던 의류판매회사에서 일반 사무를 맡고 있었기 때문에 경력으로 인정되지 않아 상여금도 적었다. 이것이 그녀의 기분을 상하게 했다.

그래서 일자리를 또 바꿨다. 물장사 쪽으로 급선회한 것이다. 이후로 지금까지 클럽에서 호스티스로 일하고 있다. 성형 수술한 얼굴이 최대의 무기로 작용하기 시작한 것이다.

그 효과가 드디어 진가를 발휘하게 되니 남자들에 대한 인기는 그야말로 천장부지로 치솟았다. 수입도 사무원 때와는 비교도 되지 않았다.

그녀의 뜻대로 성형 수술은 그녀의 인생을 완전히 바꾸어 버린 것이다.

그녀는 말한다.

"수술하기를 정말 잘 했어. 이것이 바로 행복이야."

독자 여러분도 과연 그렇게 생각하는가?

58 사랑의 싸움에서는
지는 것도 이기는 방법이다

'이기려고 하지 말라. 이기려거든 지는 것을 먼저 생각하라.'

이 말은 대단히 함축성 있는 표현이다. 슬기로운 싸움의 요체는 이 말 속에 다 들어있다고 해도 과언이 아닐 것이다.

도대체 무엇을 위해 싸워야 하는가 하는 점을 다 포함하고 있기 때문이다.

질투한다는 것은 사랑하고 있다는 사실을 전제로 한다. 사랑하지 않는 상대라면 바람을 피우건 무슨 몹쓸 짓을 하건 상관없다.

사고방식이나 의견의 차이, 혹은 습관이나 성격 등 싸움의 원인은 실로 각양각색이지만, 그런 것들이 신경 쓰이는 이유는 연애이건 우정이건 간에 상대방과의 관계를 유지하고 싶다는 갈망을 전제로 하고 있다는 것을 염두에 두어야 한다.

나와 직접적인 관계가 없는 상대, 관계하기 싫은 상대라면 혹 불쾌한 일이 있더라도 모르는 체하고 눈살을 찌푸리며 지나쳐 버리면 그만이다. 이런 일들은 우리가 일상 속에서 흔히 경험하고 있지 않은가.

예를 들면 금연 전동차 안에서 담배를 피우고 있는 남자가 있다고 하자. 아무도 주의를 주는 사람이 없다. 그것이 좋은 일인지 나쁜 지는 우선 접어두고, 그러나 만약 당신의 애인이나 동행하는 친구가 담배를 피웠다면 어떨까?

당신은 결코 잠자코 있지는 않을 것이다.

"피우지 마세요."

당신은 반드시 이런 주의를 줄 것이다. 그것은 그와 당신 사이에 관계가 있기 때문이다. 그래서 주의를 주고 꾸지람을 한다. 전혀 관계가 없는 사람이라면 관심을 기울이지 않는다. 그만큼 관계라는 것은 중요하다.

이와 같이 우리 인간들은 아주 평범하게 태도를 분별해서 취하는 것이다. 관계를 가진다는 것은 넓은 의미에서의 사랑을 의미한다. 여기서부터 꾸지람이나 충고, 심지어는 싸움으로까지 발전되는 것이다.

다시 말해서 사랑이라는 전제가 있으므로 싸움도 하게 되는 것이다. 슬기로운 싸움이 어떤 것인지를 알기 위해서는 이러한 관계를 잘 알아야 만한다. 사랑으로부터 시작된 싸움은 슬기롭지 않으면 안 되며, 또 슬기롭지 않을 수도 없다.

따라서 싸움을 하는 목적은 따질 것도 없이 명확해진다.

즉 승부를 다투기 위해서 싸우는 것은 이미 싸움이 아니다. 승부를 다투는 것은 두 사람 사이의 관계를 좀 더 원활하게 하고, 그 동안의 불쾌했던 감정을 풀어버릴 수만 있으면 그로서 족한 것이 싸움이다.

상대방을 이긴들 무슨 소용이 있겠으며, 혹 이겼다 하더라도 결과를 파탄으로 몰고 간다면 무슨 의미가 있겠는가?

진실로 이기려거든 지라는 말은 바로 이를 두고 하는 말이다. 반대로 이기는 것을 목적으로 하는 싸움은 아주 어리석은 행위이다. 극단적인 예일지는 모르겠으나, 내가 알고 있는 여성 가운데 이런 여자가 있다.

그녀는 속칭 일류대학을 나왔다. 성적도 아주 좋았다. 피나는 노력을 하지 않는데도 우수한 성적을 올리는 것을 보면 선천적으로 비상한 머리를 갖고 타고 난 모양이다. 더구나 대단한 미모까지 갖추었으니 그야말로 금상첨화다.

그런 그녀가 대기업의 어느 계열회사에 취직을 했다. 아무리 수재라고 하더라도 대기업의 특성으로 볼 때 그녀의 능력이 얼마나 뛰어났는지는 쉽게 짐작이 간다. 물론 그녀도 대기업에 취직하기까지 많은 고충을 견뎌내야 만했다.

중소기업이라면 자리가 몇 군데 있기는 있었지만, 남자 못지 않은 능력을 가지고 있다고 자부하는 그녀였는지라 그 정도로는 도저히 만족할 수 없었다. 일류 기업이 아니면 안 된다는 것이 그녀의 신념이었다. 그래서 현재의 회사에 입사를 했던 것이다.

그러나 이것이 그녀의 실패가 될 줄은 미처 깨닫지 못했다. 흔한 일이기는 하지만, 여성에 대한 인식은 대기업에서 더 고루하다. 심지어는 결혼할 때까지만 근무하면 그로써 할 일을 다한 것으로 여기거나 보조 역할 밖에는 맡기지 않는 회사도 적지 않다.

당당히 한 사람 몫의 일을 할 수 있다고 여기지 않는 것이다. 그녀가 입사한 회사가 바로 그런 회사였다.

그녀에게 주어진 일은 단순히 서류를 정리한다든가 하는 보조적인 역할뿐이었다. 시간이 흐르고 세월이 가도 변하지 않았다.

그러니 차츰 불만이 쌓이기 시작했다. 특히 자기 능력에 대해 강한 자부심을 느끼고 있던 그녀인지라 더욱더 자존심이 상했다.

이후 그녀는 가만히 있지 않았다. 자신이 보조하고 있던 남자 사원의 업무상 결점을 지적하는가 하면 서류상의 잘못을 비판하기도 했다. 자연히 마찰이 생기지 않을 수 없다.

그러자 남자 사원 측에서도 보조원 주제에 건방지게 참견한다는 투로 반박을 해오니 다툼이 일어나게 마련이다.

그녀는 자신의 실력을 한번 보여주고 싶었기 때문에 결코 지려고 하지 않았다. 상대를 제압하여 이기는 것이야말로 우수한 능력을 증명하는 척도이므로 끝까지 싸워서 결국은 그

를 물리쳤다. 이런 절차를 계속해서 그녀는 계장, 과장과의
싸움에서도 승리했다.

그녀가 업무상 능력이 뛰어나고 우수하다는 것은 누구나
알고 있었다. 그러나 우수한 능력을 인정 받아서 당당히 자신
의 업무를 부여 받게 되었느냐 하면 그렇지도 못했다.

능력 있는 여성에게 문호를 개방해 주지 않는 것은 그 회
사의 방침이자 체계이지 계장을 이기고 과장을 굴복시키는데
있는 것은 아니다. 그녀의 능력이 아주 대단해서 사장, 회장
까지 굴복시키지 않는 한 그 방침을 깰 수는 없는 것이다.

그러니 그 뒤에도 여전히 보조역으로 머물러 있을 수밖에
없었다. 이전과 달라진 것이 전혀 없는 처지였다. 아니 오히
려 보조역마저 점점 어렵게 되어가기 만했다.

업무상 날카로운 지혜가 번득이고, 명확한 지적을 하고, 토
론을 벌이면 언제라도 상대를 제압할 수 있는 그녀의 능력을
남자 사원들도 인정하고 있으므로 그녀에게 업무를 맡긴다는
것이 그들에게는 부담이 되지 않을 수 없었다.

간단한 서류 작성을 맡기는 것은 그녀의 능력을 무시하는
것 같아서 마음에 걸린다. 또 따지고 들면 이래저래 귀찮을
것은 물론이요, 득될 것도 없으니 차라리 마음 편하게 고졸
여사원에게 의뢰하게 되었다.

이제 그녀는 출근을 해도 보조적인 업무마저 없어서 그저
빈둥빈둥하는 것으로 하루를 보낸다. 자연히 조바심이 생기지
않을 수 없었다.

이것이 그녀가 싸움에서 이긴 결과다. 계장, 과장, 모두 굴복시키고 얻은 전리품이었다. 과장 이하 모든 남자 사원들로부터 유리되어 고군분투하면서 재미없는 나날을 보내는 그녀에게 무슨 말을 할 수 있으랴!

물론, 그 회사의 인사 체계가 확실히 잘못되어 있다는 것도 알고 있다. 그러나 이러한 현실을 극복하지 못하면, 그녀는 언제나 손해만 보게 될 것이다.

59 피곤한 여자가 되지 말라

'여자여! 끊임없이 질투하라. 그리고 싸우라.'

이것이 나의 지론이다. 싸우지 않고, 싸움에 익숙하지도 못하면 여성의 인간 관계는 아주 비좁아진다는 것을 여러 차례 말한 바 있다.

그렇다고 해서 싸움을 권장하는 것은 아니다. 싸워야 할 때 싸우라는 말이지 무턱대고 싸우라는 말은 결코 아니다. 질투 또한 마찬가지다. 허구한 날 질투만 하다가는 될 일도 안 된다.

싸움은 칼의 양날과 같다. 양극이 대립할 수도 있는 것이다. 경우에 따라서는 그 때까지의 관계가 몽땅 무너질 수도 있다. 싸움에도 정도가 있고 방법이 있는 것이다. 여기서는 다만 독자들의 수준을 고려해서 일일이 말하지 않았을 뿐이다.

한 커플이 있다.

둘은 오랫동안 사귀다가 뒤늦게 결혼을 했다. 결혼이 지연된 것은 남자의 월급 봉투만 가지고는 가계를 꾸려 나가기가 벅차다는 점도 있었고, 한편으로는 여자 쪽의 우유부단한 성격 탓도 있었다.

우물쭈물하면서 이렇다 저렇다 대답을 하지 않으니 남자 쪽에서도 저 여자가 과연 나와 결혼하고 싶어하는가 하는 의문이 들기도 했던 것이다. 그러는 동안 남자는 다른 여자와 접촉하기 시작했다.

그렇지만 결국 두 사람은 결혼을 하게 되었다. 여자는 얼굴도 곱상하고 상당한 미인에 순종형이었다. 그러나 2년만에 여자는 친정으로 가고 말았다.

서로 별거하면서 이혼을 "하네, 안 하네"로 옥신각신하면서 지금까지도 그런 생활을 계속하고 있다고 한다.

내가 보기에 원인은 무분별한 싸움이다.

남자가 잔업으로 귀가가 늦어지는 날이 계속되었다. 물론 잔업뿐만 아니라 동료들과의 술좌석, 회식, 그리고 때로는 고스톱 등 여러 이유가 있었을 것이다.

여자는 차츰 퉁명스런 얼굴로 변해 갔다. 급기야는 남자를 비난하기 시작했다.

문제는 바로 그 비난에서 비롯되었다. 현재의 일만을 가지고 트집을 잡는 것이 아니라 몇 년 전에 일어났던 일까지 끄집어 내서 하루가 멀다 않고 시비를 걸어대는데는 남자도 도저히 참을 수가 없었다.

그때 당신이 이런 짓을 해서 내가 얼마나 고통스러웠는지 아느냐며 노발대발하는 것은 예사요, 내가 그렇게 했다면 당신은 나를 죽이고 싶었을 것이라며, 이 시비 저 시비를 걸어대니 그야말로 죽을 지경이었을 것이다.

요컨대 당해 보지 않은 사람은 모른다는 것이다. 이제까지 속고만 살아왔다느니, 당신이 해준게 도대체 뭐가 있느냐느니 하면서 원망을 토로하고 고통을 호소한다.

심지어는 기억도 나지 않는 가벼운 일까지도 이리 부풀리고 저리 튕겨서, 나는 그토록 쓰라림을 맛보았는데…… 하면서 새로운 시빗거리를 찾아 내기에 여념이 없다. 남편에게는 참으로 피곤한 여자로 보이기 시작하는 것이다.

그런 일이 계속 반복되다보니 남자도 이제는 더 이상 참을 수 없게 되었다. 그만 폭발해 버린 것이다. 치고받고 그야말로 장난이 아니다.

한 번 깊이 생각해 보면 그녀의 말이 모두 맞는지도 모른다. 지나간 일이기는 하지만 남자에게는 아무리 사소한 일이었을 지라도 여자에게는 그렇지 않을 수도 있다.

그러나 해결할 수 있는 방법은 얼마든지 있었다. 자신의 심정을 그대로 털어놓고 서로 상의를 해 가면서 얘기를 할 수도 있었을 것이다. 자신의 감정을 그대로 삭혀둔 채 남편이 잘 하기만을 기다리고 있으니 될 턱이 없다. 남자는 남자대로 그런 것에는 전혀 신경을 쓰지 않는 사람인지라 뜻대로 되지 않는 것은 당연하다.

그런 생활을 계속하다 보면 감정만 쌓이게 되고, 그러나 끝내는 남편을 믿지 못하게 되는 것이다.

이제부터는 감정상의 싸움이 아니라 병적인 문제로까지 발전하기에 이르렀다. 물론 남편의 잘못도 크다는 것 또한 당연하다 하겠다.

60 | 이런 여자는 남자를 불안하게 만든다

여기서부터는 다분히 여성에 대한 험담을 하기로 한다. 때로는 귀에 거슬리더라도 귀를 막지 말고 기꺼이 듣는 것도 좋은 사랑의 약이 될 것이다.

많은 남성들은 여성과 대화를 할 때 불안하고 초조해 본 적이 있는 경험을 가지고 있다. 남자는 자기가 좋아하는 여자와 상대하게 되면 어떤 화제를 꺼내더라도 흥미를 가지고 동조하게 된다.

혹 마음에 들지 않는 경우라 하더라도 냉정하게 잘라 말하지 못하는 것이 남자의 심리다. 그러나 그와 같은 상황에서 여자는 전혀 다르다. 남자가 흥미를 가지는 부분에 대해서 여자는 그다지 관심을 보이지 않는다. 여자에게는 오로지 자신의 관심사만이 중요하다. 그것이 남자를 초조하게 만드는 가장 큰 이유이다.

나도 지금까지 수많은 여자들과 만나서 다양한 접촉을 해왔다. 그러나 대화를 하면서 초조하게 하거나 불안하게 만드는 여성들을 얼마나 많이 보아왔는지 모른다. 적어도 대화 상대로서는 여성들이 남자보다 훨씬 못하다는 것만은 자신있게 말할 수 있다.

왜 그럴까? 요컨대 여성의 관심 영역이 지극히 협소하다는 사실 때문이다. 따라서 대화의 내용이 제한적인 것 또한 당연하다.

그런데도 여성들은 자신의 관심의 폭이 좁다는 사실을 좀처럼 인정하려고 하지 않는다. 인정하지 않으니 폭을 넓히려는 노력도 필요 없다.

그래서 남자를 초조하게 만들고, 때로는 싫증까지 나게 하는 것이다. 이는 편견도 독단도 아니다. 많은 남자들이 경험을 통해서 실감한 내용들이다. 대부분의 남성들이 나와 똑같은 조바심이나 불안감을 맛보았을 것이다.

물론 모든 여성이 협소한 관심 범위를 가지고 있는 것은 아니다. 이 점을 전제로 하여 논의를 계속하기로 하자. 나는 화제의 폭이나 관심 범위가 아주 넓은 여성 몇몇을 알고 있다.

여자에게도 남자의 경우처럼 개인 차이가 있는 것은 당연하며, 내가 말하고자 하는 뜻은 여성 전반의 경향에 대한 것일 뿐이다. 여성이 관심을 가지는 범위가 어째서 한정적이고 폐쇄적이란 말인가?

이는 다분히 사회 구조에 크게 영향을 받기 때문으로 보인다. 그것은 일종의 존재 양식이기도 하다.

일반적으로 여성은 섬세하다고 하지만, 그렇지 만도 않다. 상대에 대한 배려와는 거리가 멀기 때문이다. 지나치게 자기를 고집하는 것을 섬세하다고 말할 수는 없다.

어느 남녀공학 고등학교에서 학생들의 인생 계획에 대한 설문 조사를 했더니, 남학생들의 계획은 천차만별로 각기 개성을 가지고 있는데 반해 여학생들의 경우는 놀랄만치 천편일률적이었다. 너무나 획일적이라서 물음에 진실한 대답을 했는지조차 믿을 수 없을 정도였다.

인생 설계에 대한 여학생들의 관심은 결혼이었다. 결혼하기까지의 과정은 참으로 다양하고 개성도 풍부했다. 대학에 가서, 혹은 고등학교를 졸업하고 취업을 해서 돈을 얼마만큼 벌어서 해외 여행을 간다는 내용 등이 자세히 기술되어 있었다.

그러나 결혼 이후에 어떤 가정을 설계할 것이며, 어떠한 결혼 생활을 할 것인가에 대해서는 아주 추상적이고 이상적일 뿐 현실적으로 이루어질 수 있는 설계는 거의 보이지 않았다.

이를 보더라도 여자의 인생 경로는 결혼으로 한 구획이 그어지고, 그 이후에는 오직 남편에 의해서 좌우된다는 사실을 어렵지 않게 짐작할 수 있다. 자신의 힘으로는 불가능하다고 하는 느낌이 강한 것이다.

여자의 일생에 대해서는 얼마 전까지 만해도 이런 인생 밖의 설계는 거의 불가능했다. 이처럼 남성 위주의 사회관, 가족관이 여자의 관심 범위를 협소하게 만들어왔다고 해도 지나치지 않는 대목이다.

그러나 현재도 여전히 남성 중심의 사회이며, 여자의 인생은 극히 제한되어 있다는 사실을 부인하기는 어렵다.

비록 옛날에 비해서는 훨씬 자유로워지고 선택의 폭도 넓어져 여성의 사회적 지위는 물론, 실질적으로도 거의 남녀 평등이 이루어지고 있는 현실이기는 하지만.

그래서 여권신장론자들은 여성들의 각성과 의식 변화를 촉구하고 있지만, 그들의 주장 또한 지극히 추상적이거나 너무 과격하여 현실성이 거의 없다. 구체적인가 하면 너무 지나쳐서 차라리 혼란스럽기까지 하다.

그러나 좋은 방법이 있다. 간단한 일이다. 관심의 폭을 넓히는 것이다. 좀더 넓은 시야를 가지고 많은 것을 받아들이면서 포용하는 방법을 통해 범위를 확대해 가는 것, 무엇보다도 이것이 중요하다.

각성한다든가, 의식을 변화시킨다든가 하는 것들은 관심의 폭을 확대하면 할수록 부수적으로 따라 오게 마련이다.

이러한 관심의 폭은 남녀 관계에서도 많은 변화를 창출한다. 좀더 많은 관심을 기울이고 자신의 고집만을 주장하지 않으며, 동시에 상대를 배려할 줄 아는 넓은 아량이야말로 남자에게는 더할 수 없는 매력으로 보이는 것이다.

'뭐 이런 여자가 다 있어! 저만 잘난 줄 아는 모양이지?'
라고 남자가 생각하게 되면 이미 두 사람의 관계는 끝났다는
사실을 알아두기 바란다.

　말도 안 되는 소리만 지껄이는 여자는 섹스의 대상은 될
수 있어도 사랑의 대상은 될 수 없다. 특히 심리적인 면이 강
한 남자에게는 더욱 그렇다.

　관심의 영역을 넓히는 일이야말로 여자가 계산해야 할 일
가운데서도 중요한 부분임을 더 강조하고 싶지 않다.

61 무게가 없는 여성의 우정

흔히 여성들 사이에서 우정이 이루어지기 어렵고, 혹은 생겼다고 하더라도 퇴색하기 쉽다고 말한다. 확실히 이러한 정의는 하나의 진리일지도 모른다.

남자들 끼리는 진실하고 견고한 우정으로 굳게 결속되어 있는 경우를 나는 얼마든지 알고 있다.

오랫동안 소식이 끊겼던 사이라 하더라도 한쪽에 무슨 일이 일어나기라도 하면, 아무리 먼 거리라도 단숨에 달려가는 것은 흔하게 볼 수 있는 예들이다.

반면에 여성 끼리 친구 관계를 오랜 세월 이어가고 있는 정경을 나는 알지 못한다. 이는 나만의 편견도 독단도 아닐 것이다.

내가 만나는 사람들의 말을 들어보면 하나같이 똑같다. 그러니 이러한 정의는 타당하고도 합목적성을 갖추고 있다고 보아도 좋을 것이다.

친구로서 서로를 아끼고 존경해 주는 사이라 하더라도 언젠가는 일관성으로 치부해 버리거나, 그저 단순히 스쳐 지나가 버린 추억쯤으로나 여기게 되는 것이 여성들이 말하는 우정이라고 보아도 틀리지는 않을 것이다.

상대에게 혼신을 다한다거나 하는 말 따위는 생각조차 하지 못한다. 우정은 곧 흘러간 과거 속으로 사라져 버린다. 안개처럼……

어째서 그럴까. 이유는 여러 가지가 있을 것이다. 애인이라든가, 남편이라든가, 아이라든가 해서 자신이 희생하며 도와주어야 할 대상이 너무 많으므로 우정을 생각할 이유가 도무지 없다고 하는 것도 이유가 될 것이다.

그러나 여자간의 우정이 진실로 오래 지속되거나 아예 생길 수 없는 진짜 이유는 다른 데 있다. 여자는 싸움을 하지 않고, 또 한다고 해도 시원치 않게 하기 때문이라고 나는 생각한다.

이것이 아주 큰 비중을 차지하고 있다.

오랜 세월을 사귀다 보면 서로의 의견이나 삶의 방식이 어긋나는 일이 생기기도 한다. 이해 관계가 대립되는 예도 있고, 성격 차가 심하게 나타나는 경우도 있다.

비록 쌍둥이라 할지라도 각기 고유한 특성을 지니고 있는

데 하물며 전혀 다른 인간들이야 말해 무엇 할 것인가. 인간은 남녀를 불문하고 이 점에서는 똑같다.

단지 대처하는 방법에 차이가 있을 뿐이다. 그러나 그 차이가 아주 크기 때문에, 이러한 방법상의 차이가 여자들 끼리의 우정을 불가능하게 만든다.

일반적으로 인간은 공감하는 점이 같다든가, 뜻이 일치한다든가, 사고방식이 같다든가 등등 서로에게서 공통점이나 친근감을 발견하게 되면 곧 친구 관계로 발전한다.

그러나 시간이 지나면서 차이점도 눈에 띄게 많아지는 것이 보통이다. 일치하는 부분이 있는 것과 마찬가지로 상충하는 부분도 있게 마련이다. 그것이 인간관계다.

문제는 이 상충하는 점, 차이점을 어떻게 받아들일 것인가 하는데 달려 있다. 눈 딱 감고 지나쳐 버릴 수도 있을 것이며, 혹 그다지 깊은 관계로 발전시키고 싶지 않다면 그 정도에서 끝낼 수도 있을 것이다.

그러나 계속해서 친구로 남고 싶다면 그냥 눈을 감고 지나쳐 버린다는 것은 그다지 좋은 방법은 아니다.

차이점이 생길 때마다 눈을 감는다는 것은 불가능하다. 그것이 쌓이고 쌓여서 언젠가는 참을 수 없게 되고, 나중에는 처리하기 곤란한 문제로까지 확대된다.

눈을 감는다는 것은 자신에게도 상대방에게도 많은 문제를 야기시킬 수 있기 때문이다.

그래서 남자는 싸움을 하게 된다. 격렬한 논쟁을 벌이기도 하고, 심한 경우에는 주먹다짐으로 몸에 상처를 내기도 하면서 문제를 해결하려고 한다. 어쨌든 결론을 내지 않으면 안 되기 때문이다.

그 결과 서로의 관계를 단절하는 경우도 있기는 하다. 그러나 대부분의 경우 남자들 사이의 싸움은 화해를 위한 하나의 요식이나 통과 의례에 지나지 않는다.

무슨 일이든지 견고해지기 위해서는 일종의 시련을 겪지 않으면 안 된다. 반석 위에 서기 위해서는 일정한 과정이 필요한 것이다. 이와 같이 우정도 마찬가지다.

오랜 세월을 변치 않고 우정을 지속하고 있는 사람들을 보면 격렬한 싸움을 통해서 우정이 더욱 깊어졌다는 경우가 의외로 많다. 서로에 대한 단점과 장점을 털어놓고 이야기함으로써 서로를 더 잘 이해할 수 있게 되었다는 것이다.

상대방에 대해 솔직하면서도 기탄없는 의견을 진술함으로써 전에는 알지 못했던 점들까지도 알게 되고, 그것이 더욱더 우정을 견고하게 만들었다는 것이다.

한바탕 싸움을 하고나면 심지어 알지 못할 희열까지도 느끼게 된다고 말하는 것을 보면 우정에 있어서 싸움이 얼마나 큰 비중을 차지하는지 쉽게 짐작할 수 있다.

물론 이런 경우에도 서로의 차이점을 극복해서 우정을 일치시킨다기보다는 서로의 영역을 확인하고 인정한다는 것에 지나지 않는다.

그러나 이러한 확인과 인정이야말로 남녀가 다른 점이다.

인간은 상대와 간단히 타협해서 자신을 변화시키거나 상대방에게 자신의 신념을 굽히는 일 따위는 거의 하지 않는다.

그런 방법으로 해결해 간다면, 언젠가는 감당할 수 없게 되고 결국에는 우정에 금이 가게 마련이다.

오히려 서로의 차이점을 인정하고 받아들임으로써 두 사람 사이의 수평적인 관계를 유지하게 되고 더욱 발전시키는 요소가 된다. 싸움을 통해서 우정이 더욱 깊어진다는 점은 이를 두고 하는 말이다.

남자들에게 있어 이런 방식으로 우정을 발전시키고 지속시키는 것은 흔히 있는 일이다.

뜻이 맞는 동지 끼리 친구가 된다. 서로 허물없이 자신을 드러내고 상대의 존재를 받아들인다. 당분간은 서로의 허물이나 단점을 파악하지 못하고 자신의 관점과 일치되는 부분만을 보게 된다.

이때까지는 서로간에 불편이 없다. 밝은 부분과 어두운 부분 중에 밝은 면만을 보는 관계이므로 마찰이 있을 수 없다. 그러므로 두 사람의 관계를 진정한 우정으로 맺어졌다고는 볼 수 없다.

인간은 각자 고유한 자아를 가지고 있다. 언제까지나 형편이 좋은 사이로만 존재할 수는 없는 것이다. 시간이 흐르면서 각자의 자아가 고개를 들고, 드디어는 서로 부딪치게 되는 일도 생긴다.

우정의 고비는 여기서 비롯된다. 사이가 좋았던대로 추억쯤으로 여기면서 관계를 끝맺음할 것인가, 아니면 지속시킬 것인가.

그러나 여전히 우정은 선택의 문제가 아니다. 남자들의 경우, 이것은 하나의 고비일뿐 선택의 기로는 아니다. 대결은 대결이고 우정은 우정이다.

충돌은 그저 우정을 돈독하게 하는 과정이요, 결코 결과에 따라 달라지지 않는다. 이후에는 자연스런 만남이 진행되게 마련이다.

이제 막힐 것도 없고 가로막을 무엇도 없다. 물 흐르듯이 흐르면서 서로를 받아들이기 만하면 되는 것이다.

그렇지만 여자들의 경우에는 좀처럼 이 고비를 넘길 수가 없다. 그것은 하나의 거대한 벽이다.

서로를 받아들일 여유가 여자들에게는 거의 없으므로 싸움은 치졸하게 끝나고 만다. 받아들이기 전에 이미 자신의 내부에 견고한 벽을 쌓아두고 있으므로 이중의 벽을 넘기란 도저히 불가능한 듯이 보인다.

상대방이 장점을 얘기하면 장점으로 받아들이되 단점을 얘기하면 반대로 욕하는 줄로 안다. 쌍방이 그런 태도로 덤비니 화해고 뭐고 없다. 그러니 끝맺는 일만 남은 것이다.

그러고 나서는 혼자 노발대발 한다. 우정을 배반했느니 하면서 날뛰어 본들 이미 늦은 일이다. 둘 다 배반당했다고 하므로 과연 누가 배신한 것인가.

이런 모습이 여자들의 우정이다. 내가 독자들로부터 받는 상담 가운데도 이와 같은 고민이 많았음을 엿볼 수 있었다. 우정을 배반당했는데 어떻게 하면 좋겠느냐는 식이다.

무슨 일 때문에 배반당했냐고 물어보면 그 이유가 가관이다. 약속을 지키지 않았다든가, 자기가 싫어하는 사람과 사귀었다든가 등등 실로 여러 가지다.

요컨대 상대가 자기의 뜻에 맞지 않는 행동을 하거나 기분 상하는 말을 했으니 도저히 용서할 수 없다는 것이다.

이러한 사실을 상대에게 그대로 말했느냐고 다시 물어보면, 거의가 아무 말도 하지 않은 채 혼자서 끙끙 앓고 있다.

또 때로는 그 울분을 다른 사람에게 털어놓았다가 이것이 더욱 꼬이는 원인이 되어서 이제까지도 아주 좋았던 관계가 반대로 원수 같은 사이로 변해 버리기도 한다. 직접 이야기를 하더라도 자기의 울분만 가득해서 상대방의 변명 따위는 귀에 들어오지도 않는다.

이와 같은 경우는 거의 고교생 이하의 연령층에 한해 있지만, 그러나 어른들 끼리의 인간관계 패턴을 살펴보면 본질적으로는 같다. 이를 믿지 못하겠다면 주부들 끼리의 사귐을 한번 생각해 보라.

사이좋게 우물가에 앉아서 이런저런 얘기로 웃음꽃을 피우던 사이일지라도 일단 이해가 대립되든지 좋지 않은 일이 생기기라도 하면 언제 그랬느냐는 듯이 돌아앉고 마는 것이 여자들의 세계다.

문제를 지적해서 서로 의견 교환을 통해 해결하려는 태도는 전혀 보이지 않고 여기저기서 상대방을 헐뜯기 시작한다. 아예 접촉을 끊고 우연히 길에서 마주치더라도 휑하니 지나쳐 버리는 사이로 돌변해 있는 것이 보통이다.

그렇다고 전혀 부정적이라고 주장하는 것은 아니다. 여성끼리의 우정은 이루어지기 어렵다는 말이기보다는 오히려 좋은 사이는 될 수 있을지언정 좀처럼 친구는 될 수 없다고 하는 편이 옳을 것이다.

이것저것 분명히 따져서 정면으로 부딪쳐 해결하려고는 하지 않고 피하려고 만하기 때문에 더욱 그렇다. 사소한 일에 화를 내고는 그것으로 끝이다. 우정의 무게가 없는 것이다.

싸움이란 자신의 심정을 털어놓고 상대의 마음을 기다리는 것이다. 끝내 받아들이지 못하면 끝이지만 대개는 해결되게 마련이다. 여성이라고 해서 못할 것도 없다.

그러니 두려워하지 말라. 진정으로 상대를 받아들인다는 것은 이기고 지고의 문제가 아니다. 비로소 우정이 싹트기 시작한다. 남녀관계도 이와 같다.

62 성 경험은 고백해야 하는가?

사람들은 일반적으로 일상생활을 통해 여러 가지로 거짓말을 하며 삶을 살아가고 있다.

어떤 때는 상대방을 배신하는 거짓말일 경우도 있고, 또 소원해졌던 인간관계를 원만하게 되돌릴 수 있는 윤활유 같은 거짓말도 있다.

'거짓말은 야바우의 시초'라고도 하고, 또 한편으로는 '거짓말은 하나의 방편'이라고 하는 말도 있다.

그렇게 보면 거짓말을 꼭 나쁘다고 할 수 만도 없는 것 같다. 그렇다고 '선의의 거짓말'을 장려할 마음은 없다. 그렇기 때문에 거짓말에 대한 정의를 내린다는 것 자체가 하나의 모순으로 닭이 먼저냐 달걀이 먼저냐와 같은 난문제로 귀착될 수도 있다.

따라서 이 거짓말이라는 용어에 대해 학교에서, 혹은 가정에서 확실하게 가르치기조차 대단히 어렵다. 그러면서도 거짓말에 대해 어떤 정의를 내리지 않으면 안 되는 것 또한 인간사다.

이렇듯 우리는 일상생활의 거의 모든 부분에서 많든 적든 진실과 거짓 사이를 오가며 살아가고 있음을 엿볼 수 있다.

사실 거짓된 삶에 대해서는 누구도 가르쳐 줄 수 없다. 혹 가르쳐 준다고 하더라도 그것을 인식하는 기준은 결국 받아들이는 사람 각자의 판단에 달려 있으므로 해답이 없다.

그러므로 거짓말에 대한 본질적인 논쟁은 여기서 그치기로 한다. 내가 다루려고 하는 것은 거짓말이 어떻게 작용하는가 하는 예를 들어보자는 것이고, 또 본질적인 문제는 그 분야의 전문가들이 따로 있기 때문이다.

여기서는 남녀 사이의 거짓말, 즉 과거의 이성관계를 사실대로 고백할 것인지 아닌지의 여부를 생각해 보기로 한다.

자신이 처녀가 아니라는 사실을 연인이나 결혼을 약속한 사람에게 사실대로 고백해야 할 것인가 하는 문제다. 참으로 난감하다.

그렇지만 나에게 상담하러 오는 여성들 가운데는 이 문제를 가지고 고민하는 경우가 의외로 많은데, 이는 인류 역사가 계속되는 한 영원히 그치지 않을 난문제라고 나는 생각한다.

또 이러한 사안에 대해 내 주관적인 생각을 강요할 수도 없다. 개별적인 대답은 자칫 커다란 오류를 불러일으키기 쉽다. 그렇기 때문에 이 주제를 다루면서도 조심스런 마음을 감출 수 없는 것이 솔직한 감정이다.

자신이 처녀가 아님에도 상대방에게 처녀인 체하거나, 사실 여부를 분명히 밝히지 않고 그저 모르는 척 넘어가는 것은 확실히 거짓이다.

만일 '거짓말하기는 정말 싫다. 도저히 나 자신을 용서할 수 없다. 진실하게 사는 것, 거짓말을 해 가면서까지 살고 싶지 않다'는 각오가 되어 있다면, 그것으로 이미 훌륭한 태도이며 진실을 밝힌다는 것은 그만큼 떳떳하고 자신에 대해 부끄럼이 없다는 뜻이다.

또 이런 경우도 있다.

'거짓말을 하고 싶지는 않지만 어쩔 수 없어. 그 사람에게 밉게 보이고 싶지 않거든.'

이렇게 생각하더라도 그것을 나쁘다, 좋다 단정할 수 없기 때문에 결국 자신이 처녀가 아니라는 사실을 숨기게 된다.

그러나 나는 자기 중심의 거짓말은 의미가 없다고 생각한다. 사랑이라는 말에는 상대방에 대한 암묵적인 배려가 이미 포함되어 있다고 보기 때문이다.

그런면에서 상대방이 거짓말을 아주 싫어하기 때문에 어쩔 수 없이 사실대로 고백한다고 하는 발상 또한 위험 천만한 일이다.

자기 자신이 행복해지기 위해서-꼭 그렇게 되지는 않을 것이다-거짓말을 한다는 것은, 그것으로 자신은 잠시 행복해질 수 있지만 상대의 경우는 전혀 다르다.

사랑이란 아주 미묘한 것이어서 쉬운가 하면 한없이 어렵고, 어려운가 하면 또 한없이 쉬워지기도 하는, 바로 이것이 사랑의 모습이 아닌가 여겨진다.

그렇기 때문에 자신의 심정을 솔직하게 고백하는 것이 상대방에게 심한 상처를 남기게 되는 경우가 될 수 있다. 진실을 고백함으로써 자신은 개운하겠지만 상대는 상처를 받게 된다는 점이다. 혹은 거짓말을 해서 상대를 의혹에 빠뜨리기도 한다.

자기 혼자 뿐이라면 거짓이 좋다거나 나쁘다거나 할 필요도 없다. 그러나 인간은 사회적 동물이다. 좋든 싫든 어울려 살지 않으면 안 되는 까닭에 거짓말은 심각한 문제일 수밖에 없다.

누구를 위한 거짓말인가. 무엇 때문에 거짓말을 하는가 곰곰이 되씹어 볼 문제다.

63 | 처녀성에 대한 남자의 반응

사람마다 자신만의 결혼관을 가지고 있다. 결혼관은 아주 중요하다.

그것은 앞으로 남은 인생에 막대한 영향을 미치기 때문이다. 결혼을 잘못해서 인생을 망치게 되는 경우를 우리는 수없이 보아왔고 또 경험하고 있다.

이렇게 주장하는 남자가 있었다.

"난 과거에는 전혀 집착하지 않는다. 처녀이기만 바라는 것은 남자들의 독선이자 모순이라고 생각한다. 그러나 진실만은 알아야 한다. 모든 것을 알면, 그 나머지 것은 사랑하는 사람들 사이에서 해결할 수 없는 거짓만이 유일한 복병이다. 진실은 언제나 모든 것을 이겨낸다."

그런 그에게 연인이 생겼다. 그는 자신의 평소 지론을 그녀에게 이야기하고, 사실대로 말해 달라고 요구했다.

과거에 남자를 경험한 적이 있는 그녀는 망설이지 않을 수 없었다. 사실대로 말해야 할지 안 해야 될지 확신이 서지 않았다. 그러나 그가 끊임없이 독촉하는 바람에 대답을 하지 않을 수도 없고 해서 마침내 결정을 내렸다.

그의 확고한 지론을 믿고 모든 것을 사실대로 고백하고 말았는데, 그것이 사랑의 종말이 될 줄은 깨닫지 못했다. 이후로 그는 두 번 다시 그녀 앞에 나타나지 않았던 것이다.

그러면 남자의 주장은 거짓이었을까? 그렇지는 않았을 것이다. 남자는 그것이 자신의 확고한 생각이요, 신념이라고 믿고 있었다. 그러나 실제로 그녀의 고백을 듣고나자 더 이상 연애 감정을 지속시킬 수 없었다.

그에게는 자신의 확신을 지나치게 과장하는 단점이 있었던 것이다. 이처럼 사람의 감정은 간사한 것인가?

또 이와는 정반대의 경우도 있다.

자신의 결혼 상대는 처녀가 아니면 절대로 안 된다고 주장하던 남자가 있었다. 처녀에 대한 신념이 얼마나 강했는지 살펴보기로 하자.

"처녀성을 잃은 여성은 정식으로 결혼을 요구할 자격이 없다. 처녀성을 어떻게 해서 잃었느냐의 여부는 문제가 되지 않는다. 비처녀는 처녀가 아니기 때문이다."

처녀가 아닌 여자는 연애를 할 수 있는 자격조차 없다는 식으로 아주 극단적인 결혼관을 가진 사람이었다. 그런데 결과는 처녀가 아닌 여자와 결혼을 하고 말았다.

그가 처녀만을 원한다는 사실을 알고 그녀는 고민을 했다. 자기가 고백하지 않는 한 그가 결코 알지 못할 것이라는 생각도 들지 않는 것은 아니었지만, 그래도 사실대로 고백하기로 결심하니 마음이 오히려 차분해졌다.

물론 많은 착잡한 생각이나 후회도 없지는 않았겠지만, 결국은 그녀와 결혼해서 원만한 결혼 생활을 유지해 나가고 있는 것을 보면, 인간의 삶이란 참으로 아이러니하다는 생각이 든다.

거짓말을 해야 할 것인가, 말아야 할 것인가? 참으로 어려운 문제다. 여기서 잠시 문제를 돌려보자.

처녀인지 아닌지 하는 것은 젊은 남자로서는 거의 알지 못하는 경우가 많다. 일반적으로 처녀를 확인해 주는 징표로 첫 경험 때의 출혈을 든다. 그러나 출혈이 없었다고 해서 비처녀라고 단정할 수는 없다.

최근의 통계로는 처녀가 첫 경험시 출혈이 없는 경우가 늘고 있다고 한다. 물적 증거는 믿을 수 없다고 한다면, 다음으로는 상황 증거에 의해서 처녀 여부를 판별한다.

첫 경험 때의 잠자리를 통해 느낌으로 파악하는 방법인데, 이러한 방법도 판단 기준이 되는 것만은 사실이다.

"나는 처녀인지 아닌지 분명히 판단할 수 있다."

고 장담하는 남자도 있지만, 이 또한 믿을 수 없는 말이다.

절대로라는 것은 결코 있을 수 없기 때문이다.

물론, 경험이 풍부한 사람은 어느 정도는 알 수 있을 것이다. 실제로 한 남자와 일정한 기간 동안 육체 관계를 맺고 있는 경우라면 알 수 있다.

몸에 밴 습관이라는 것은 금방 떨쳐 버릴 수 없는 것이므로 무의식 중에 전에 하던 여러 가지 반응을 나타내기도 할 것이니, 어느 정도는 감지할 수 있을지 모르겠지만, 그것 또한 정확하지는 못하다. 그런 남자는 지극히 드물다.

어쨌든 판단의 기준은 느낌을 통해서만 알 수 있다는 점에서 한계가 있다. 더군다나 젊은 남자의 경우, 성경험이라고 해야 풍부하지 못할 것은 뻔하다. 그러니 절대로 알지 못한다고 해도 틀림이 없다는 전제가 성립된다.

플레이 보이라면 혹시 모를까, 그렇지 않은 남자의 경우 그것을 가려 낼 수 있다는 말은 어쩌면 지나치게 과장된 표현일지도 모르겠다.

그러나 결국, 이것은 문제가 되지 않는다. 그것은 사실대로 말할 것인가, 그렇지 않을 것인가의 판단 기준에 따라 행하는 것이기 때문이다. 어떻게 하는 것이 현명한 판단일까.

64 육체의 문을 여는 단계

더 구체적인 얘기를 하자.

육체는 조금씩 단계적으로 개방하는 것이 좋다고 하는 점이다. 남자가 요구한다고 해서 즉석에서 육체를 허락해서는 안 된다.

처음에는 어느 단계까지만 허락한다. 포옹이라든지 키스 정도로 하는 것이 당신을 위해서나 남자를 위해서 양쪽에 모두 좋다.

다음에는 제동을 걸고 그보다도 전 단계로 물러선다. 그 다음에는 먼저 보다 더 진전시킨다. 이런 순서로 서서히 육체의 문을 열어가는 것이 사랑의 순리다.

침대에서도 마찬가지다. 결혼을 했더라도 처음부터 모든 요구에 순응할 것이 아니라, 여러 가지 제동을 걸어가면서 물러났다 전진했다 하는 것이 좋다. 그런 테크닉을 구사하는 것이 가장 현명한 방법이다.

인간은 본래 일부다처와 같은 결혼제도와는 모순된 존재로 보이나 본능은 일부일처제와는 거리가 있는 것처럼 느껴지기도 한다. 인간에게 한때의 권태는 피하기 어려운 심리적인 현상이지만 유연하게 희석시킬 수는 있다.

그 희석할 수 있는 능력이 바로 계산이요, 기교다.

남자에게 더 큰 만족을 줄 수 있는 비밀의 무기가 당신 몸에 있다는 것을 내보이면서 만족에 대한 예감과 기대를 가지게 하는 것 또한 사랑의 기술이다.

물론 이것이 어려운 일이기는 하다. 처음부터 이런 계산을 하지 않으면 안 된다는 점에서 그렇다. 위대한 신은 인간의 육체를 참으로 정교하게 만들어 놓았다.

특히 섹스에 관한한 여자가 자각하는 두려움이나 망설임, 수치감은 신이 여성에게만 부여한 계산과 기교의 극치라는 생각이 든다. 육체 관계를 통한 쾌감도 그렇다.

경험의 깊이에 비례해서 쾌감의 강도도 깊어지도록 만들어진 여자의 성에서 신의 절대성을 느끼는 것이다.

이렇듯이 여자의 성 속에 감추어진 오묘한 조화와 깊이를 이용하면 남자의 마음을 헤아려서 그에 맞는 테크닉을 구사하는 것도 말처럼 어렵지 않을지 모른다. 많지 않은 경험을 가지고도 남자를 사랑의 포로로 만들 수 있는 것이다.

조금만 의식적으로 행동할 수 있게 되면, 여자는 천성적으로 타고난 사랑의 기교를 구사할 수 있다. 본질적으로 그런 자질을 가지고 있는 것이 여자이기 때문이다.

나는 지금까지 사랑이란 용어를 주로 섹스에만 한정해서 사용해 왔다. 그렇다고 해서 사랑이 섹스에 의해서만 이루어지는 것이 아님을 구태여 강조하고 싶지도 않다. 말할 필요조차도 느끼지 않는다.

여자의 성이 오묘하다는 것은 이미 말했다. 이에 반해 남자의 성은 지극히 직선적이고 단순하다. 동시에 아주 성급하여 제어 능력이 거의 없다.

남자는 섹스를 하면 반드시 쾌감을 맛보게 된다.

그러나 섹스 경험이 많다고 해서 쾌감의 강도가 높아지는 것은 아니다. 이 점에서 여성은 전혀 다르다. 섹스를 한다고 해서 반드시 쾌감을 맛본다고 할 수는 없다.

경험의 정도에 따라서, 혹은 상대 남자의 테크닉 여하에 따라서 쾌감의 정도도 크게 변화한다. 또한 쾌감의 극치가 남자보다 훨씬 크고 깊어서 거의 무한대에 가깝다고 해도 틀리지는 않을 것이다.

흔히 남자들은 동정 딱지를 뗄 때는 무아지경이라 뭐가 뭔지 전혀 몰랐다거나 기술이 얼마나 좋은지 아직까지도 그런 맛은 보지 못했다는 말들을 한다. 남자가 느끼는 쾌감에도 많은 변화가 일어나는 듯 보인다.

그러나 사실은 전혀 그렇지 않다. 남자가 느끼는 쾌감에는 결정적인 차이가 없는 것이 보통이다. 단지 그 당시의 심리적 상태 또는 분위기, 상대 여성의 성적 기교에 따라서 절대치가를 틀린 것으로 착각하는 것일 뿐이다.

이러한 사실은 남자가 얼마나 감정적인가를 잘 나타내 준다. 남자가 섹스를 통해 느끼는 쾌감은 지극히 단순하고 깊이가 없는 대신 아주 심정적이라는 점에서 보면, 이 또한 신의 오묘한 조화로 빚어진 것이 아닌가 하는 생각이 든다.

그러므로 남자의 사랑은 경우에 따라서는 심리적 요소가 아주 강하게 작용하기도 한다. 그처럼 남자는 단순한 심리 작용에 의해서 자신의 판단을 맡기는 경향도 있다는 점을 기억하기 바란다.

참고로 말해 두지만, 내가 얘기하고 있는 것은 남자 전반의 경향에 대한 것이다. 남자라고 해서 누구나 다 심리적으로 월등한 존재는 아니다. 남자들 가운데는 아주 몰지각한 사람도 있어서 사회 문제를 일으키기도 한다. 그러므로 많은 개인적인 차이를 가지고 있기도 하다.

물론 세상 사람들 가운데 똑같은 사람은 하나도 없을 것이다. 이러한 사실은 여러분도 이미 경험을 통해서 잘 알고 있을 테지만, 어쨌든 남자의 심리를 계산할 필요가 있다는 것만은 명심하기 바란다.

부 록

이름은 제2의 운명이다

불용문자136자

불용문자 136가지

• 행운의 이름은 운을 열어준다 •

옛말에 범이 죽어 가죽을 남기고 사람은 이름을 남긴다고
했다. 사람의 일생은 길어야 백년이 어렵고 이름은 후세에 길
이 전하는 것이니 작명은 그만큼 심사숙고해야 한다.

한 사람의 이름이 운명을 절대적으로 좌우한다고는 볼 수
없으나 좋은 이름은 그 사람에게 좋은 작용을 끼쳐 행운을
열고, 나쁜 이름은 나쁜 작용을 일으켜 운을 막아 여러 가지
해를 부르게 된다.

또한 이름은 그 사람을 대변하는 상징으로 만나기 전에 이
름만 듣고도 벌써 인상이 떠오르며, 성격이나 인품까지 미루
어 짐작할 수 있는 것이다.

좋은 이름의 조건은 다음과 같다.

① 사주와 맞게 행운의 번호를 만들어 이름자와 어울리도
   록 조화를 이루어야 한다.
② 부르기 쉽고 듣기 좋으며 기억에 오래 남아야 하며, 자
   기 사주와 맞아야 한다.
③ 수리와 오해의 구성이 잘 조화되어야 한다.
④ 사용한 글자의 뜻이 훌륭해야 한다.
⑤ 남자의 이름은 돈독하고 장중한 것이 좋으며, 여자의 이
   름은 맑고 명랑한 느낌이 드는 게 좋다.

⑥ 이름에 쓰지 않아야 하는 글자[不用文字]나 사람의 이름
으로 어울리지 않는 괴상한 글자, 너무 긴 이름은 피해
야 한다.

대법원이 규정한 이름용 한자에도 그런 글자들이 있는데,
그런 것들을 불용문자(不用文字)라 한다. 다음은 대표적인 불
용문자로 136자를 열거한다.

江(강)	풍파가 많으며 고독 · 불화 · 부부 이별이 많아 쓸쓸한 삶을 살게 되며 불치병수가 있다.
介(개)	성격이 과격하며 부부이별 또는 질병 · 사고 등으로 인해 고통과 고생이 심하고 조난 등이 빈번하다.
卿(경)	사업 파산 등 풍파가 많다. 부부 이별하고 고독하며, 건강이 좋지 않아 단명한다.
庚(경)	부모형제의 덕이 없고 실패가 많으며 질병 · 사고 · 고독으로 고통을 받는다. 과부 · 홀아비 신세가 많다.
桂(계)	부부 운이 크게 불길하여 생리사별하며 고독하고 인덕이 없다.
坤(곤)	실패와 불운이 따르며 질병과 사고, 단명 등 고통이 따른다.
光(광)	성격이 포악해지고 주색으로 몸을 망친다. 단명 · 불치병수가 있다. 특히 시력이 약해지며, 몸에 큰 상처를 입는다.
九(구)	고독 · 질병이 따르는 운수이며, 단명 · 횡액과 조난을 당하기 쉽다.
菊琴錦(국금금)	부부 운이 박하고 질병 · 사고 등으로 많은 고통이 따른다. 천박하다.
國(국)	관재 · 구설이 많으며 교통 사고 등 횡액이 빈번하여 불행하고 단명한다.
貴(귀)	만사 불통이며, 가정불화가 끊이지 않아 과부나 홀아비가 되기 쉽다. 교통사고 수가 있다.
極(극)	부모형제의 덕이 없고, 병약하고 허약하여 고통을 받는다. 부부생사별과 관재수가 있다.
根(근)	단명 · 불치병 · 건강을 해치며 부모형제와 자녀의 덕이 박하다.
今(금)	하는 일이 실패가 많고, 이사와 직장의 이동이 많으며, 부부와 자녀운이 박하다. 불치병 등이 있다.
吉(길)	풍파가 많으며, 인덕이 없고 주색으로 인해 망신을 당한다. 교통사고수와 관재수가 있다.

南(남)	질명으로 고통이 심하며, 특히 여성에게는 부모형제의 인덕이 없고 불행하다. 과부·홀아비가 많다. 장애자 운이 있다.
男(남)	미천한 상으로 인덕이 없고, 부부 이별 등 고통이 심하다. 여성에게는 더욱 심하다. 관재·모함·시기·질투가 많다.
女(녀)	고통이 심하고 고독과 인덕이 없으며, 무당·과부·화류계 여성이 많으며, 파산운이 있다.
乭(돌)	의리는 있으나 고난과 고통이 따르며, 재산이 흩어진다. 독신운과 파산운이 있다.
童(동)	관재·구설·시기 등이 많다. 비천하고 실패가 많으며, 어리석은 사람이 많다.
東(동)	고집이 세고 실패하기 쉬우며, 고독하고 질병이 많다. 교통사고 등이 잦다.
蘭(란)	부부 생리사별이 많고, 질병·고통이 많으며, 쇠퇴하는 형국이다. 단명운이 있다.
蓮連(련)	고독하며 과부·무당·화류계 여성이 많다. 가정운도 불길하다. 이기심이 많고 파멸운이 있다.
禮(례)	사고를 잘 당하며 자만심이 강해 실패가 많다. 과부·무당·화류계 여자가 많다. 부도·교통사고 등이 있다.
魯(로)	우둔하고 질병·재난이 많으며 주색에 빠진다. 시기·질투로 평생 고달프다.
了(료)	모든 것이 끝나는 형상으로 피하는 것이 좋다. 단명운이 있다.
龍(룡)	허망한 꿈을 꾸며, 주색에 빠지기 쉽고, 관재구설을 잘 당하며 고독하다. 불치병이 유발되고 단명한다.
馬(마)	천박·빈천하고 실패가 많으며 고통이 따른다.
滿(만)	부부인연이 박하고 인덕이 없으며, 흉이 많고 단명운이 있다.
萬(만)	인덕이 없고 고난과 고통이 많으며, 자녀운도 박하다. 시기·질투 등이 자자하다.
末(말)	부부인연이 박하고 인덕이 없으며, 빈천하게 산다. 단명한다.
梅(매)	고독하고 부부이별하며, 파괴·재난이 많다. 무당·과부·화류계 여성이 많다.
命(명)	사업 실패 등의 흉, 신체 허약하여 단명하며, 자녀 운도 나쁘다.
武(무)	부부운이 박하며, 가정운도 좋지 않지만, 사주가 왕성하면 무관하다.
黙(묵)	삶의 기복이 심하고 고통이 따른다. 허약한 체질이 많고 단명운이 있다.
炳柄丙秉(병)	고난과 고통이 많으며, 교통하고 등 불의의 재난을 잘 당한다. 단명운이 있다.
寶(보)	부부이별수가 있으며, 애정의 번뇌가 심하다. 파산·시기·질투가 많다.
福(복)	신체 허약하고 욕심이 많은 상이다. 파괴·실의 등의 운이 있다. 무당·과부·화류계 여성이 많다.
奉(봉)	고난·고독·고통이 많이 따르고 과부나 중이 많다. 단명한다.
鳳(봉)	고집이 세고 고독하며 과부·화류계 여성이 많다. 파산·재앙이 많다.

富(부)	고집과 욕심이 많고 천박하다. 실패가 많고 단명한다.
分粉(분)	부부 생리사별하기 쉽고 질병으로 고통을 받으며 고독하거나 과부가 많다. 사업을 실패하는 경우가 많다.
四(사)	조난·단명·고독한 수다. 파산 등의 대흉으로 운이 좋지 않다.
山(산)	파산·재앙·고독·질병으로 고통이 따르고 과부나 중이 많다.
三(삼)	분열이 심하고 구설수가 많다. 이별·질투·단명 등의 운이 있다.
生(생)	고독·질병·고통이 따르며 부부운도 좋지 않다. 교통사고 등으로 몸에 큰 흠집이 생긴다.
石(석)	고집이 세고 하는 일에 실패가 많다. 부부운이 대단히 불길하다. 빈번한 이적과 시가·질투가 많다.
星(성)	박복하고 사업 실패와 고통이 많으며, 과부·홀아비가 되기 쉽다.
壽(수)	단명하고 고통과 질병이 많으며 천박하게 산다. 실패운이 있다.
洙(수)	질병이 많고 좌절과 고통이 많이 따른다. 관재수가 있고 질투·시기가 많으며 교통사고 수가 있다.
淑(숙)	조숙하고 이성관계가 복잡하며, 고독·고통·지변이 많다.
順(순)	남편과 이별하거나 불화하며, 과부·화류계 여성이 많다. 고난과 고통이 따르며 단명하는 수다.
錫(석)	부부불화가 심하고 재물의 낭비가 많으며 질병과 사고 등이 많다. 이기적인 경우가 많아 시기·질투가 끊이지 않는다.
時(시)	하는 일에 실패가 많다. 파괴·흉산·고독·질병·사고가 많다.
植(식)	패배와 망신을 반복하는 등 성공과 실패가 기복이 심하며 고독·질병 등이 많다.
實(실)	질병으로 고통이 심하며, 인덕이 없고 자식·부모운이 박하다. 횡액을 잘 당하며 파산 등 큰 재앙이 많다.
心(심)	신체가 허약하며 질병도 잦다. 고독하고 과부·화류계 여성이 많다.
岩(암)	불치병·단명수 평생 고난과 실패가 많고 부부간의 불화도 있다.
愛(애)	부부이별하며, 과부나 화류계 여성이 많다. 시기·질투 등이 많다.
烈(열/렬)	부모 덕이 없고 고통스럽다. 허약·고독하다. 단명한다.
英(영)	고집이 세고 부부간의 불화 등으로 고통이 많으며, 특히 여성에게 그러하다. 교통사고 등 불의의 사고가 많다.
泳(영)	실패와 좌절이 많고 인덕이 없다. 시기·질투 등 고난이 많고 교통사고 등 단명수가 있다.
五(오)	주위에 적이 많으며, 고독·고통·실패가 많다.
沃(옥)	파산 등 재운이 없으며 질병으로 고통을 받거나 고독하다.
玉任(옥임)	두뇌회전은 빠르나 부부간의 갈등이 심하고 단명한다.

外(외)	인덕이 없고 하는 일에 실패가 많다. 재물의 낭비가 대단히 심하다.
雨(우)	구설수가 많으며 평생 고난과 고통이 따른다. 단명수가 있다.
雲(운)	불치병이 유발되거나 단명한다. 매사가 어려우며 실패가 많다. 중이나 무당이 많다.
遠(원)	평생 고난과 고통이 따르며, 고독하다. 관재 · 구설이 많다.
月(월)	파산 · 부부운이 특히 나쁘다. 과부 · 무당 · 화류계 여성이 많다.
銀(은)	고통과 고난이 많으며 질병과 교통사고 · 파산 등이 일어난다.
二伊(이)	부모형제의 덕이 없다. 허약하며, 질병이 많고 사고 수가 있다.
日(일)	인덕이 없고 가정불화나 이별 · 파산 등으로 고통이 많다.
子(자)	병약하고 부부운이 불길하며, 고통이 많다. 단명한다.
宰(재)	신체가 허약하여 고통이 심하고 파산 · 시기 · 질투 · 관재수가 많다.
載栽哉(재)	신체 허약하고 파산 · 고난 · 고통이 많으며, 이직 등 변동이 많다.
在(재)	신체 허약하고 부부간의 갈등이 심하다. 관재수가 많고 실패가 잦으며 파산 등 고통이 많다.
占(점)	부부갈등이 심하고 자녀운이 나쁘며, 건강을 해친다. 무당 등 천박한 성품이 많다.
點(점)	부모자녀의 덕이 없으며 고독하고 고통이 많다. 시기 · 질투 등으로 망신을 당한다.
珠(주)	신체의 질병으로 고통이 심하고 애정의 번뇌가 많다. 과부 · 홀아비가 많다.
仲中(중)	중도 좌절거나 실패가 많으며 부부운도 불길하지만 사주가 왕성하면 무관하다.
鎭(진)	인덕이 없고 하는 일에 실패가 많다. 관재수가 있고 단명한다.
昌(창)	부부운이 불길하며 고독과 구설수가 있고 색정의 번뇌가 많다. 파산 수가 있다.
天(천)	부모 덕이 없고 부부간의 인연도 박하며 단명 하는 수가 있다.
春秋(춘추)	부부운이 불길하며 주색으로 고통이 많다. 중상 등 우여곡절을 겪고 실패한다.
七(칠)	성격이 거칠고 고독하다. 구설수가 많으며 단명한다.
兌(태)	고통과 고난이 많으며 부부이별 등 고통이 따른다. 교통사고 등 대형 사고를 겪는다.
八(팔)	사업실패가 많으며, 부부갈등으로 이혼하거나 별거하기 쉽다.
夏(하)	실패가 많다. 주색을 좋아하고 과부 · 무당 · 화류계 여성이 많다.
海(해)	고통이 심하고 하는 일에 실패가 많다. 고독 · 고통이 많이 따른다. 단명수가 있다.

幸(행)	고통이 많고 실패가 많으며, 주색으로 건강을 해친다. 불치병으로 고통을 받는다.
香紅(향홍)	이혼 등 부부운이 나쁘며, 고독하거나 고통이 많다.
好(호)	부모형제의 덕이 없고 고독하며 고통이 많다. 색정 등으로 번뇌를 하게 되고 실패한다.
虎(호)	성격이 급하고 사업 실패가 많으며 부부운이 불길하다.
鎬(호)	인덕이 없고 주색 등으로 부부간의 갈등이 있다. 교통사고 등으로 실패한다.
華(화)	부부·자녀운이 없으며, 고독하다. 과부·화류계 여성이 많다. 실패수가 있고 외국으로 가게 된다.
花(화)	고독하고 고통스러우며, 부부간의 갈등이 심하다. 과부·화류계 여성이 많다. 실패가 많다.
勳(훈)	하는 일에 실패와 고통이 많으며 부부운이 불길하다. 색정 등에 고난을 겪고 단명한다.
熙(희)	인덕이 없고 부부 이별하거나 고통·단명·관재수가 많다.
嬉熹僖(희)	인덕이 없으며 질병으로 고생하고 단명한다.

一 甲 孟 昆 元 宗 先 胤 大 長 太 泰 弘 德 碩 爽 甫

모두 첫째·맏·으뜸·크다는 뜻으로 장남이나 장녀에게 사용한다. 만일 차남이나 차녀 이하의 사람이 쓰게 되면 하극상이 일어날 수가 있는 나쁜 수리다. 부부간의 이별이나 고독, 고통 등이 올 수 있다. 특히 교통사고와 사업 파산, 불치병이 많다.

부부 심리학

결혼은 창업이다

2010년　8월 10일　초판인쇄
2010년　8월 15일　초판발행

엮은이 | 정 재 원
펴낸이 | 홍 철 부
펴낸곳 | **문 지 사**

등록일 | 1978. 8. 11(제 3-50호)
서울특별시 은평구 갈현1동 423-16
영업부 | 02)　386-8451
　　　　02)　386-8452
팩　스 | 02)　386-8453

값 12,000원